创意写作书系

情节线

MASTERING PLOT TWISTS

How to Use Suspense,
Targeted Storytelling Strategies, and Structure
to Captivate Your Readers

[美] 简 · K. 克莱兰
(Jane K. Cleland) ◎著
赵俊海◎译

中国人民大学出版社
· 北京 ·

“创意写作书系”顾问委员会

献辞

谨以此书献给我的世界中的摇滚明星——图书管理员。

当然，也要献给乔。

致谢

感谢《作家文摘》图书团队，特别是那些与我合作最密切的人：前出版商菲尔·塞克斯顿、前执行主编克里斯托弗·弗里斯、编辑艾米·琼斯、内容策略师杰西卡·扎法瑞斯、文件编辑金·卡坦扎里特、封面设计师亚历克西斯·埃斯托耶。我还要向我的小说编辑们致谢：《圣马丁人身牛头怪》的执行编辑霍普·戴伦和助理编辑汉娜·奥格雷迪，以及《阿尔弗雷德·希区柯克推理故事集刊》的主编琳达·兰德里根。特别感谢我的文学经纪人克里斯蒂娜·康塞普西翁。

我还要感谢宝拉·穆尼亚和让·加利亚纳对我的支持和鼓励，感谢G. D. 彼得斯和莱斯·布拉特对富有曲折情节的文学的洞见，感谢所有给我带来灵感的作品的作者。

序言

人类分属迥然相异的群体。有的人早起，有的人是夜猫子。有的人爱猫，有的人爱狗。有的人爱喝咖啡，有的人喜欢喝茶。有的人总是刨根问底，有的人只求一知半解。（这里说的不是党派之争，也不涉及波旁威士忌和苏格兰威士忌孰优孰劣。我们只是做一番争论，或者说来几个回合的交锋。）

然后就得说到“意料之外”这件事。有些人喜欢“意料之外”的事，有些人则不喜欢。有些“意料之外”让人愉快，就好比用亮闪闪的纸包装的节日礼物。有些“意料之外”则令人恐惧，比如凌晨两点听到电话铃声响起，或听到肿瘤医生说：“化验结果出来了，虽然情况不乐观，但我们还是有必要讨论一下。”

不过，有一种情况每个人都喜欢，那就是出其不意。这种情况就是，故事发生了意想不到的转折。如果这个转折使情况变糟，就会制造出悬念，故事也就会更刺激。如果这个转折使情况变好——比如骑兵列队入场——我们会欢呼起来。

故事的转折绝非坏事。没有人喜欢毫无悬念的故事。不错，作家的要务是把读者玩得团团转。读故事的时候，我们喜欢被作家牵着鼻子走；作家总是先人一步，局面尽在他的掌控之中。我们希望作家留有杀手锏。我们希望作家从高顶礼帽里变出兔子来，或者从手提包里变出手枪。事实上，推理小说的根基就是让人找不到方向，先用旁枝末节来扰乱读者的方向，而把（我们希望的）真正的杀手找出来，就能制造意想不到的效果。

究其本质，类型小说的情节貌似可以预测。就某些方面而言，应该是可以预测的，对不对？凶手是逃不掉的。彼此看不上的情侣最终将走上婚礼的红毯。孤胆英雄将拯救世界，或战胜恶龙。这些故事的意义是使我们的信念获得肯定，使我们确信结局总会是好的。类型小说让人安心。

是这样吗？

话说回来，在一定程度上，类型小说写作的任务就是让读者相信——如果可能的话——事情不会一帆风顺。要制造障碍，让事情变得复杂。把故事主角置于不利境地。摧毁主角实现任何目标的能力。毁灭主角坚持下去的意志。事实上，所谓的“黑暗时刻”的意义就是让主角和读者感到绝望、感到挫败。当事情出现转机，主角竟然从帽子里变出兔子并成功了，这就是意料之外。

结局应当让人意想不到，但实际情况不见得总是如此。在实操中，有些结局的写作还算令人满意，但还达不到令人意想不到的程度。一旦皆大欢喜的结局成为叙事的定律，就很难让读者相信故事还会有其他结局，阅读故事的乐趣也就只剩下猜测作者还有什么好玩的花样。然而，有悬念与意料之外是两码事。真正的意料之外是无法预见的，这是上天的旨意。意料之外是一个可变的存在，既不是随机的，也不像看上去那样按部就班。

那么，故事的“意料之外”是从何而来的呢？许多作家把意料之外视为魔法，或者是故事之神赐予的意想不到的礼物，是灵感乍现。转折之跃然纸上，就好比一辆迎面而来的汽车突然转向，驶上了你的车道。“太吓人了！还真没注意到！”这不是坏事——我说的是灵感——不过情节的转换当然也是可以设计的。

身为作者，掌握着人物的各种信息，而读者对这些信息并不知情。你可以把这些信息隐藏起来，再慢慢向外透露。你可以在故事中布点，然后把这些点连起来。人物可以扮演两种角色。命运是可以逆转的。秘密可以被揭破。风险可以剧增。电击的电源可以接通。

这就是意料之外!

没错，这些事情对读者来说是意料之外，但对作者来说却不是。简单来说，设计情节转换的复杂之处在于让读者明白作者设计这些转折的意图。你即将读到的这本书探讨的就是这方面的内容。简·K. 克莱兰的《情节线》可以教会你魔法背后的种种手法。这本书是你的日常灵感指南：让灵光闪现不再是偶然，而是常态。转折是创作的工具。学习如何运用转折，首先要阅读用户指南，幸运的是，现在你手里刚好有一本。

克莱兰不惜投入大量时间来讨论如何构建良好的情节，这是明智之举。这样做很重要。转折是非同寻常事件的发生。要使转折令人信服，读者必须接受故事的合理性。他们必须接受故事的现实性，被故事带着走。读者必须在不知不觉的情况下完全听信作者对故事的操控。如果作者获得了这种信任，读者就松懈了，他们读到的那些不可思议的转折非但不是想象力织物上怪异的织纹，反而是令人甘之如饴的款待。要掌握魔术的手法，前提是：你既要精通洗牌，还要懂得那一套话术。

当然，让读者出乎意料的不止这些。转折不仅有巨大的情节震撼，也有片段内的意料之外和文字显露出来的稍纵即逝的东西。大的转折当然很好，但小的意想不到也常常可以在场景、对话和阐述中闪现。如果故事人物惊异于他们的所说、所为、所思、所感，那么读者也会感到惊讶。

克莱兰深谙此道。她对认知差距的讨论，是理解读者期待和人物真实的不可预测的行为之间相互作用的重要一步。确实，认知差距可以成为故事构建的基石，克莱兰向你展示了如何去做。

通过积累心理期待，进行抽丝剥茧式的情节披露，设置层层隐喻，铺设问题和幕后故事，巧妙发挥语境的作用，有效利用情感真相……克莱兰熟练、清晰、条理清楚而又翔实地拓展了我们对“意料之外”的本质的思考。转折是发生在情节中的事件，这一点当然没错，但本质上转折发生在读者的头脑中。正如克莱兰解释的那样，如果你明白了这一点，你就能够让读者一直保持好奇心。

别的不说，克莱兰的**转折、逆转和高危时刻**（Twist，Reversal，Danger，TRD）三要素一定会让你的故事活力四射。她解释说，在某种程度上，节奏的关键是对意料之外的时机的把握……看，多么简单！多么真实！我们为什么没能早点知道呢？现在，我们知道如何做一个拆弹专家了。看看克莱兰对欧文·劳卡宁的《非业余罪犯》（*The Professionals*）一书的“转折、逆转和高危时刻”的图解分析。劳卡宁的惊险小说有如木匠的锯子，不动声色地把我们的期待一分为二，显示了作者魔法般的创造力。

本书的精华远不止这些，不过我还是把“意外”留给你们吧。相信我，这些“意外”不会让你失望的。如果你学习、练习并运用克莱兰的方法，你就会深信不疑，甚至会变魔术——就像那些能让一张 A 从扑克牌中升起来并悬浮在空中的魔术师一样，成为轻而易举就让我们大吃一惊的精通情节转折的高手。

是魔法吗？不，是你。或者说，将会是你。请继续读下去。

唐纳德·马斯

2018 年 2 月于纽约市

前言

你愿意学习写作，这不关别人的事。让他们认为你天生如此。

——欧内斯特·海明威

那些让人们手不释卷、欲罢不能的故事，无论是回忆录、惊险小说、文学性纪实小说还是纯文学小说，无不充满了意想不到的转折。“情节转折”是一个概括性术语，指的是三种具体的情节营造策略，这些策略通过营造“我迫不及待想知道接下来发生了什么”这样的悬念而紧紧地抓住了读者的好奇心。

1. **情节转折**（Twist）：让你的故事剑走偏锋的事物。
2. **情节逆转**（Reversal）：把你的故事引向相反方向的事物。
3. **高危时刻**（Danger）：给故事增加紧迫感和恐惧感的事物。

当**转折、逆转和高危时刻**（TRD）的出现恰到好处时，故事的节奏会加快，人物的行为也变得更加专注。

《奔向自由》（*Bound for Freedom*）

第一部分

八岁那年的一天，我正在楼上的房间里玩芭比娃娃，这时我妈妈尖叫起来，声音在楼梯和过道间上下回荡，然后传入我的房间。

《奔向自由》是一部袖珍回忆录。在上面这句话中，作者引入了人物、背景和轰动性的事件。接下来会发生什么？你期待着发生不好的事，对吗？或许会发生邪恶的或超自然的事情？达到意想不到的效果的要素之一，是接下来发生的事情要出乎意料。因此，坏的、邪恶的或超自然的事情都达不到意想不到的效果，因为这些是读者预期的结果。说不定是妈妈看见了一只蜘蛛。这可以作为情节转折，因为是意料之外的，但还不算是截然相反的事情（这样会变成情节的逆转）。也有可能是她打开门，有人扔进了一颗定时炸弹——那就是高危时刻。实际情况是这样的：

> **《奔向自由》**
>
> 第二部分
>
> 我把芭比娃娃放在床上，奔向楼梯，小心翼翼地走下楼。
>
> 我在楼梯转角平台上停了下来，怕得心怦怦直跳，在拐角处偷偷观察。妈妈站在前厅，脚边堆着杂志、传单和信封，她手里攥着一封信，泪水顺着她的脸颊流了下来。
>
> “妈妈，你怎么啦？”
>
> 爸爸冲进客厅，看到她的脸时突然停了下来：“怎么啦，露丝？”
>
> 妈妈面带微笑，说：“我成功了。”

妈妈是因为快乐的事情尖叫，而不是因为可怕的事情，这是情节的逆转，因为大多数读者的预期不是这样的。请注意，我还没有透露她高兴的原因。你越是延迟揭示她高兴的原因，对读者产生的影响就越强烈。

阅读本书，你会发现，在引入每一章的主题之后，都会有一种四步结构：

1. **背景。**通过它，你能理解一些原则，并知道每个话题以什么方式适用于你自己的写作。

2. **例子和案例研究。**通过它，你能够将抽象的原则转化为具体的策略。

3. **练习。**通过它，你可以把某些方法用于写作。尝试着看看自己想采用什么样的策略。

4. **情况报告。**通过它，你能评估自己的进展。

TRD 适用于所有故事中有冲突的文学体裁

无论哪种类型的故事，无论故事的长度如何，使用令人惊讶的转折、逆转和高危时刻（TRD）都是大有益处的。要让 TRD 发挥作用，故事的构架需要围绕冲突展开。在犯罪小说中很容易看出这些原则是如何应用的，比如善与恶、混乱与秩序、有罪与无罪。而在其他题材的小说中要看出这些原则的运用，就不那么明显了。本书将向你展示如何将这些原则运用到纯文学小说、类型小说（也称为商业或通俗小说）、回忆录和儿童文学中。

此外，整本书还将用到两个故事案例。其中一个故事讲的是，美国历史上最年轻的总统候选人、坐在轮椅上的印度裔女性参议员阿莎·巴塔为了保护她的应召女郎妹妹帕里，卷入了一桩国际金融阴谋（政治惊险小说）。另一个故事讲的是，12 岁的男孩汤米必须拯救自己 10 岁的妹妹莱拉：精灵们绑架了莱拉，一个叫苏的精灵告诉汤米，她们需要莱拉的血来救活女王的儿子齐，因为齐得了一种罕见的疾病，就要死了（少年奇幻小说）。

《奔向自由》

第三部分

妈妈拿着信在头上挥了挥。她看了看我，又看向爸爸："我的书卖出去了！"

"噢，露丝！"爸爸给了妈妈一个熊抱，简直把她抱离了地。

她一只胳膊紧紧搂着爸爸的背，另一只胳膊伸向我，摆摆手指，把我挽进了臂弯。我们三个人拥抱在一起，摇晃着，哭泣着，分享妈妈梦想成真的时刻。

这个故事讲述了我的母亲得知她的第一部少年历史推理小说《奔向自由》卖出去后发生的事。

事实上，许多作家，无论是新手还是经验丰富的作家，细究之下，都不知道情节设计是如何发挥作用的。他们仅仅知道如何讲故事，然后就乘兴而为了。本书讨论的情节设计策略是具体的，这些策略把理论概念转换为实践策略。本书不仅告诉你该做什么，还会告诉你如何去做。

本书提供了丰富的例子和两个贯穿全书的案例，结合阐释、练习和情况报告，能够体现本书所讨论的建议和技巧在实际运用中的实用性和有效性。

第一步：以情节预备开头——你必须有一个故事，而这个故事必须以一个潜在的、主要的冲突为基础。我们将讨论是什么驱使故事人物如此行事。我们还将检验你的前提、主题和叙事问题，这些核心元素使你的情节在故事中运转起来。

第二步：情节设计——运用这些核心要素来为故事选择合适的节奏。你将在设计情节和挑选扣人心弦的次要情节的重要时刻融合 TRD 策略。TRD 会使故事更有悬念，增强故事的吸引力，使读者欲罢不能。

上述两步法将帮助你设计出引人入胜的情节和故事，这样的故事丝丝入扣，包罗万象，既叫好又叫座。

目录

第一部分　情节预备

第一章　拿冲突来练手

第二章　人物与冲突的协谐

第三章　认知的力量

第一部分
情节预备

第一章 拿冲突来练手

冲突越激烈，胜利越辉煌。

——托马斯·潘恩

- 冲突造就情节
- 范例分析：谁渴望什么？

冲突造就情节

不管是哪种类型的小说，但凡成功的情节或故事，都需要围绕冲突展开。如果你不理解这个单一而重要的条件，你是不可能设计出情节转折、逆转和高危时刻（TRD）的。本章阐释了如何确定有意义且相关联的冲突，并将这种抽象的“冲突”概念转换成能贯穿故事始终且引人注目的、具体的、易于理解的情形。我们将对冲突进行剖析，确定人物对各种冲突的反应如何影响读者对这些情形的理解，并对一种有助于你做出有价值的和恰当的选择的冲突决策模型进行评述。

渴望引发冲突

确定冲突是否适合某个故事是一项复杂的任务。从广义上说，冲突是指任何与另一事物相对立的事物。然而，要让冲突推动故事发展，这个冲突必须与故事有关联。读者必须能够对你选择的冲突以及人物对冲突的反应产生共鸣。冲突可以是具体的，比如战争或战役。冲突也可以是情感的，比如欺凌。冲突还可以是精神上的，比如某人失去了信仰。冲突可以是超常规的，比如成就一部宏大史诗或回忆录的情节。冲突还可以是有限范围的，比如一部短篇小说的情节或一篇随笔的故事情节。

最重要的一点是：故事必须与冲突有关，别无其他。

人物的反应支配其行为

初看起来，冲突似乎有两种：外部冲突和内部冲突。然而，只有当外部情况被感知为冲突时，故事才会继续发展。激发冲突的是人们对事件的反应，而不是事件本身。我们来看一下库尔特·勒温的三种内部冲突，如表1.1所示。

表 1.1 三种内部冲突

20 世纪的心理学家库尔特·勒温将内部冲突分为三类：在两个好的选项间做出选择；在两个坏的选项间做出选择；在一个好的选项和一个坏的选项间做出选择。

1. 在两个好的选项间做出选择

例如，特伦斯·迪克斯的“神秘博士”（Doctor Who）系列小说之《神秘八博士》（*The Eight Doctors*）于 1997 年出版，讲述了两个博士对抗危险机器人的故事。这两个博士按照“布里丹之驴”（Buridan's ass）的原则去做，结果都活了下来。（“布里丹之驴”是个哲学寓言，讲述了一个与自由意志有关的哲学悖论。该悖论提出了这样一个问题：你如何才能智胜比你愚蠢的人？鉴于驴子会吃离它更近的东西，如果你把两捆干草放在离它等距离的位置，它就无法在两捆干草之间做出选择。这样，驴子就会饿死。）在《神秘八博士》中，两个博士的脑电波一模一样，所以机器人无法决定攻击哪一个，这样两人都活了下来。

2. 在两个坏的选项间做出选择

例如，在威廉·斯泰伦 1979 年的小说《苏菲的选择》（*Sophie's Choice*）中，苏菲必须决定她的哪个孩子会被立即杀死、哪个会活下来。

3. 在一个好的选项和一个坏的选项间做出选择

这是文学作品中最常见的现象，通常反映了在善恶、对错、生死等高越概念（high-concept）间做出抉择。丹尼斯·勒汉 1998 年的小说《失踪的宝贝》（*Gone*，*Baby*，*Gone*）中提出了这样一个问题：如果一个孩子被绑架，但她被绑架到的地方比她出生的地方还好，会发生什么？当然，孩子可以被找回，但她应该被找回吗？

当你决定用内部冲突来推动故事的情节或故事发展时，这三种类型——好的、坏的、好坏兼而有之的——所固有的明晰性是一种增强复杂性的简单方法。

换句话说，所有的冲突都是内在的。如果人们不在乎某种情况，就不会有冲突。当然，这意味着我们需要弄懂人们在乎什么。表 1.2 分析了几位作者对有效冲突的本质的看法。

表 1.2　有效冲突的本质

作者	观点	人们为什么在意
E.M. 福斯特，20 世纪小说家和纪实文学家，作品包括《看得见风景的房间》(*A Room With a View*) 和《印度之行》(*A Passage to India*)。	这是叙事：国王死了，然后王后也死了。 这是情节：国王死了，然后王后悲痛而死。	我们在意，是因为同情王后的悲痛。故事是基于情感，而不是事件。
J.D. 万斯，《乡间挽歌：危机中的家庭和文化回忆录》(*Hillbilly Elegy: A Memoir of a Family and Culture in Crisis*，2016) 的作者。	对于像我这样的孩子，大脑中应对压力和冲突的部分总是很活跃。我们时刻准备着要么战斗、要么逃跑，因为我们随时都会遇到熊，不管它是酗酒成性的爸爸还是精神错乱的妈妈。	以外在的非正常情形为基础的内部冲突引发读者的共鸣。例如，根据国家心理健康研究所的数据，超过 4 000万的美国成年人——接近美国人口的 20%——患有焦虑症。
保拉·穆尼尔，纪实文学家和小说家，作品包括推理小说《借骨》(*A Borrowing of Bones*，2018)。	在构思冲突时，我会思考：女主人公会因为故事中的冲突而失去什么。我想让她不仅要面对失去自己的生命，还要面对失去家人、朋友、工作、爱情、思想，甚至她的灵魂。如果这些潜在损失中的大部分（还不是全部）没有形成冲突，那么我需要更多损失。	对失去我们最宝贵的东西的恐惧，最能反映我们的内心。
约翰·勒卡雷，20 世纪间谍小说家，最有名的代表作是《柏林谍影》(*The Spy Who Came in from the Cold*)。	猫坐在垫子上不是故事。一只猫坐在另一只猫的垫子上才是故事。	当两个实力相当的对手争夺同一个奖品时，我们想知道哪一个获胜，以及他是如何获胜的。

丹·波普，纯文学小说作家，作品包括《入室行窃》(*Housebreaking*，2015)。	所有的文学作品都是有渴望的。	人们常常把内心最深处的欲望隐藏起来。当然，有时他们渴望的东西是非法的；但即使他们的欲望是合法的，他们也会保守秘密，因为他们害怕被嘲笑、羞辱或被抛弃。当读者理解了人物的渴望时，他们就会非常关心结果。
约翰·D. 麦克唐纳，20 世纪“特拉维斯·麦吉”系列推理小说作家，作品有《鲜橙色的裹尸布》(*Bright Orange for the Shroud*)和《深蓝的永别》(*The Deep Blue Good-by*)。	故事是发生在你关心的人身上的事。故事可以发生在任何维度——身体的、心理的、精神的，甚至是三者的综合。	这种洞察力鼓励作者去探究冲突的全貌，看到表面之下的东西，搞清楚人们最看重什么——然后使那些东西受到威胁。
莉安·莫里亚蒂，以“女性小说”作品闻名的小说家，代表作有《别对我撒谎》(*The Husband's Secret*，2013)。	所有的冲突都可以追溯到某人的感情受到了伤害，你觉得是吗?	如果你对某个问题不在意，那么你的感情就不会受伤。如果你让读者进入人物的世界，他们就会感受人物的激情、挫折和失望。
埃斯特·韦特海姆，精神自助书籍作者，作品包括《我是谁? 无助者指南》(*Who Am I? The Seeker's Guide to Nowhere*，2001)。	冲突并非人与人的冲突。冲突总是存在于对别人的僵化观念以及由这些观念造成的矛盾中。冲突其实是由内心造成的，但是在你认识到这一点之前，你往往会先责怪别人。	这一认识重申了一个核心观点，即对作家而言，我们需要关注人们对我们选择的冲突的反应。

利·布拉克特，科幻小说和短篇小说家、编剧，作品包括《帝国反击战》（*The Empire Strikes Back*，1980）。	情节就是人。人类的情感和欲望建立在现实生活的基础上，因不同的目的发挥作用，它们相互碰撞，变得越来越炽热、越来越激烈，最终爆发——这就是情节。	布拉克特女士所指的爆发是一个煽动性的事件，这种情况迫使主角采取行动，而且没有回头路。这种变得“越来越炽热、越来越激烈”的情况，就是我所说的潜在的冲突。
雷蒙德·钱德勒，20世纪推理小说家，代表作品包括《漫长的告别》（*The Long Goodbye*）和《长眠不醒》（*The Big Sleep*）。	如果有疑问，派两个带枪的人进去。	TRD中的D——高危时刻——也可以从约翰·D.麦克唐纳所说的身体上的、心理上的或精神上的三类冲突产生。此处钱德勒指的是，与人身危险相联系的意外和危机可以立即提振低迷的情景。因此，任何危险，比如情感上的攻击或精神上的威胁，都能制造紧张的悬念，关键看相关的人在意的是什么。

情节设计是选择一系列从始至终推动故事发展的事件的过程。然而，这个定义虽然准确，却过于简单化，低估了故事叙述的复杂性。你应该先把注意力集中在重大的冲突上，再来考虑情节设计中需要哪些事件。仔细想想，除非你知道故事的主要冲突，否则你不知道该写些什么，而且你选择的那些事件有可能让你的故事失去方向。

这就引出了一个问题——该如何选择冲突？做出选择的一个明智方法，是审视你选择的类型中知名度经久不衰的和最畅销的例子，并弄清楚是什么样的冲突推动故事的发展。当然，分析这些范本的目的不是照搬其他作者的做法，而是像所有善于做研究的人一样，弄清那种能够预测成功的模式。要想有人读自己写的故事，就得给读者想要的，而他们想要的，是能与他们内心深处对话的冲突。表1.3列示了一些特定小说类型的信息，这些信息可能对你形成自己故事的冲突有所帮助，最终将有助于你形成自己的故事情节。

表 1.3 不同小说类型的冲突			
类型	**共同特征**	**典型冲突**	**范例**
传统的推理小说，有些被称为“舒逸推理”。“舒逸推理”这个词是对阿加莎·克里斯蒂的致敬，是她首创了这种小说类型——“舒逸推理”是盖在茶壶上的布罩，让水保持热度。	在舒逸推理小说中： • 这名侦探是名业余爱好者，通常掌握着某项技能或从事某种职业；基于她的技能或职业，比如针织工、宴会承办人或兽医，她学会了破案。 在传统推理小说中： • 侦探也许是名业余爱好者，可能是记者或律师，但也可能是名私家侦探或警察。 在舒逸推理小说中： • 背景通常是个小镇，这个地方让人怀旧，感觉舒适。 在传统推理小说中： • 背景可能是个小镇，但即使故事发生在城市，这个地方也让人有一种怀旧、舒适的感觉。 在舒逸推理小说中： • 没有暴力画面，没有露骨的性爱，也没有咒骂，没有摩擦。 在传统推理小说中： • 会有明显的暴力、含蓄的性与温和的语言。几乎没有什么摩擦。	谋杀是针对个人的，受害者和凶手相互认识。动机与情感纠结，比如复仇、欲望和贪婪。	请注意下列书中多样的背景、侦探职业和历史时期： •《馅饼的秘密》(*The Sweetness at the Bottom of the Pie*)，艾伦·布拉德利，2009 “弗拉维亚·德·卢斯”系列推理小说的第一部。故事发生在 1950 年的一个英国村庄。弗拉维亚 11 岁。 •《寓所谜案》(*Murder at the Vicarage*)，阿加莎·克里斯蒂，1930 “马普尔小姐”系列推理小说的第一部。故事发生在当时英国一个名叫圣玛丽米德的村庄。老处女马普尔小姐是个业余侦探。 •《死亡召唤》(*Death on Demand*)，卡罗琳·G. 哈特，1987 “死亡召唤”系列推理小说的第一部。故事发生在南卡罗来纳州布罗沃德的岩石岛。在那里，业余侦探拥有一家名为“死亡召唤”的神秘书店。 •《第一女子侦探所》(*The No. 1 Ladies' Detective Agency*)，亚历山大·麦考·史密斯，2003

	在舒逸推理小说中： • 解决方案取决于侦探的能力，而不是司法。 在传统推理小说中： • 解决方案取决于侦探的能力，当然司法也可能发挥作用。		《第一女子侦探所》是该系列的第一部，故事发生在博茨瓦纳的加巴龙尼，故事的主角是聪明而时髦的侦探普雷舍丝·拉莫兹韦。 •《初秋》（*Early Autumn*），罗伯特·B. 帕克，1980 “斯宾塞”系列推理小说的第七部，讲述了私家侦探斯宾塞的故事。该系列故事发生在当时的波士顿。 •《寂静人生》（*Still Life*），路易斯·佩妮，2005 “首席探长阿曼德·加马奇”系列的第一部。故事背景为蒙特利尔南部一个虚构的村庄。
纯文学小说	故事围绕着某人生活的转折期展开，例如成年、忍受离婚、渡过难关、戒掉毒瘾，或者开始新的冒险。	冲突往往是内在的、无形的。	选择与你的写作相关的经典作品，以及最近的畅销书和获奖作品，比如： •《孤儿的故事》（*The Orphan's Tale*），帕姆·杰诺夫，2017 故事发生在二战期间的德国，是一个关于背叛和希望的故事。一个少女被纳粹分子强奸后怀孕，不得不做掉孩子，然后被赶出家门。她偶然发现一节把犹太婴儿送往集中营的车厢，冲动之下她抱走了一个婴儿。为了掩人耳目，她加入了巡回马戏团，而且必须找到一个她能信任的人。

			•《小小小小的火》(*Little Fires Everywhere*)，塞莱斯特·伍（伍绮诗[①]），2017 这是一部细腻展示人物对比的小说，它挑战了“完美是可能的，秘密是可以保守的，循规蹈矩可以避免麻烦”这一信条。 •《陌上伊人》(*A Thousand Acres*)，简·司麦莉，1991 《陌上伊人》是莎士比亚《李尔王》的升级版。艾奥瓦州一位富有的农场主决定将家庭农场遗赠给他的三个女儿。有个女儿不同意，她被从遗嘱中删除名字。 •《光明创意书店的午夜》(*Midnight at the Bright Ideas Bookstore*)，马修·沙利文，2017 这部小说围绕一位孤独的书店职员展开，因为她解开了一位顾客在书店自杀的谜团。 •《莫斯科绅士》(*A Gentleman in Moscow*)，阿莫尔·托尔斯，2017 故事发生在1922年，《莫斯科绅士》讲述了亚历山大·罗斯托夫伯爵的故事，他被布尔什维克法庭判处软禁在

① Celeste Ng（伍绮诗），美籍华裔女作家，出生于美国，毕业于哈佛大学。2014年，其处女作《无声告白》(*Everything I Never Told You*）获得美国亚马逊年度最佳图书第1名。Ng（或NG）在香港人的英文名字里面代表姓氏，代表的多是英语拼写的［吴］［伍］［五］。——译者注

			克里姆林宫对面的一家豪华酒店内。与世隔绝的生活让他产生了意想不到的和情感上的发现。 •《歌唱吧，无法安息的灵魂》(*Sing, Unburied, Sing*)，杰希明・沃德，2017 《歌唱吧，无法安息的灵魂》将一种传统的美国方式——家庭自驾旅行——与一个鬼故事结合起来，探讨飓风等自然灾害以及鸦片成瘾等人为灾难的后果。
回忆录	• 自传是按时间顺序叙述生活，而回忆录是特定时期的生活片段记录。 • 回忆录用事实来讲述故事，但通常更多依赖真实情感，而不是客观真相，来让别人接受自己的观点。	回忆录通常以单一类别的内容为重点，冲突由这一类别内部产生。常见的类别有旅行（例如，女人战胜独自越过海洋时遇到的种种问题所产生的冲突）、消除障碍（例如，战胜毒瘾产生的冲突，戒毒的男人与他内心的恶魔对抗），或者个人的成就（例如，	阅读你选择的类别中的回忆录，以及经典作品和畅销书，例如： •《发生了什么》(*What Happened*)，希拉里・罗德姆・克林顿，2017 这本回忆录揭示了希拉里对她的总统竞选、她的对手以及导致她失败因素的感悟。 •《奇想之年》(*The Year of Magical Thinking*)，琼・狄迪恩，2006 狄迪恩带领读者一起感受她遭受巨大悲痛的经历。 •《克拉拉的战争：一个女孩的生存故事》(*Clara's War: One Girl's Story of Survival*)，克拉拉・克莱默，2009 少女克拉拉在二战期间躲藏了 18 个月。虽然这是一个关于生存的故事，但它也是

		女人失去挚爱后勇敢独自面对生活所产生的冲突）。你会发现，生存是所有文学类型中一个重要且常见的主题。在第二章中会对此进行更深入的讨论。	对历史上一个可怕时期的直接审视，以及对希望的力量的领悟。 •《乡村挽歌：危机中的家庭与文化回忆录》（*Hillbilly Elegy: A Memoir of a Family and Culture in Crisis*），J. D. 万斯，2016 该书讨论了美国白人工薪阶层中的一个幸运儿对所在阶层影响力下降的感受。 •《玻璃城堡》（*The Glass Castle*），珍妮特·沃尔斯，2005 沃尔斯向我们直观展现了她不正常的家庭生活的原貌，但归根结底这是一个关于爱和救赎的故事。
惊险小说（包括政治、法律、医学、科技和家庭惊险小说）	• 主角是个非常非常出色的男人（或女人），是个大人物——有自己的行动理由。 • 对手是一个非常非常邪恶的男人（或女人）——一个大坏蛋，有自己的行动理由。 • 失败的后果是全局性的（“全局性”可以从字面上理解为“全球性”——英雄需要阻止核战争——也可以从家庭层面来理解“全局性”：一个男孩被绑架了，如果妈妈不能营救	冲突通常围绕生死目标展开：两个人或两个群体之间存在不可调和的分歧，拒绝让步或放弃。冲突需要以情感为基础。	阅读你所选择的子类型的范本，并阅读其他畅销书，例如： •《猎户座计划：一部惊险小说》（*The Orion Plan: A Thriller*），马克·阿尔珀特，2016 政府对外星物种殖民美国的企图反应迟缓，美国宇航局科学家萨拉·普利博士担负起了拯救美国的责任。 •《夜校》（*Night School*），李·柴尔德，2016 本书入选经久不衰的“杰克·雷彻”畅销书系列，展示了出乎意料的转折，以及完美的结局。

	他，他就会被杀死……这一后果对那个家庭来说是“全局性”的)。 • 时间总是分秒必争——英雄必须与最后期限赛跑。		•《恩尼格玛密码》(*Enigma*)，凯瑟琳·库尔特，2017 这部以联邦调查局为素材的惊险小说讲述了危机关头抓捕被称为“无名氏”的跨国罪犯的故事。 •《古巴事件》(*The Cuban Affair*)，纳尔逊·德米勒，2017 由于古巴和美国的关系有所松动，一名离开哈瓦那、长期流亡在外的男子认定是时候收回他家失去的财富了。 •《死光》(*It*)，斯蒂芬·金，1986 《死光》是一部超自然的惊险小说，将恐怖元素融入传统的惊险故事形式中。 •《暴露》(*Exposed*)，莉萨·史考特莱茵，2017 一场利益冲突让两位律师展开了史诗般的意志较量。
爱情小说	• 夫妻之间的障碍可以是内在的，也可以是外在的。 • 读者期待快乐的结局。 • 读者喜爱多样的爱情故事。	冲突源于不幸的爱情——两个人想在一起，但却不能。选择引人入胜的和可信的理由将他们分开。	爱情故事包括各式各样的风格和子类型。选择你喜欢的类型中的范本。此外，下面推荐的几本也值得考虑借鉴： •《致失意者的信：一部小说》(*Letters to the Lost: A Novel*)，爱奥娜·格雷，2015 女子逃离虐待她的男友，却发现自己陷入了另外两个人冲突不断的恋情纠葛。

			•《东方快车之夜》(*A Night on the Orient Express*),维罗妮卡·亨利,2013 一个女人乘坐世界上最豪华的火车从伦敦前往威尼斯,在途中遇见了爱情。 •《克里姆森山上的圣诞节》(*Christmas on Crimson Mountain*),米歇尔·梅杰,2016 到科罗拉多工作的忧郁作家爱上了山间小屋的美女管理员。 •《医家外传》(*Out of Practice*),佩妮·帕克斯,2016 这部浪漫喜剧讲述了一名医生举家迁移到乡村医疗机构的故事。该医生希望获得平静与安宁,却陷入了混乱。 •《弗雷德里卡》(*Frederica*),乔吉特·海尔,1965 这部经典的英国摄政时期爱情小说讲述了一个独立女人的故事,她更关心兄弟姐妹的而不是自己的幸福。 •《关于炒作的一切》(*All About the Hype*),佩吉·汤恩,2016 一个年轻人的爱情故事,讲述了摇滚明星的女儿开始自己歌手生涯的故事。

对范例进行系统分析是非常重要的,这样你才会知道自己是在比较不同的作品。下面介绍的“三问”模型旨在帮助你深入理解情节设计的基本要素。

范例分析：谁渴望什么？

当你评述自己选择的作品时，要注意每个细节。例如，除了找出对情节发展有重要意义的冲突之外，你还可能发现其他重要因素，比如典型人物和熟悉的背景。因为你的研究对象是自己所从事写作的文学类型中的畅销书和经久不衰的作品，所以你就有了难得的机会来弄懂读者有哪些期待（如表 1.4 所示）。此外，这样的研究能让你在写作过程中预防错误的开始，避免偏离主线跑向旁枝末节，并杜绝中心内容松散。做到这些，你会成为更高效和高产的作家。

表 1.4　给读者想要的
不久前，我和埃文・马歇尔参加了一个作家座谈会，他是文学代理人。马歇尔先生也是创作舒逸推理小说的作者。 在描述他的出版经历时，马歇尔解释了他销售其他许多作家的舒逸推理小说的经历，但他却卖不掉自己的小说。他一次次尝试，最后终于放弃。那天晚上，他向妻子抱怨了一通出版界的变幻莫测，妻子说他的犯罪小说算不上真正的舒逸推理小说——它们有点太过阴暗，与舒逸推理不搭调。然后，妻子问："为什么你不写人们想看的东西？"他照做了，他的下一本书就卖出去了（之后的九本书也都卖出去了）。 我之所以建议你仔细研究自己所选类型中畅销的、最经久不衰的作品，是因为读者知道他们想要什么——给他们想要的，你的书就会卖得好。

"三问"评价模型直击读者渴望

就你所选类型中一直备受欢迎和最畅销的故事，问自己三个问题。根据反应类别梳理答案，来优化评估过程的值。三个问题如下：

1. 谁渴望什么？
2. 为满足自己的渴望，那些人愿意做些什么？
3. 有谁或什么东西阻挠他们？

下面是一些不同类型小说的例子，证明上述问题如何引发了对扣人心弦的冲突的深刻理解。阅读这些例子时，请留意冲突是如何嵌入各种情形的。

- 《九个错误的答案》（*Nine Wrong Answers*），约翰·狄克森·卡尔，1952。这是一部犯罪小说，蕴含的冲突线索是：拉里会不顾一切地取悦他那令人讨厌的盖洛德叔叔，这样他就可以继承叔叔的财产。盖洛德叔叔是个虐待狂，他鄙视拉里，所以他计划通过赢得一项恶毒的任务来杀死拉里——“如果你赢了，就继承财产；如果你输了，就去死”。盖洛德叔叔渴望成为胜利者，藐视一切。拉里渴望金钱和复仇。如果拉里实施报复并继承了他的财富，盖洛德叔叔就不会赢。

- 《夜航西飞》（*West with the Night*），贝丽尔·马卡姆，1942。这是一部回忆录，蕴含的冲突线索是：贝丽尔·马卡姆决心成为第一个完成自东向西不间断地飞行、独自飞越大西洋挑战的女性。作为一个特立独行的人，马卡姆敢于挑战社会对女性的期望，故事重点讲述了她为获得认可和尊重而进行的斗争。如果马卡姆得到了她来之不易的荣誉，而这些荣誉被随意授予完成和她相同飞行计划的男人，社会就被她征服了。

- 《飞往巴厘岛的夜间航班》（*Night Flight to Bali*），简·K. 克莱兰，2017。这是一部短篇小说，蕴含的冲突线索是：萨布丽娜会不顾一切嫁给她心爱的人萨姆，萨姆则不顾一切想发财。萨布丽娜渴望爱情，渴望属于一个男人；萨姆渴望自由，而只有金钱才能买到自由。由于萨姆除了萨布丽娜的钱什么都不想要，所以她注定要失败。

- 《迷失 Z 城：“黄金之城”谜团与亚马逊世纪探险悬案》（*The Lost City of Z: A Tale of Deadly Obsession in the Amazon*），大卫·格雷恩，2009。这是一部纪实文学，蕴含的冲突线索是：格雷恩致力于解开珀西·福塞特船长失踪的谜团。1925 年，福塞特和他的儿子消失在无情的亚马逊河。格雷恩渴望知道真相，并愿意冒着生命危险追随他们的脚步。挑战亚马逊河，格雷恩与凶险环境对抗的本领派上了用场，如果他成功，以“杀手”闻名于世的亚马逊河将逊色三分。

●《创业：一部小说》（*Startup: A Novel*），多莉·沙弗里，2017。这是一部讽刺小说，蕴含的冲突线索是：在这部小说中，三个人物各有一个需要克服的冲突。麦克决心把他的初创公司提升到一个新的高度，但他和某同事的绯闻让他的工作变得复杂起来。社交媒体专家卡蒂娅需要内涵来提升自己的形象（没有内涵，她就毫无魅力）。塞布丽娜发现自己左右为难，要掌控自己无法掌控的局面。这部小说探究了雄心勃勃的人们为了他们渴望拥有的爱情和金钱会做些什么。《创业：一部小说》中的三个人物从一开始就不顺利——最终只有一个人可以成功。

你会注意到，在所有这些例子中，在人们和他们渴望的东西发挥作用之前，一切都是静止的。是人引发了冲突。

行动和反应推动你的情节

如果没有人做出反应，事件就处于真空中。不过，一旦人们关心某种情况，原本不起眼的事件就会由枯燥变得引人入胜。如果人们不在乎，冲突就不会发生，没有冲突就没有故事。如果人们对某个问题热情满满，就会有很多机会制造冲突。表 1.5 中的例子说明，冲突是如何产生于人们对事件的反应而非事件本身的。

表 1.5　人们对事件的反应决定了是否存在冲突

可能导致冲突的情形	第一种情形	第二种情形	分析
八位总统或总理齐聚欧洲，讨论国家之间的经济合作。在拍照时，史密斯总统用手肘挤开了较小国家的琼斯总统（史密斯总统想确保自己站在照片的前排和中心位置）。	琼斯总统一笑置之。没有发生冲突。	琼斯总统抓住史密斯总统的肩膀，把他扭转过来，告诉他放尊重点。有冲突。	史密斯总统用肘挤开琼斯总统这个行为本身并没有制造冲突。主动权在琼斯总统这一边——他如何看待这一推，以及他对此作何反应？

男狱警泰德把女犯人露西拖进监狱的小教堂，对她进行性侵，并威胁她，如果不按他的要求做，就把她关禁闭。	露西拒绝。泰德编造了她的罪名，监狱长判处露西单独监禁。她将这件事告诉了律师，律师立即投诉。有冲突。	露西照泰德的话做。没有冲突。（注意：如果露西雇外面的人在泰德开车回家的路上袭击他，就会产生冲突。）	问题不在于露西是否屈服于泰德的威胁；问题在于她是否会默默屈服，毫无怨言，不实施报复。
玛丽在大学期间爱上了瑞恩，并梦想着他们的爱情会有一个童话般的结局。瑞恩在大学期间也喜欢和玛丽勾搭，但从未打算娶她。毕业后，瑞恩和玛丽分手了，并说他会永远爱她。	玛丽用一辈子的时间来折磨瑞恩。有冲突。	玛丽性格豁达，相信他们的爱情本来就不该存在。她彻底忘了瑞恩。没有冲突。	瑞恩可能是个无赖，但这并不能形成冲突；只有玛丽对瑞恩无赖行为的反应才能决定是否构成冲突。
案例 1：政治惊险小说 当格里芬参议员要求总统候选人阿莎·巴塔参议员支持一项减少银行监管的立法时，她反对这一立场，觉得不可思议。当格里芬参议员的助手巴特打电话询问阿莎做应召女郎的妹妹帕里的情况时，阿莎领会了他们的意图——要么支持这项立法，要么将你妹妹的事情公之于众，把总统选举搅黄。	阿莎对参议院的助手巴特说：“要杀要剐，随你的便”，这句话是 19 世纪威灵顿公爵拒绝屈服于勒索时说的。帕里的生活方式和参议员格里芬的公开羞辱被披露，阿莎卷入一场媒体风暴，这是一个小冲突。然而，如果这两件事都逐渐平息，每个人都认为阿莎正直可靠，冲突就不会发生。	阿莎整晚都在设法找帕里。她还在思考如何扭转自己在银行业立法上的立场，而不让自己看起来像个傻瓜。有冲突。	敲诈，顾名思义，是与冲突交织在一起的。注意，帕里是应召女郎的事实并不是打击阿莎的理由；阿莎的弱点在于她是否要为帕里的职业保密。

案例 2：少年奇幻小说 汤米的妹妹莱拉被精灵绑架后，汤米设法用计谋让精灵苏告诉他莱拉的下落。他嘲笑苏，说她算不上重要人物，否则她应该知道莱拉在哪里。	苏无法忍受汤米说她不是精灵女王身边的人的嘲笑。她还来不及知道汤米是如何从她口中套出消息的，就透露了莱拉被关押的地点。她一意识到自己的错误，就要在汤米利用这个信息，或是更严重——透露他的消息来源之前，杀掉汤米。有冲突。	苏嘲笑汤米试图让她背叛女王的小把戏。没有冲突。	汤米试图让苏说出莱拉的下落这件事并没有引起冲突。如果苏有坚忍的内心经得住汤米的试探，那也没有冲突。如果苏没能经得住汤米的试探，泄露了秘密，然后试图掩盖自己的错误，就会产生冲突。 汤米的质问不会引起冲突，而苏对汤米的诘问的反应决定了是否会产生冲突。

在你阅读上述情形时，要结合自己的作品思考以下问题：谁渴望什么？为满足自己的渴望，那些人愿意做些什么？有谁或什么东西阻挠他们？

人们对情况的反应，而不是情况本身，是情节设计的核心要素，这是准则（如表 1.6 所示）。让我们更透彻地审视一遍以下关键问题：谁渴望什么？为满足自己的渴望，那些人愿意做些什么？有谁或者什么东西阻挠他们？

表 1.6　儿童的内心冲突
问：我正在写一个儿童故事，这个故事与某个 10 岁的男孩有关，他的父母在一场车祸中丧生，他不得不搬去和他的姑姑住。他的父母在一个月前死亡。故事讲述的是姑姑如何让他在家里感到受欢迎，以及他对接纳他的家庭的感激之情。危机已经过去，没有冲突。你觉得我应该制造一个冲突吗？ **答：**你确定危机已经过去了吗？突发事件虽然已经过去了，但孩子的内心一定还在挣扎。我怀疑他并不觉得感激。他可能为自己还有一个熟悉的亲人活着

> 而感到宽慰，但我敢打赌，他的老师和其他亲戚会因为这孩子还有姑姑愿意收留而很感激，但不是由他们来收留。他只是想过以前的生活。如果听到他说自己愤怒、委屈、孤立和孤独，我不会惊讶。
>
> **你描述自己的计划的方式是：**主角是这位姑姑，故事的重点是她让自己的侄子融入自己家庭的历程。也许她并没有感觉到冲突，但是从男孩的角度来看，这种情况——和家人（他的姑姑）在一起，仍然感到非常孤独——充满了潜在的冲突。
>
> 我想知道姑姑是否应该成为故事的主角，还是只是在讲述男孩的故事。在儿童文学中，你希望把重点放在孩子身上。因为你书中的小男孩有 10 岁，所以你面对的是一种被称为“少年”的类别，这种类型的书通常是以问题为导向的。在此情况下，关键问题（和核心冲突）围绕男孩努力融入一个新家庭展开，融入新的家庭给他的感觉可能是背叛了他“真正的”家庭。这种内心冲突可能会引起所有孩子的共鸣，而不仅仅是那些失去家庭的孩子。根据心理学家的说法（见第二章），寻找“归属感”最能唤起所有人的共鸣。
>
> 为了更令人信服地写出这个孩子面对死亡时的反应，或许你需要查阅一些帮助孩子们应对失去亲人状况的书，比如 2001 年的《我想你：初次面对死亡》（*I Miss You: A First Look at Death*），作者是帕特·托马斯（该书的目标读者是年幼的儿童），以及帕特·施维伯特 2005 年的《泪汤：一种治疗失意的方法》（*Tear Soup: A Recipe for Healing after Loss*）——这本书是为 8 到 12 岁的孩子写的。第二本书似乎特别适合你，因为你故事中的男孩符合这个年龄范围。

通过细致观察构成情景冲突和人物感知关系的内容，我们就能很好地理解驱动情节发展的要素。表 1.7 剖析了推动《迷案追踪》（*The Long and Faraway Gone*）情节发展的冲突，该书曾获埃德加小说奖。

想想你自己的计划。回答下面练习中的问题时（参见表 1.8），请记住这个练习没有时间限制。我们的目标是让你想出尽可能多的选择，然后评估每一个选择。尝试不同的渴望，把不同的渴望结合起来。也许会有许多可能的答案，每一个都会把故事引向不同的方向。花时间思考各种可能的冲突，不要紧紧抓住一个不放，这是使自己的计划稳步推进的有效办法。

表 1.7　示例：冲突剖析	
作品名称、作者、出版年份、类型	**《迷案追踪》，卢·伯尼，2015 年，犯罪小说**
谁渴望什么？一定要评估这三个方面：身体、心理和精神。	怀亚特渴望知道为什么其他人都死了而他还活着。这种渴望通过种种方式表现出来：他承受着幸存者的罪恶感；他忍受着听到别人被杀害时的枪声的恐怖回忆；他生活在深刻的思维困惑中，包括质疑因果关系、善与恶，以及上帝。 朱莉安娜很想知道她的姐姐吉纳维芙出了什么事。她还想知道吉纳维芙怎么会离她而去。随着时间的推移，除了生存和调查姐姐的失踪，她已经越来越没有心力去做任何其他事情，连照顾自己都成了问题。
为满足自己的渴望，那些人愿意做些什么？	怀亚特将自己包裹起来，所以他不会对失去感到过于悲伤，但这种防御将所有的情感拒之门外，包括爱。 为了了解真相，朱莉安娜放弃了一切，也失去了一切。
有谁或什么东西阻挠他们？	罪犯决心逃避惩罚。一个杀手的遗孀决心要维护丈夫的名誉。怀亚特和朱莉安娜也都面临着内心的斗争。怀亚特害怕得知袭击者觉得不值得杀他。朱莉安娜怕发现吉纳维芙对她的爱远不及自己对吉纳维芙的爱那么多。
描述单一的冲突，确保你将它与身体上、心理上或精神上的渴望联系起来。	怀亚特和朱莉安娜在两起暴力事件中幸存 26 年后，他们仍被未解之谜困扰。冲突在他们需要知道真相和知道真相的后果之间产生。对于怀亚特来说，得不到答案就是解脱；对于朱莉安娜来说，得知没有答案就是困扰。怀亚特和朱莉安娜在心理上和精神上都受到折磨。朱莉安娜冒着身体受到伤害的风险，因为她在天黑后与一个明知是重刑犯的人在荒郊僻野见面，使自己身陷危险之中。还有，她的钱快花完了，而且因为工作懈怠被解雇，她很难再找到新的工作。

表 1.8　练习：解剖冲突——为你的故事选择一个核心冲突	
谁渴望什么？	
为满足自己的渴望，那些人愿意做些什么？	
有谁或什么东西阻挠他们？	
描述单一的冲突，确保你将它与身体上、心理上或精神上的渴望联系起来。	

这种方法效果如何？你有没有尝试过不同的方法？你有没有找到一种与你产生共鸣的单一冲突？你能否找到一种激发强烈情绪反应的冲突？一旦你对首要冲突胸有成竹，就可以着手评估人们对制造冲突的情形和冲突本身的反应。当然，说起来容易做起来难，要做到这一点，你必须知道那些人会有什么反应。

由于冲突是由情感驱动的，因此深入探究人们的感受是很重要的。弄清楚是什么促使人们做出那样的行为，对形成令人信服的冲突至关重要，这就是第二章要讨论的内容。

第二章 人物与冲突的协谐

写小说的时候，作家应该创造活生生的人。是人，而不是角色。角色只是画像。

——欧内斯特·海明威

- 用“首要激发器”来明确行为
- 解开更深层次的含义
- 找出动机
- 通过生存的故事激化冲突

用“首要激发器”来明确行为

让我们再次审视本章开篇的引语，诚如海明威一针见血地指出的那样，我们需要了解的是人，而不是角色。一旦确定了推动故事发展的潜在冲突，你就需要对笔下的人物有足够的了解，以便理解他们会对所处的情形做出何种反应。

我们可以用两种方法来做好情节设计：制造事情，然后根据事情来塑造角色；或者拿冲突来塑造角色，并明确合乎逻辑的、关键时刻会发生的事件。上述两种方法都不错。不管你选择哪种方法，都需要把情节设计好。你得了解冲突的形式和构成，以及导致人物采取行动的驱动因素。

忠实于人的真实感受

人与人之间的差别既有表面的，也有深层次的。我知道，对你来说这算不上什么新鲜事，但彻底认同这一事实是塑造形象逼真的角色的关键。例如，一句嘲讽人的话可能会令一个人勃然大怒，而另一个人可能对此无动于衷。有人会觉得这样的嘲讽很滑稽，而有人会觉得其令人很受伤。同样的道理，某件事会让一个国王大喊：“砍掉他的头！”而另一个国王对这件事只是稍感不快；第三个国王可能会感到悲伤；第四个国王可能会感到无聊。你需要对自己塑造的人物会对事件做出什么样的反应有一个精准的把握。如果你做不到这一点，人物的对话、行为和想法就会显得不真实或平淡。而如果你做到了，事件就会给人一种真实的感觉，从而推动故事的发展。在运用这个概念时，很关键的一点是，不要认为可以用自己的感受来衡量别人的感受。我们必须把自己和我们创造的人物分开，让他们拥有独立的个性。

例如，你对你母亲的感觉如何？如果你爱你的母亲，你可能想不通别人为何不爱他们的母亲。事实上，与母亲关系紧张的大有人在，有些人甚至跟他们的母亲一点联系都没有。基于这个现实，如果你不知道这个特定的母亲和那个特定的孩子之间的具体情况，你怎么能描述一个母亲对她孩子的爱？

例如，在杰西卡·斯特劳瑟 2017 年的小说（女性悬疑小说）《差点错过你》（*Almost Missed You*）中，母亲维奥莱特在她的丈夫绑架了他们的儿子贝尔时伤心欲绝。这种冲突是此类情形固有的，但光凭这一点就推动了情节的发展，因为维奥莱特太在意儿子了。例如，她睡在贝尔的床上，闻着贝尔留存的气味。相比维奥莱特对贝尔的热情，辛西娅·德阿普里斯·斯威尼 2016 年的文学小说《巢》（*The Nest*）中弗兰茜对自己孩子的无情形成了鲜明的对比。弗兰茜有四个孩子，人们形容她“无所事事”，后来又说她“有点刻薄”。由于受到维奥莱特的细心呵护，贝尔知道母亲深爱着自己，并会尽一切可能保护自己。弗兰茜的孩子们则知道他们只能自生自灭。这两个女人以完全不同的方式理解母性，每一个情节都是从这一核心差异有机地发展起来的。

为了把情节设计好，你需要知道人们关心什么、为何关心。

马斯洛的需求层次理论并未过时

20 世纪 40 年代，美国心理学家亚伯拉罕·马斯洛博士提出了人类需求层次理论。他发现，在基本生理需求（清洁的水、新鲜的空气等）得到满足之前，你是想不到其他需求的。然而，一旦生理需求得到满足，你就会有其他需求。根据马斯洛博士的说法，当物质需求得到满足后，你会觉得自己处于稳定而安全的环境中，你会依序寻求归属感（或爱）、尊重和自我实现。

有意思的是，这种需求层次与约翰·D. 麦克唐纳对冲突的评价一致，他认为冲突可以分为三类：生理、心理和精神（或者是三者的结合）的冲突；认为渴望（或需求）互相交织的思想是至关重要的。人是复杂的，他们的渴望也是复杂的。正如棒球传奇人物尤吉·贝拉所说："棒球比赛 90%靠的是心理，其余的才是靠身体。"生活是随时变化着的身体、心理和精神挑战的结合体。故事创作应主动接纳现实世界的复杂性。通过审视人们的渴望如何导致冲突，以及这些冲突如何折射人物的首要动机，故事就能够给出读者渴望的情感真相。

解开更深层次的含义

你可以利用读者的期望来增加精彩的转折，其中一些期望来自读者自己的经历、价值观、态度和信仰。你自己也可以通过设置认知铺垫来制造别的期望。例如，如果你在书的开头为情节的转折打下了基础，那么，当读者读到紧要关头时，之前的伏笔就会带来令人振奋的冲击力。因为你播下了种子，所以后来发生的一切就很自然——让读者感觉很真实。

无论你是依赖人们固有的信念，还是期望他们会追随你的指引，你都千万不能认为自己知道读者对任何特定事件有何反应。即便是在我们很清楚别人的动机的情况下，我们也要做"密苏里人"（见表 2.1）。第三章讨论了认知和认知差距的重要性。人们做事的动机有时是可预测的，有时是不可预测的。我们需要剥开我们所想、所感、所信、所愿的层层外壳，才能得到直接的真相。

表 2.1　用密苏里人的方式塑造人物

美国的每个州都有自己的昵称或口号。例如，纽约是"帝国之州"，新泽西是"花园之州"，加利福尼亚是"黄金之州"，康涅狄格是"宪法之州"（但我更喜欢它以前的昵称——"肉豆蔻州"）。密苏里是"证明给我看之州"。如果你说"关于这一点，我可是来自密苏里哟"，就可以此表明你不相信自己听到的东西。

这句话反映了自立的态度和无伤大雅的怀疑精神。让我们来刻画这样一幅情景：在那个年代，还没有电视或互联网，钻研技术问题不像今天这样便捷，人们也没有钻研的习惯。年老的农场主站在他的谷仓旁，避雷针推销员向他走来，保证说如果他把避雷针安装在谷仓的顶上，就可以免遭雷暴造成的火灾的影响了。这显然激起了农场主的好奇心，但还不足以让他相信。他不想听别人说避雷针有什么作用，他要推销员证明给他看。“证明给我看。”作为作家，我们都需要密苏里人的质疑精神。

之所以有这种强烈的认识，是因为作家会掉进一些不易察觉的陷阱，如果不避开这些陷阱，是有风险的，情节设计就会显得虚假，就会疏远读者。不妨考虑一下下面这个样例：

我们不应该轻信人们说了什么，而应该看他们做了什么。斯科特·派克博士在 1978 年出版了一部教人自救的大部头著作——《少有人走的路》（*The Road Less Traveled*），他在书中说：“爱与时间成正比。”你对我说你朝思暮想地爱我，但如果你不用行动向我表明，我就感受不到爱。

我们也不能轻易相信权威。被任命或当选的领导人也许是可敬而正直的，但他们也可能是狡猾且不知满足的贪图权力者。人们盲目地追随权威是因为他们不愿意断了自己的既得利益，这一点可以营造出引人入胜的情节。我在《杀手的信物》（*Killer Keepsakes*）中就用它来阐释为何那个建筑工人没有告发他老板的偷窃行为。我一直纠结于该如何恰当地把他选择保持沉默的决定表现出来，而不显得十分别扭。这时，我熟悉的一个司法会计师告诉我，那位建筑工人当然不会告发自己的老板——雇员很少会这样做。

我们甚至有必要怀疑人们对事件的叙述。记忆不像录像，倒更像是缺了几块的七巧板。当回忆不起某种情况的某些方面时，我们就会根据自己的经历和喜好来填补空白，一旦我们这样做了，我们就会认为自己的记忆是完整和准确的。（关于目击者证词的缺点，请参阅第三章的练习。）

刻板印象会对我们工作的真实性构成威胁。即使有着世界上最好的愿望，刻板印象也是很难改变的——刻板印象并非有意形成的。例如，美国国家教育协会讨论了“刻板印象威胁”这一概念，认为这些先入为主的观念是有害的，我们虽然没有意识到，但它们的确在发挥作用。例如，为了验证男性在数学方面优于女性这一刻板印象是否会影响考试结果，美国教育考试服务中心要求参加 AP 微积分考试的一半人在考试前确定他们的性别（作为常模），而另一半人在考试完成后才填写人口学信息。后一组的女性考试表现优于男性，前一组的女性则没有。仅仅让女性考虑她们的性别就会让她们产生数学上的自卑感，而这些感觉会导致她们的表现下降。

作为作家，我们要努力创造真实的情境。而要做到这一点，我们要像密苏里人那样敢于质疑。

人人都说谎

有时候，我们看到的与我们心目中所认为的刚好一致。而有些时候，我们看到的是假象。人们为了显得正常而戴上“面具”，或者是假装正常，但实际上他们并不正常。

给真实的自己带上“面具”是在撒谎，或起码是隐藏了真实的自己。人物为什么要这样做？研究人员告诉我们，每个人都会说谎，而且塞思·斯蒂芬斯·戴维多维茨还就此写过一本书，即 2017 年出版的《人人都说谎：大数据、新数据以及互联网揭示的真实的我们》（*Everybody Lies: Big Data, New Data, and What the Internet Can Tell Us about Who We Really Are*）。人们说谎的原因各不相同。

我们说谎是为了顾及他人的感情或者保全自己的面子。为了取悦我们敬佩或惧怕的人，我们也会说谎。有时候，人们以蒙蔽别人为乐。有些人习惯了伪善的生活，撒谎已经成了习惯。有些人撒谎，是因为他们对自己的所做、所感或所欲感到羞耻。故事中的人物为什么要撒谎呢？只有懂得促使人们做出某种行为的真实原因，你才有可能写出让读者信服的情景。人们往往只关注谁、什么、何时、在哪儿，而忘记了为什么，但往往是为什么揭示了事物的真相。

在阅读下面的场景时，问问自己为什么会发生这种情况。人物渴望什么？他们的主要动机是什么？

> 一个衣衫褴褛的人一瘸一拐地经过水果车时，顺手拿了一个苹果。小贩抓住他，想拿回苹果，遭到反抗，于是小贩把这人摔倒在地。一个女人停住脚步，指着打斗的两个男人。

现在，你清楚发生什么事了。你可以把过程描述出来：两个男人为了一个苹果而扭打在一起。你知道其中的原因吗？

场景一：那个衣衫褴褛的男人饥肠辘辘，饿得不行了。那个女士对小贩在那个男人如此窘迫的情况下对其拳脚相加震惊不已，希望有人能出面制止。

场景二：那个衣衫褴褛的男人和那个女人是来自敌对政府的间谍，他们想借机转移视线。一个美国通敌者在牛油果下面放了一把钥匙，他们需要所有人都将注意力集中在这两个打斗的男人身上，这样女人才能拿到钥匙，完成他们的使命。

相同的冲突源于截然不同的动机。在第一个场景中，男人渴求食物，他受到生理需求的驱使。在第二个场景中，男人的动力源于他对事业的忠诚，他渴望安全，也许还有同事和政府的尊严。同一个冲突，两种渴望，两种（或者更多的）主要动机。

要塑造出逼真的人物，首先你得清楚人物渴望什么，并且知道产生渴望的首要动机。你要做的就是依靠固定的形象和老套的语言。

你会注意到，场景二当中有一个人背叛了自己的国家。要使这种叛国的情节令人信服，你需要理解其背后的动机。弄清楚为什么人们会背叛自己的国家，你就能推此及彼，想明白其他方面的问题了。

找出动机

探寻人的动机的想法并不新鲜。例如，专家告诉我们，人们出卖国家的原因有四个，这四个原因加在一起就形成了首字母缩写词 MICE（money，ideology，coercion，ego）。这四个原因是：

1. 金钱（money）
2. 意识形态（ideology，政治、宗教及其他指导原则）
3. 胁迫（coercion）
4. 自我（ego）

让我们来逐一讨论这四种宽泛的类别，看看你可以如何利用这些信息，使人物在生活的各个方面与他们的渴望和首要动机保持一致，而不仅仅是在间谍活动方面。

金钱：并非万恶之源

金钱似乎是一种易于理解的犯错动机，但正如《圣经》中所说，问题的本身不是金钱——而是对金钱的爱。（马克·吐温曾经说过，缺钱是万恶之源。）

有些人把金钱作为得分的手段。我上大学的时候，在楼道尽头的一间宿舍里，有个学生贴了一张海报，上面有个年轻人站在一辆劳斯莱斯旁——身穿马裤，手持马鞭。海报的背景是一座都铎风格的大厦。配文说："谁死的时候玩具最多，谁就赢。"有些人贪得无厌且毫无道德准则。他们索取无度，不考虑他们的自私会给别人造成什么影响。

在某些情况下，当面对绝望的情况时，即使是非观念很强的人也会出卖他们所拥有的东西来得到他们需要的东西，不管这样做是否合法或合乎伦理道德。正如马斯洛博士所说的，当一个人饥饿难耐时，他所关心的就是找到食物。

我听说，有个身无分文、被家人抛弃又找不到工作的年轻女人，卖掉了自己的护照，然后报了失，并得到了补发。我很震惊，但是告诉我这件事的朋友并不震惊。"你先把护照卖了，"他说，"接着就得把自己也卖了。"

如果某个女人为了支付儿子的癌症临床治疗费（保险公司拒绝承保的治疗）而出售护照，那又会怎么样呢？这种行为是不是更容易被理解？大多数人不会有疑义。这倒不是说她这种出卖行为降低了她的背叛程度，但这为她的动机找到了注解。她在乎的不是钱本身，她是用钱买希望。难道你不觉得她更关心她的儿子而不是她的国家是合理的吗？我们许多人都会同情她做出这样的决定。当然，有时候动机一旦与金钱扯上关系，就没那么高尚了。

例如，一个人可能会落入自己设下的陷阱。他可能陷入赌博的麻烦，或者正被人勒索，因为他害怕别人将自己的同性恋关系公之于众。或者，自从他姐夫在汉普顿买了一栋避暑别墅后，他就一直压抑着可怜的嫉妒情绪，这种情绪折磨得他几乎喘不过气来，他已经快崩溃了，又会如何呢？

其他的一些渴望也只能用金钱来满足。例如，在荷尔蒙激情带来的阵痛中，一个高中男孩可能会做出任何事情来搞到他需要的钱，带他的梦中女孩去参加舞会。

下面这个清单可能不够全面，它的目的是通过评估与金钱有关的渴望，帮助你思考金钱驱动行为的种种方式。请注意，这些动机与首要动机有关。

- 贪婪：尽管我拥有的已经够多了，但我还想要更多。
- 报复：你拿走了本该属于我的东西，我要拿回对等的东西。
- 恐惧：我老是觉得自己拥有的不够多。
- 嫉妒：尽管我拥有的已经足够多了，但我不能忍受你拥有的比我多。
- 自由：没有钱，我成了抵押贷款的奴隶。
- 生存：没有钱，我会死。

与金钱有关的首要动机：

- 生理需求
- 安全需求
- 归属需求
- 尊重需求
- 自我实现需求

请注意，每一个首要动机都脱不开这份清单，因为金钱影响着我们生活的每个方面。

意识形态：点燃激情

真正的信徒会追随自己的信仰来行动，不管这个信仰是什么。信仰是狂热者的行动驱动力源泉，惧怕狂热者的人把狂热者树立成恐怖分子，感激狂热者的人则把狂热者塑造成爱国者。

例如，杜肯间谍团（Duquesne Spy Ring）这个案子是美国历史上最大的一起被定罪的间谍案。1941 年，共有 33 名德国间谍要么认罪、要么被判犯有间谍罪。这些人是纳粹事业的忠实信徒，以损害英国和美国的利益为己任。

发自内心的激情会让人对某种信条执迷不悟，从而把自己的国家抛诸脑后。从来没有任何一种信条可以控制受意识形态动机驱动的恐怖主义行为。

意识形态也不仅仅就政治或宗教而言。还有无数其他的信仰使人们选择了不同的生活方式，其中一些是为主流社会所不接受的。例如，生态恐怖主义者被人们所唾弃，其中有个“地球解放阵线”组织，它以防卫运动为幌子，实则专门从事一些纵火等激进活动来破坏新的开发项目，从中获取利益。还有“解放动物”恐怖分子，例如丹尼尔·安德烈亚斯·圣地亚哥，在逍遥法外 14 年后仍然被列为联邦调查局的头号通缉恐怖分子。圣地亚哥据称是一个“素食动物解放主义者”，惯于使用暴力来达到自己的目的。

坚定不移的信仰可能会导致犯罪活动。只要你了解人们的狂热所在，你就能够预测他们会做出什么样的行为。以下是其他一些与意识形态相关的渴望，以及潜在的首要驱动因素。

- 报复：你背叛了我的（××信仰），所以我要报复你。
- 恐惧：你认为你的方式是唯一的方式——我必须采取行动保护自己（和我的信仰）。
- 辩护：你错了，我会让你知道什么是对的。
- 生存：你试图宣布我的信仰为非法；为了生存，我必须反击。
- 改变宗教信仰：我需要向你展示通往救赎、涅槃或来生的道路。

与意识形态相关的首要动机：

- 安全

- 尊重
- 自我实现

因为意识形态过于个人化和私人化，可能还有其他不那么明显的渴望和首要动机交织在一起。

胁迫：有风险的高压手段

不是每个人都自愿成为间谍。有时，人们屈服于恐吓而成为间谍，恐吓的范围可以是身体虐待、酷刑或者勒索。例如，罗纳德·汉弗莱就因在越南战争期间从事间谍活动而被定罪。显然，他被逼到了死角，因为他被威胁再也见不到那个他称为合法妻子的越南女人了。

敲诈很容易得手，人们有时会树立敲诈的目标来提升敲诈的能力。例如，在雷克斯·斯托特 1965 年的小说《门铃响了》（*The Doorbell Rang*）中，尼禄·沃尔夫的助手阿奇·古德温接受了在曼哈顿一家不起眼的酒店里的神秘会面。他决定赴约，但他担心自己会和一具尸体或者一个裸体女人同框。处在不利位置的他如果照片被曝光，他帮助沃尔夫先生找出真相的工作就会变得更加复杂。

在现实生活中，德国移民威廉·塞博尔德遭到了纳粹操纵者的勒索。他们威胁说要告诉美国政府：他为了进入美国而撒谎。塞博尔德同意为他们从事间谍活动，然而，他转过身就背叛了纳粹操纵者。这凸显了胁迫面临的一个重大问题——当你胁迫某人时，他假装忠诚于你；而只要有机会，他就会背叛你。这种现象为创设动人心魄的曲折情节提供了丰富的条件。首先，你的人物处于一种妥协的境地；其次，他被勒索；再次，他背叛了勒索者。试想一下，在商界或学术界有没有这种现象。

如果人们不具备抵抗胁迫的条件，他们就完了。他们没法谈论自己遭遇的困境——假如可以拿出来说的话，他们也不至于受到敲诈。以下是其他一些与胁迫相关的渴望，以及与之相关的首要动机：

- 自由：我觉得自己无法动弹。我渴望自由，而不是生活在害怕自己会被勒索的恐惧中。

- 仇恨：如果你威胁我，我会对你深恶痛绝。（仇恨可能演变成复仇。）
- 报复：我可能会以命抵命来实施一桩痛苦的复仇。
- 找到出路：我可能会竭尽所能摆脱困境。
- 尊重：我不想当傻瓜。我想操纵木偶，而不是当木偶。

与胁迫相关的首要动机：

- 生理需求（在某些被孤立的情况下，如表 2.2 所示）
- 安全需求
- 尊重需求

表 2.2 孤立：沉默的杀手

利用孤立的潜在力量，是使故事更具戏剧性的好办法。请注意，三种类型的孤立与麦克唐纳提出的三重驱动力是一致的，即身体孤立、心理孤立和精神孤立。以下是一些关于孤独和孤立的令人信服的事实：

- 杰西卡·奥利恩在 *Slate** 杂志中一篇关于孤立的文章《孤独是致命的》中写道："社会孤立导致的死亡人数比肥胖导致的死亡人数更多——社会孤立还让人觉得羞耻。"
- 德鲁夫·胡拉尔博士在 2016 年发表于《纽约时报》的文章《社会孤立如何杀死我们》中指出："在这个超级互联的数字时代，一个巨大悖论是：人们似乎正在疏远……相互之间的联系是人类幸福的核心。"
- 让·加利亚纳为《艾社康》(*ACCESS Health*) 撰写的博客《孤独：沉默的杀手》引用了一项发表在《心理科学透视》上的研究。她写道："一项对 6 500 名 52 岁以上人的研究发现，社会孤立和孤独感使老年人的死亡风险增加了 29%到 32%。"

值得注意的是，从事不同体裁创作的作家都能够利用这些信息（以及他们的个人经历）来写出逼真的故事。

- 乔纳森·富兰克林的纪实小说《438 天：海上生存的非凡真实故事》(*438 Days: An Extraordinary True Story of Survival at Sea*) 讲述了萨尔瓦多·阿尔瓦伦加的神奇经历：他离开墨西哥，开始了为期两天的捕鱼之旅，一年多后在太平洋上被冲上一个小岛，这次可怕的经历——包括孤独——使他发狂。

● 罗伯特·库尔 2008 年的回忆录《孤独：在极端情况下寻求智慧》（*Solitude: Seeking Wisdom in Extremes*）讲述了他在独自生活的那一年如何寻求精神上的理性。

● 休·哈尔彭 1992 年的散文集《走向孤独》（*Migrations to Solitude*）探讨了人们渴望独处却又害怕孤独的二元关系。

● 盖尔·霍尼曼 2017 年的小说《埃莉诺·奥利芬特好着呢：一部小说》（*Eleanor Oliphant Is Completely Fine: A Novel*）讲述了三个人忍受着与世隔绝的生活，以及他们如何通过敞开心扉来摆脱孤独。

请注意，孤立极少凭空发生。例如，如果你身体上被孤立，你可能会感到孤独（心理上的孤立），得不到别人的关心（精神上的孤立）。在构思故事情节的时候，要思考如何运用孤立来增加故事主题的分量。

* *Slate* 是美国知名网络杂志，创刊于 1996 年，以政治评论、离奇新闻和艺术特写等内容而闻名。Slate 的本义是“石板”或“用板岩覆盖”，口语中常引申为“拿到报刊上进行抨击谴责”，英式英语中还有“纵狗咬人”的含义。——译者注

自我：自恋会导致麻烦

人们都希望被重视。正如查德·布鲁克斯在《赫夫邮报》的文章中解释的那样，“研究表明，欣赏能激励员工更努力地工作”，奖励比惩罚能更有效地保持员工的满意度并让他们努力工作。行为科学家早就发现，正强化比负强化更能有效地修正行为。我们可以利用这一信息来创造一些角色，他们会以某种方式来回应其他角色对待他们的方式。触碰别人的自我听起来有点自私或武断，但我们都需要印证自己的想法。最好的做法是主动的、自发的且不经掩饰的。

如果我想招募一个间谍，我会恭维她，称赞她最想被称赞的东西。如果她以自己的才智为傲，我就会表现出对她的智慧敬畏得五体投地。如果她在网球比赛中春风得意，我会假装被她的运动能力所折服。如果我对待你像对待女王一样，而不是像对待奴才或低级员工那样，你就更有可能对我言听计从。换句话说，吹捧是管用的。当然，拍马屁也要讲究技巧。拍马屁的语言和方式一定要让人觉得真有那么回事。

用这种方法来操纵别人，是利用了人们渴望自己拥有鹤立鸡群的感觉的特点。我母亲曾经告诉我，交谈的秘诀就是把普通人当成名人、把名人当成普通人。当你把一个普通人当作某个特别的人来对待时，他肯定不会无动于衷。名人对别人的奉承已司空见惯，所以聊些无聊的话题可以使互动更顺畅，比如聊点他们不常见的、他们可能会感兴趣的事物。

以自我为中心的动机比比皆是。新闻中所有因违法而被捕的人，事后看来，都是愚蠢至极的——他们真的认为自己通过在海外账户中隐藏数百万美元就可以逃避联邦税收？可以用私人包机进行公共商务旅行？可以性骚扰或者性虐待？傲慢的人认为日常规则管不了他们。过度膨胀的自我会遮蔽自恋者的眼睛，使他们看不到大多数人所看到的东西。如果你创造了一个角色，在故事的开头就表现出他冷酷无情的行为，那么这个角色以后所做的任何以自我为中心的事情都是可信的。

现在，世界上有成千上万专注且颇有成就的计算机黑客。他们中的一些人追求金钱，另一些人是为了发泄心中的怨恨。还有一些人想证明他们比同行更擅长黑客工作，他们醉心于这种见不得人的工作，即使这一工作有时会令他们身败名裂。正如涂鸦艺术家和炸弹制造者经常在他们的涂鸦画和炸弹上留下签名一样，计算机黑客也是如此。例如，黑客“丑陋的大猩猩”将自己名字的首字母 UG（Ugly Gorilla）嵌入计算机日志和他用过的恶意软件程序中。以这种方式暴露自己的唯一合乎逻辑的解释是：他想要出名的欲望超出了他想躲避执法部门雷达的欲望。一个价值观如此扭曲的人不会成为一个有趣的角色吗？

你还记得汉斯·克里斯蒂安·安徒生 1837 年的《皇帝的新装》吗？高傲的皇帝雇用两个织工来织最华丽的衣服。这两个织工是骗子，他们告诉皇帝，他们为他创造了一种特殊的布——但实际上没有。他们解释说，任何不称职的人或者“愚蠢得无可救药”的人都看不到这种布。皇帝的大臣们假装能看到他的新衣。设想一下……他们还能做什么？质疑他们的皇帝的世界观，意味着他们不称职或愚蠢。当皇帝在街上大摇大摆地走着时，他的臣民们也假装看到了他的新衣服。最后，一个不明就里的孩童大声说："皇帝根本什么都没穿!"旁人叽叽喳喳表示赞同。尽管皇帝意识到这是真的，但他还是继续着他的骄傲游行。今天，人们用"皇帝的新装"这个习语来形容这样一种情况：人们要么相信、要么假装相信一些毫无价值或意义的东西有价值或意义，或者不敢表达与主流或流行观点背道而驰的观点。这个寓言已经流传了将近两百年，因为它触及了根本性的真理：每个人都渴望得到肯定，没有例外。

当然，有些人爱慕虚荣，他们需要被崇拜才能活着，就像他们需要食物和水一样——这些人是自恋狂。如果你奉承他们，他们会认为你聪明；反之，他们会认为你愚蠢、工于心计、不值得信任（如表 2.3 所示）。

表 2.3　自恋者的特质

桑迪·霍奇基斯，在 2003 年出版的《为什么总是关于你?》(*Why Is It Always About You?*) 中描述了她所说的"致命的自恋七宗罪"。从作家的角度来看，这为动态可信的曲折情节设计提供了优越的条件。自恋者可以推动或支撑你的情节发展。不过，要让它有效，你需要确保你的事件与角色的个性相吻合。

一个以自我为中心的人的七个特征是无耻、离奇的想法、傲慢、嫉妒、贪图权益、盘剥他人和分不清界限。具体来说，自恋者可能会有以下行为：

- 缺乏羞耻感和谦逊精神（**无耻**）
- 认为自己是完美的（**离奇的想法**）
- 自吹自擂——她很自负（**傲慢**）
- 为了抬高自己而贬低他人（**嫉妒**）
- 希望得到肯定，不管是不是通过努力得来（**贪图权益**）
- 把他人当作垫脚石（**盘剥他人**）
- 将他人视为自己的一部分（**分不清界限**）

自恋者可以成为有趣的角色。这里有一些例子详细说明了自我形象是如何转化为冲突的。

- 费奥多尔·陀思妥耶夫斯基的经典小说《罪与罚》首次出版于1866年，主要讲述了主人公罗迪翁·罗曼诺维奇·拉斯柯尔尼科夫面临的伦理困境。主人公本质上就是一个反社会者，既无情又冷漠。
- 《自我主义者》（*The Egoist*），乔治·梅雷迪思著，1879年出版，讲述的是一个男人寻找一个能思考他的观点并赞美他的妻子的故事。
- 蟾蜍先生是肯尼斯·格雷厄姆1908年的儿童小说《柳林风声》（*The Wind in the Willows*）的主要人物之一，他以自我为中心且自负。
- 珍妮特·菲奇1999年的文学小说《白色夹竹桃》（*White Oleander*）中的母亲英格丽德过于自我，几乎忘了自己还有个女儿。

回避病态的自恋，可以让你审视自恋是如何影响日常生活的。以下是一些与自我相关的渴望，以及相应的首要动机：

- 控制：我害怕变得脆弱。
- 胜利：没有什么比赢得胜利更好的了——没有什么。
- 赞同：我渴望公众的喝彩。
- 情感崇拜：我渴望感觉良好。

与自我相关的动机：

- 归属感
- 尊重需求
- 自我实现

渴望与冲突的联系

为了设计有效的情节，你需要将角色的渴望与冲突结合起来。这样，你就会知道哪些首要动机是最相关的，并且从这些信息中发展出绝妙的故事。例如，我们假设你的主人公洛蒂是一个有两个孩子的寡妇，在悲伤和空巢综合征之中挣扎。她渴望从前的日子——充满爱意的丈夫和孩子们，他们需要她，给她生活的目标。她不能让时光倒流，她也不想这么做，因为她的丈夫在去世前遭受了巨大的痛苦，而且现在她的孩子们都过得很好。但是，她感到无聊和孤独，觉得自己一无是处。她在当地一所大学学习。她还做了义工。她尝试了瑜伽和芳香疗法，并参加了单身旅行，希望找到一些快乐。但这些努力只能让她挥之不去的悲伤加倍显露出来。她正在慢慢地走下坡路。以下是对于洛蒂的渴望、冲突和首要动机的分析：

- 渴望：洛蒂渴望成为某人的生活中心，使自己变得重要。
- 冲突：从表面上看，洛蒂做的一切都是对的，但她现在比以往任何时候都悲伤；随着时间的推移，她变得越来越沮丧。洛蒂试图让自己忙碌，找一些有意义的事情来打发时间，但她的忙碌并不是问题所在——洛蒂渴望亲密关系，让她感觉自己真正有价值。要么是她没有意识到问题的本质，要么是她忽视了。不管怎样，根本的冲突就是由这个错误引起的。
- 首要动机：洛蒂表现得好像她需要稳定性，但她真正需要的是归属感和自尊。

弄清楚渴望、冲突和首要动机，可以让你构思出丰富而有意义的情节和故事。当你处理这些关键要素时，你会注意到许多最成功的故事都集中在某些关乎生存的要素上。

通过生存的故事激化冲突

不管是战胜情感剧变、心理崩溃还是精神空虚，生存都是文学中无处不在的主题，这也是有充分的理由的。生存的意志是一个带有普遍性的问题，而普遍性的问题是能够引起共鸣的。当你把渴望和冲突联系起来时，就会产生对立的目标。这表明，在主题方面，所有有效的故事都是关于生存的。

在不同环境中存活

“人与自然对抗”书写的是关于生存的经久不衰的经典故事。在盖瑞·伯森1987年赢得“纽伯瑞奖”的少年小说《手斧男孩》(*Hatchet*)中，13岁的布莱恩·罗伯逊和一名飞行员驾驶单引擎飞机从纽约飞往加拿大。[①] 布莱恩的父母离婚了，布莱恩要去看望他的父亲。飞行员在空中死亡——可能是心脏病发作，飞机在加拿大荒野坠毁。布莱恩没有受伤，但是落得孤身一人。他除了身上穿的衣服和母亲送给他的短柄小斧外，一无所有。为了生存，布莱恩必须找到食物、干净的水和住所。故事的第一阶段集中在肉体生存（生理和安全的首要动机）方面。随后，他必须掌控自己的新环境，坚忍不拔，以冷静而自信的心态去面对意想不到的、可怕的情况。这个阶段最关键的是心理生存（归属感的首要动机在这个例子中来自他的新家——荒野）。最后，他不得不克服极度的自怜，与绝望搏斗，暂时放下一直困扰着他的一个秘密，直至找到拯救自己的勇气。最后这个阶段指向精神生存（自尊和自我实现的首要动机）。这本书叙述了一场关乎生死的冲突，符合所有此类小说的条件。见表2.4。

表2.4　片段故事中的冲突
问：我的回忆录是片段式的，讲述的是爱德华七世时期的一套银茶具，当时外祖母将其作为结婚礼物收下。而这套茶具现在的主人是我的表哥，他是在茶具被从他母亲那里偷走并卖掉后，从一家当铺买下了它。这个故事感觉很平淡，我怎样才能使它生动起来呢？ **答：**用小说家的口吻来讲述真实事物属于纪实文学（纪实文学也被分为创造性纪实文学和叙述性纪实文学）。事实上，如果这个故事是你自己的生活经历，那么它就是回忆录，是一个特定时期的生活片段。当一些东西让人感觉“平淡”时，一般是指叙述的方式过于平铺直叙（就是在一味地讲述，而不是展

① 盖瑞·伯森（Gary Paulsen，1939—　），出生于美国的明尼苏达州，先后当过卡车司机、捕猎人、弓箭手、导演、演员、歌手、水手、工程师、农夫、教师。盖瑞·伯森职业的多样化造就了他丰富的人生经验。后来，他移居森林，潜心写作，作品大部分取材于实际生活，他也成为一个讲故事的高手。《手斧男孩》首部曲出版后，作者几乎每天都收到200封读者来信，询问布莱恩后来怎么样了。至今，《手斧男孩》已畅销全球2 000 000册，荣获美国知名大奖“纽伯瑞奖”，被评为美国100年来最优秀的50部青少年图书之一。——译者注

示)，所以我首先要考虑的是如何用动作和对话来取代阐述。

你的情节结构听起来很有趣。这让人想起了关于“希望之钻”* 的故事。据称，“希望之钻”(又名“塔维奈尔之蓝”等)于17世纪在印度被发现。在几经易主之后，钻石被卖给了法国国王路易十四。然后，它被偷走，继而丢失，被送走，然后又被偷走。被保存在英国将近100年之后，它来到了美国。自1958年之后，它一直在华盛顿大哥伦比亚特区的国家自然历史博物馆展出。

描绘那些觊觎一件物品的人以及随之而来的冲突的小片段将会造就引人入胜的故事，比如“希望之钻”或者你家祖传的茶具。

查尔斯·托德在他2017年的中篇小说《漂亮的小盒子》(*The Pretty Little Box*)中采用了一种片段式的结构。托德讲述了1915年英格兰一位老妇人偷走了一本装在华丽的金盒子里的古书。这本书被弄丢了，然后被找到，又被偷走，数次易手，最后跟一个喜欢它的主人埋在了一起。这个故事是分11个片段来讲述的，一个人一段，在这期间由这个人拥有这个盒子。每个片段都有开头、中间和结尾。每个故事都围绕着角色对书、盒子或者书和盒子所代表的东西的渴望展开——哪里有渴望，哪里就有潜在的冲突。

就像纪实文学作品和小说类作品一样，当回忆录按照片段结构来写作时，你需要一个一以贯之的要素——对你来说就是银茶具——但你需要关注的是这个一以贯之的要素对每个人来说意味着什么，而不是要素本身。根据首要动机去寻找答案。一旦你了解了每个人的渴望，就要找出是什么人或什么东西在阻碍他实现这个渴望。这种冲突将推动你的故事发展。通过行动和对话把它写下来，人们就会手不释卷!

* “希望之钻”是历史上有名的“厄运之钻”，总是伴随着凶杀以及抢夺，是沾满了鲜血的不祥之物。这块“厄运之钻”几经易主，而主人都相继离奇地死亡，直到被捐献给美国的史密森尼博物馆，厄运之说才得以告一段落。——译者注

《乱世佳人》是玛格丽特·米切尔1936年获得普利策奖的畅销小说，也是一个关于生存的故事。《乱世佳人》讲述了南北战争及之后的一段时间里，也就是1861年到1873年间，南方奴隶主斯嘉丽·奥哈拉从青春期到成年期的故事。从风格上讲，这是一部成长小说，是一个关于成长的故事。这个故事聚焦于斯嘉丽从16岁到28岁的情感和精神上的成长。小说还触及了斯嘉丽对肉体被折磨的反应，谁能忘记“……上帝作证，

我再也不会挨饿了”这句话？当被问及她的小说是关于什么主题时，玛格丽特·米切尔回答说是关于生存的。她创设了一个将她笔下的人物推入生死关头的情境，并描绘了他们为了生存愿意做什么。

在《巢》（本章前面讨论过）一书中，四个兄弟姐妹——里奥、杰克、梅洛迪和比阿特丽斯，不得不面对一个事实：他们一直指望的信托基金支付款不太可能拿到。没有这笔钱，对他们来说生活就结束了。四个兄弟姐妹都希望获得或保持尊重，或者拿回他们失去的东西。而对于杰克和梅洛迪来说，这笔钱也能买到安全和保障。杰克一直在用他和伴侣共有的海滩别墅作抵押，以维持他那濒临破产的生意——而他伴侣对此一无所知。梅洛迪决心成为一个善良且充满爱意的母亲，因为她从来没有拥有过这一切——然而现在她却把家庭带到了经济崩溃的边缘。里奥卖掉了自己的网络文学杂志，失去了在曲高和寡的纽约市文学界举足轻重的地位；等拿到那笔钱，他打算花钱重新杀回这个圈子。似乎无法写完小说的比阿特丽斯，已经成为一个老梗和笑话；她希望里奥在文学圈混迹多年的力量能够重新崛起，从而促进她的自我救赎。这本书记录了他们为了生存不顾一切努力的过程。

这种冲突观——当你把冲突与渴望联系在一起时，你最终会陷入一场为生存而进行的激烈战斗——适用于所有类型的小说，可以触及任何首要动机。例如，《巢》所探讨的主题并不像《手斧男孩》那样是为了解决物质生存的问题，而是为了解决精神生存的问题。

主题的分量

你越熟悉角色的需求和欲望——他们的渴望——你的故事就会越有感染力。表 2.5 展示了一种在讲故事时分析冲突和首要动机之间关系的方法。通过评估冲突是如何影响情节和故事发展的，你就能够为你的写作增加分量和重要性。

表 2.5　分析故事中渴望、冲突和首要动机之间的关系		
作品名称、作者、出版年份、类型	解析潜在的冲突	渴望、冲突和主要动机之间的关系
《双面间谍》(*Double Cross*)，杰弗里·迪沃，2017年，短篇小说	特伦克·曼惹上了放高利贷的老手帕帕。因为特伦克·曼不能还上利息，更不用说偿还本金，所以他提出偷一些无记名债券，以解决债务问题。特伦克·曼希望帕帕别再烦他了，让他喘口气。帕帕想要他的钱，想要维持他在员工中的强硬形象。	特伦克·曼渴望摆脱债务。他的首要动机是生存。 帕帕渴望得到尊重，他的首要动机是稳定和尊重。
《爱，失去，我们吃了什么：回忆录》(*Love, Loss, and What We Ate: A Memoir*)，帕德玛·拉克希米，2016年，回忆录	著名电视节目《顶级厨师》的主持人帕德玛·拉克希米出生于印度，曾在伦敦、意大利的城市、洛杉矶和纽约等地生活过。她说自己从来没有在任何地方感到很自在。她渐渐意识到，食物就是爱。拉克希米希望在某个地方有家的感觉。	拉克希米渴望找到一个社区，在那里，她能得到真正的尊重。她的首要动机是归属感和稳定性。
《夜工》(*Nightwork*)，欧文·肖，1975年，纯文学小说	道格拉斯·格里姆斯是一家无名酒店的前台职员，他从一位死于心脏病的客人那里偷走了10万美元。格里姆斯用这笔钱改头换面，因为他知道总有一天会有人找到他，索要这笔钱。	道格拉斯·格里姆斯渴望更好的生活，他的首要动机是获得尊重。

《暮光之城》(*Twilight*),斯蒂芬妮·梅尔,2005年,青年魔幻文学(吸血鬼爱情小说)	《暮光之城》讲述了贝拉和爱德华的故事。爱德华是个吸血鬼,尽管如此,贝拉还是爱他。她内心深处也想成为一个吸血鬼。但爱德华拒绝帮助她,因为他认为永生是一种诅咒。这个情节利用了青少年的性紧张感和不适应。	贝拉渴望爱情并想要变成吸血鬼。她的首要动机是获得归属感。 爱德华渴望生命的意义,他的首要动机也是归属感。
《隐匿处》(*The Hideaway*),劳伦·K. 丹顿,2017年,基督教小说	祖母去世后,萨拉回到了亚拉巴马州的斯维特贝。这场冲突围绕着她是遵循祖母的意愿重新装修含住宿和早餐服务的旅馆,还是回归她在新奥尔良快乐而成功的生活展开。	萨拉渴望做正确的事情,并从中得到清晰感和满足感。她的首要动机是稳定和尊重。
《蛇行:从欧洲到南亚,恐怖笼罩下连环杀手的真实故事》(*Serpentine: The True Story of a Serial Killer's Reign of Terror from Europe to South Asia*),托马斯·汤普森,1979年,纪实文学	故事围绕着迷人的反社会连环杀手查尔斯·索布拉杰卑鄙的职业生涯展开,他环游世界,寻求获得赞誉,逃避牢狱之灾,马不停蹄且毫无愧疚地制造罪行和受害者。	索布拉杰渴望成名并一直成名下去。他的首要动机是获得尊重。

在设计情节之前花时间深入探究人物的动机,不仅仅是一种简单有效的写作方法,还能提高你的工作质量。

寻找关键要素之间的关系

一旦你知道一个人的渴望是什么,他愿意做什么来满足这种渴望,你就可以找到一个旗鼓相当的对手——顾名思义,这将产生冲突。你可以通过确保冲突与首要动机同步,来使冲突足够重要,从而推动故事发展。这个过程的三个步骤如下：

1. 找出某个人的渴望。
2. 选择一个对手来制造冲突。
3. 使冲突和首要动机同步。

分析你欣赏的作品可以帮助你识别各种模式。使这种方法适应你所选体裁，你就能够对情节设计做出明智的决策。选择三个或更多的范例，并完成如表 2.6 所示的练习。

表 2.6 分析故事中渴望、冲突和首要动机之间的关系

作品名称、作者、出版年份、类型	解析潜在的冲突	渴望、冲突和首要动机之间的关系

进展如何？可以思考以下因素来评价你的分析：

1. 你能够从事件根源中找到身体、心理和精神上的渴望吗？
2. 那些渴望的戏剧性如何？
3. 它们是秘密的还是公开的？
4. 它们是常见的（例如，经济独立）还是罕见的？

5. 什么人或者什么东西阻碍这种渴望?

6. 冲突的本质要素是什么? 是否足够重要，从而推动故事的发展?

7. 涉及哪些首要动机?

8. 冲突和首要动机之间的关系是否和谐?

9. 你从中注意到什么模式了吗?

10. 这些信息对你自己的故事有何启示?

仅仅知道是什么让故事的角色做出如此反应是远远不够的，你还需要分析他们的认知，我们将在第三章讨论这个问题。

第三章 认知的力量

世上有已知的事情和未知的事情，连接两者的是认知的大门。

——奥尔德斯·赫胥黎

- 引言
- 识别认知与发现洞察力
- 在你所选小说类型中解析范例
- 利用认知差距
- 根据不同的观点创作故事情节
- 引发痛苦
- 选择你的对立力量

引言

本章讨论与认知有关的两个相互交织的问题。第一部分“认知是现实”深入探究认知的概念，以及它如何以明显和微妙的方式影响我们的角色和故事。第二部分“认知差距”，关注的是当两个人经历了同样的事情，但产生了截然不同的认知时会发生什么。我们可以利用这些认知上的差距来发展出意想不到的、引人入胜的情节。

第一部分：认知是现实

世上没有真相，只有认知。

——古斯塔夫·福楼拜

识别认知与发现洞察力

想象你坐在湖边的码头上，一缕暖风吹拂着你的头发，你的目光落在波平如镜的湖面上。当太阳在松林上方缓缓升起时，天空被镀上了一层金色。一只棕色的小鸟从你右边的某个地方飞来，消失在你左边的灌木丛中。你可能是地球上最后一个人。

你感觉如何？

认知因人而异

有的人喜欢独处，觉得这样清静，可以好好享受反思的机会，不受干扰地与大自然交流。而有的人觉得这几乎是难以忍受的，就好像他们被判了单独监禁。这些反应大不相同，但都真实而又真诚地表达了情感。我们看待事物的方式决定了我们会采取什么样的行动。如果你不知道你的角色会怎么做，你如何进行情节设计呢？如果你不知道他们如何看待事物，你怎么能知道他们的行为呢？

如果你和大多数人一样，你就会相信你的感觉是对现实的准确反映。如果你是一个孤独的人，你对湖边宁静的认知会是真实的。你可能理智地知道其他人在此情此景下也可能会体会到孤立和孤独，但你不会感同身受，这是因为你没必要这样做。换句话说，认知完全源于现实——个人的现实。有时候，你可以说服别人接受你的认知，尤其是当他们欣赏你或者想取悦你时。然而，不同的认知会导致误解、争吵甚至决裂，这并不罕见。在本章的第二部分，我们将更全面地探讨这种现象，我称之为认知差距。不过，现在我们将探讨认知的起源和本质，为此我们求助于科学。

认知的颜色

1.

我 15 岁的时候，我最好的朋友是一个和我同龄的女孩，名叫尼娜·肖恩。尼娜既聪明又有趣，她住的房子至少有我的两倍大。她的妈妈是那种会在夏天更换沙发套和地毯的女人，用米色斜纹布和柏柏尔布料代替厚重的天鹅绒沙发套和厚厚的东方地毯。

肖恩太太天生乐观开朗，而我的母亲一直身陷不满的泥潭无法自拔。尼娜喜欢和她妈妈一起玩，而我能不回家就不回家。

我希望尼娜是我的妹妹，这样我就可以永远住在她的房子里。除了被我视为理想化的家庭生活外，尼娜还很漂亮，长着一头卷发和一双棕色的大眼睛。她只有 5 英尺高，穿着零号的衣服。而我有 5.5 英尺高，曲线很好，我穿的是 12 码的衣服，这在当时被认为是均码，但现在看来是大码（感谢那时的世界）。不管别人眼中所谓的“正常”是什么，当我和尼娜在一起时，我感到自己又笨又胖。

认知的科学

即便认知不一定被很好地理解，但对认知的研究是很深入的。对认知进行科学的研究能够为故事提供丰富的素材，这样的故事才能让人产生真实的情感共鸣。为了增强故事的真实性，我们来看看下面这些有趣的奇闻轶事。

- **你怎么知道她生气了？**《今日心理学》（*Psychology Today*）的一篇题为《高度敏感和异常敏感的区别》的文章解释说，“高度敏感的人”能够察觉到细微的噪音、情绪或氛围的微妙变化，以及大多数人注意不到的气味和味道的细微差别。高度敏感人群可能并不知道他们具有不寻常的理解人和情景的能力。他们为什么会这样呢？对他们来说，这很正常。
- **那是紫红色还是深红色？**据《史密森尼》杂志（*Smithsonian*）一篇题为《男人看见的是白色，女人看见的却是淡褐色》的文章，科学家们发现，女人比男人更善于区分颜色的深浅。此外，据《发现》杂志（*Discover*）报道，普通女性能分辨 100 万种颜色，有些则甚至能分辨多达 1 亿种颜色。
- **你的脸看起来很眼熟。**在雷克斯·斯托特于 20 世纪 30 年代中期至 70 年代中期创作的“尼禄·沃尔夫”系列悬疑小说中，一个名叫索尔·潘泽的角色拥有一种不可思议的面孔记忆能力。如果他见过你一次，你的样子就永远存在于他的脑海里了。读者很可能会认为，斯托特是在夸大其词，目的是为自己的悬疑小说设置一个需要潘泽的能力的人物。现在，将近一个世纪过去了，我们知道斯托特先生一点也没有夸张。《纽约客》（*The New Yorker*）曾在《永远不会忘记面孔的侦探》一文中报道过这一现象。伦敦大都会警察局雇用了一种被称为“超级识别员”的侦探——这些人真的永远不会忘记一张脸。

隐含意义原则

认知之于现实，正如隐含意义之于指称意义。例如，“家”指称你居住的地方，但它也有很多其他的含义，可以表示安全或舒适的地方，也可以表示圣地或避难所。同样，“好莱坞”有其字面意思——一个有坐标和街道名称的具体地域，标志着加利福尼亚（或佛罗里达）的边界；它也有象征意义，暗示着魅力和富裕。使用恰当的词语，对你成为一名成功的作家至关重要。

要想清楚明了地表达自己的观点，传达你想要传达的感受，你必须拥有强大的词汇储备。这并不是说为了故弄玄虚而选择深奥的词语，而是鼓励你使用最精确的词语来表达你想要表达的多层含义。有一个帮助你选择最佳词语的工具，叫“最优选原则”。

最优选原则的含义是，理想的词是读者最熟悉的词，除非你实在想不到其他的词，不得不选择这个词来为你的写作增添光彩，或者你对这个词情有独钟。

上面的原则应遵循我表述的顺序，即除非你有很好的理由不那么做，否则尽量使用日常语言。举个例子，同样表示“很多选择”，用 many options 比 numerous options[①] 要好，当然，用更具体的数字可能会更好。如果你不能用一个特定的数字来代替 many（很多），那就选择一个符合具体语境的词。例如，myriad（大量）的含义是一万，可用来表示该范围内的一个数量；plethora（过多）意味着太多；copious（丰富的）意味着很多，但没有“大量”那么多。虽然这些词对你的读者来说可能很熟悉，但它们在意思上的细微差别能确保清晰地表达你的意图。然而，有时你可能想要选择一个特定的词——虽然不熟悉，却能更准确地表达你的意思——因为只有这个词才能表达那层意思。

写作中一个常见的原则是避免反复使用同一个词，但也有例外。例如，专业术语是独一无二的。没有同义词的常用词也是如此。如果你在写一本烹饪书，你会一遍又一遍地使用“面粉”和“鸡蛋”。但你应该避

---

① 作者此处强调写作时应选择读者熟悉的词语。相比 numerous，读者更熟悉 many 这个词。——译者注

免称某样东西为“美味”，因为这样说是主观且不具体的。“美味”这个词虽然人们都很熟悉，但“美味”的含义是模糊的。你不应该使用宽泛的描述词，而应该选择具体的、可以感觉的词或短语，比如“香脆的、散发着坚果味的”。

有些词是独一无二的，因为它们契合了你的意思。例如，几年前，一个朋友在韩国教了 18 个月的英语。他带着宝贵的经验、满满的记忆和迷人的未婚妻回到家乡。在婚前咨询期间，他们的任务之一是选择三个形容词来解释他们为什么彼此相爱。未婚妻秀珍的英语水平很低，所以她非常依赖字典和同义词词典来选择用词，她选的其中一个词是“怕老婆的”（uxorious）。她的未婚夫瑞克，还有他们的牧师泰德，都瞪大了眼睛，惊讶地看着她骄傲地说出这个词。人们听到 uxorious 这个词，他们想到的意思是“宠爱”（doting）。虽然 doting 是 uxorious 含义的一部分，但这并不是它的实际意义。uxorious 的意思是“死心塌地地喜欢上某样东西”，更具体地说，是“非常温顺地听凭妻子的摆布”。秀珍爱瑞克，是因为瑞克以那样的方式爱她。由于秀珍费尽心思地寻找最合适的词，她最终以生动清晰的方式表达了自己的含义。关于认识和记忆的更多讨论，见表 3.1。

表 3.1　认知和记忆

认知心理学家克里斯托弗·查布里斯和丹尼尔·西蒙斯在他们的《看不见的大猩猩》（*The Invisible Gorilla*）中讨论了记忆。记忆，似乎不像录像，而更像是拼图游戏。当我们记不起一段经历或一件事时，我们就会把记忆的空白处填补出来，这个过程如此自然，我们甚至不知道它是如何发生的。

我在《悬念》（*Mastering Suspense*，*Structure & Plot*）一书中收录的微型回忆录之一，讲述了我母亲 82 岁时从波士顿搬到佛罗里达的故事。母亲说到做到，主意一定就搬去佛罗里达了。我从纽约飞过来，看看有没有人占她的便宜。确实没人占她的便宜。有一天，她在博因顿海滩花 24 400 美元为自己买了一套漂亮的公寓——她用信用卡付的钱。在这本书出版之前，我把这个故事拿给我哥哥看，他毫不含糊地告诉我，根本就不是那么回事，我母亲以正常的方式买下了她的公寓，签署了很多文书，还有律师的协助。我母亲很久以前就去世了，所以我无法向她求证。我想起母亲在我看买卖协议时翻阅着一本旧的《家庭天地》杂志。外面很暖和，我们坐在公寓泳池旁的躺椅上。没有其他人。

我花了很多时间试图回忆起那些能揭示真相的细节。我哥哥说得对吗？还是我的认知是无误的？

我可以选择相信什么？我选择相信自己对这件事的记忆。我哥哥没有去过佛罗里达，所以他对那里的情况没有直接的认识。然而，当我们那位不按常规行事的母亲做一些常规的事情时，比如离开寒冷的波士顿去阳光明媚的佛罗里达，他总是会感到宽慰。我不认为我哥哥在撒谎。我认为他的记忆是一种一厢情愿。我认为他的看法是基于他的愿望，即我们的母亲是他所希望的那样。当然，他可能也这么说我。认知……每次它都会决定你的记忆。

在你相信你的记忆之前，要小心。

如果你写的东西很潇洒，那就说出来吧！潇洒是一个意蕴丰富的词语。意蕴丰富的词语是人们熟悉的，但它们不是日常用语。不过，不要做得太过了。一个或两个意蕴丰富的词语对传达个性和风格大有帮助。你最偏爱的词语也是这个道理。也许你更喜欢用 kindly（劳驾）这个词而不是更现代的 please（请）。这没问题，只是不要用得太频繁（当然，除非这个词是一个角色的爱称）。

小说家乔吉特·海尔经常使用修饰词，如 rather（相当）和 just a little（有一点儿），来增强她的摄政时期爱情小说的讽刺效果。例如，在 1939 年的《不情愿的寡妇》（*The Reluctant Widow*）中，海尔把主人公描述为“相当害怕”（而大多数人恐怕会被吓死），后来又说，她那一天只是“有点疲惫”（而大多数人可能快累死了）。

用“最优选原则”选择你的语言，可以帮助你打磨表达真实意思的能力，使你的语言更加鲜活有力，充分发挥认知的力量。当你努力去了解角色和他们的渴望时，想想哪些形容词最能完整地描述他们和他们的认知。

形容词传递意义

挑选的形容词要能够概括你所描写人物的核心特征，这是一种明智的方法，可以使你所描写的人物与冲突保持一致。你可以把着力点放在他们对自己的看法、他们的生活、他们认识的人以及他们的处境上。在这个过程中，你有时会发现令人惊讶的和微妙的特征，从而使你的写作在深度和意义上实现难以想象的超越。

认知的颜色

2.

感恩节周末的那个星期天，尼娜和我在她家的厨房里闲聊，没有什么特别的话题——这么说吧，聊得最多的是一个来自伊利诺伊州的高中生，他是一个男孩，叫科里，来波士顿度假。尼娜去参加了她表哥的感恩节晚餐，科里是一个朋友的儿子，大概是吧。他们聊得很开心，并排坐在一起。吃甜点时，他在桌子底下拍了拍她的大腿。但都到星期天了，他还没有打电话来。尼娜担心她的大腿太纤细，担心自己毁了和科里在一起的机会，因为她的身材像根棍子。尽管我知道尼娜的大腿完美无缺，但我还是同意拍拍她的大腿，权当做点无用功吧。

一个系统的过程

我们可以采用一项策略，即挑选三个形容词来帮我们审视人物如何认知他们自己和他们周围的世界。我们来看看下面两个案例中哪些形容词在描写主角的性格方面最有力。

案例 1：参议员阿莎·巴塔

案例 1 是一个政治惊险故事。你可能还记得，总统候选人参议员阿莎·巴塔很容易被敲诈，因为她的妹妹帕里是应召女郎。参议员格里芬要求阿莎支持一项减少银行监管的立法，她反对这项政策。当参议员的助手巴特询问帕里的近况时，阿莎领会到了其中的潜台词：支持立法，否则就将你妹妹的情况公之于世。

你能想出三个形容词来概括阿莎对这位参议员的感受吗？她是恐惧？不堪重负？愤怒？害怕？好斗？好战？狡猾？仇恨？羞愧？其中的每一个选项都不仅仅是传达了一种简单的情绪。每一个都来自阿莎内心深处的某个地方，隐含了某些行为。关于这个例子，我将选择三个词来展示我如何确保阿莎的个性与冲突协同一致，并增强情节。

不堪重负：阿莎在她母亲临死时承诺，她会保护这个家庭的荣誉，确保她妹妹的事永远不会被公之于众。

当我写下这句话的时候，我知道阿莎很重视她母亲的意见，她也赞同一颗老鼠屎会坏了一锅汤的道理，她知道自己无法左右帕里的行为，也不确定制止帕里是否值得。对阿莎来说，她妹妹的工作无关痛痒。谁在乎帕里做什么或不做什么？但是！问题的关键不是阿莎怎么想，而是：首先，阿莎是否会信守对母亲的承诺；其次，假如这一消息被公开，会不会妨碍她竞选总统。

愤怒：阿莎对帕里愚蠢和自私的行为威胁到她的候选人资格感到怒不可遏。

当我写下这句话时，我了解到阿莎只在意帕里的行为如何影响她的候选人资格。我现在想，阿莎只是最近才对妹妹漠不关心，而帕里这种持续不断、毫无悔意的坏行为早已耗尽了阿莎的善意。我希望读者能同情阿莎，为她加油，要实现这一目标，就需要阿莎保持积极、主动的形象。我需要向人们展示阿莎为什么放弃了她的妹妹，并揭示阿莎的失望和沮丧——使她更符合常人的特征——这样人们就能理解她内心的挣扎。这是至关重要的，因为读者不会支持没有灵魂的人。

好斗：格里芬参议员以擅长下三烂的手段闻名——他不光出手凶狠，而且招招毙命。阿莎的脑海里回响着："来啊！继续。继续。"

写这句话的时候，我意识到阿莎是一个有趣的结合体——一个女人和恶棍的结合体。她从不发起战斗，宁愿用善意杀死他们；然而，如果别人挑起争端，她也能赢。好斗在一个女人身上是不寻常的，这给我的故事增加了吸引人的元素。

这三种特征——**不堪重负、愤怒和好斗**——帮助我塑造了阿莎的性格和动机。此外，当把这三种特征放在一起时，就会使阿莎显得与众不同。

认知的颜色

3.

我还没来得及拍尼娜的大腿，她妈妈就从地下室上来了。她拿着一大瓶红色汽水。

“还记得去年夏天地下室被淹的时候吗？”她问道，“标签被洗掉了，真不可思议。我不记得是樱桃味还是草莓味的了。姑娘们，你们愿意帮我尝一尝吗？”

我认为是樱桃味。尼娜拿不定主意，但倾向于草莓味。

我们又喝了一口。我坚持是樱桃味。看我那么坚定，尼娜动摇了。我是个能把稻草说成金条的人。

这时，肖恩太太笑了——我是说，笑得很厉害。我和尼娜大惑不解，停止了啜饮，睁大眼睛看着她。

关于绝对真理与认识的更多讨论，见表 3.2。

表 3.2　绝对真理 VS 认知

问：你对认知的观察很有趣，但你是不是忽略了客观事实的重要性呢？

答：真理的本质从一开始就在众多的语境中被争论，如哲学、教育、法律、新闻、宗教，凡此种种。“真理”这个词本身就有十多种甚至更多的定义。真理是从隐蔽性、事实准确性、现实性、纯粹性等方面产生出来的东西。

来看看这个例子：在一个美丽的夏日，一个小镇会举行游行来庆祝它的成立。游行乐队经过，后面跟着啦啦队和各种社区服务俱乐部与社区组织。然后是几十个孩子，他们排成队列跟着口令行进：右，左，右，左。除了中间的一个男孩，他的步调跟其他孩子不一致。

> 他的母亲站在边线上，骄傲得像只孔雀一样，一副志得意满的模样。“看，”她低声对站在旁边的女人说，“除了我的吉米，其他人的脚步都是错的。”
>
> 让我们研究一下事情的真相——是谁不合拍？不能仅仅因为大多数孩子是以“右—左”的步调行进，就认为那是正确的。说不定是哪个爱出风头的男孩带了个头，其他的孩子都像旅鼠一样照着做，而吉米是个例外。真相在哪里？正如前参议员丹尼尔·帕特里克·莫伊尼汉所说：“每个人都有权发表自己的意见，但无权发表自己的事实。”
>
> 许多作家讨论过认知与客观真理的对立性，包括：杰奎琳·温斯皮尔的《真理的信使》(*Messenger of Truth*，出自她的“梅齐·多布斯”悬疑系列小说)，安·帕切特的回忆录《真与美：友谊》(*Truth & Beauty: A Friendship*)，还有艾维的成人小说《真相至上》(*Nothing But the Truth*)。
>
> **回答你的问题：**是的，承认客观真理是至关重要的，但发现它往往是困难的，有时甚至是不可能的。

案例2：汤米

在选自少年奇幻小说的案例2中，汤米的妹妹莱拉被精灵绑架了，因为精灵医生需要她的血液来治疗塔里亚女王的儿子齐——齐因为一种罕见的疾病而生命垂危。汤米试图欺骗一个名叫苏的精灵，以探知莱拉的位置。他嘲笑苏，说如果她像她说的那样有关系，她就会知道莱拉在哪里。

一些形容词可以概括汤米对塔里亚女王的感受，比如“果决”“有点同情”和“愤怒”。他可能还会感到被藐视、充满希望和仇恨。

正如我在案例1中讨论的，每个形容词传递的不仅仅是一种情绪——每个形容词都反映了促使汤米那样行动的某些特征。我将选择三个形容词来展示，我如何使用这个方法以符合情节的方式来发展汤米这个角色。

有点同情：汤米理解甚至钦佩塔里亚女王不顾一切拯救儿子的决心。

在我写下这句话的时候，我认识到汤米不是一个单向度的人。他的脑子里同时有两种相互矛盾的思想。然而，他只是同情，并不意味着认可——他不认可。他的同情心不会削弱他拯救莱拉的决心。汤米的使命很明确——他愿意做任何事来拯救莱拉，包括杀死囚禁莱拉的精灵守卫。

愤怒：塔里亚女王怎么敢说齐的命比莱拉的命更重要？

在我写下这句话的时候，我能想象出汤米抬起下巴、挺直后背的样子。他炽烈的愤怒变成冰冷的意志。汤米对莱拉的承诺使拯救莱拉有了另一层意义——拯救莱拉代表了他对自尊的维护。

满心希望：毕竟，他们只想要莱拉的血，而不是她的命——有理由期望他们在拿走所需要的东西后释放她。

在我写下这句话的时候，我听到汤米在咯咯地笑。他不相信他们会放她走。如果莱拉的血液有助于齐，精灵们将拿她做实验，来开发一种治疗方法，他们甚至可能摘取她的器官。

认知的颜色

4.

> 肖恩太太是在逗我们开心。瓶子里装的是橘子汽水，不是樱桃味或草莓味。出于对颜色影响味道的好奇，肖恩太太往瓶子里添加了食用红色素，果然，我们的味觉被完全搞乱了。
>
> 尼娜笑得停不下来，分享着她母亲的喜悦，因为她把我们都骗了。我的第一反应不是觉得好玩——我感到挫败。我和尼娜再次以截然不同的方式感知着同样的事件。肖恩太太笑得太厉害，眼泪都顺着她的脸颊流了下来。过了几秒钟，我才觉得好笑，也跟着大笑起来。

汤米的形象慢慢浮现。我在想，这对兄妹是孤儿。他们和一个远房亲戚一起生活，这个亲戚也许是一位表亲。这位表亲有能力，甚至很有爱心，但在精神上和情感上都与这对兄妹很疏远。他并没有完全忽视他们，只是忙于其他包括照顾自己孩子在内的更重要的事情。因此，汤米和莱拉成了一个紧密的二人组。汤米爱莱拉，也爱莱拉身上所代表的东西——无条件的爱。此外，作为哥哥，汤米觉得对莱拉有责任。她被抢走时，他和她在一起。起初，汤米不知所措，但他意识到，尽管官方口头上说要找到莱拉，但实际上只有他一个人在努力——官方不想与精灵们发生战争。他怒火郁积，然后爆发。

复杂剧情增加趣味

将角色的动机融入反映现实世界需求的二元性和悖论中，这使我能够着手构思情节。由于可供选择的东西实在太多，我需要尝试将不同的个性和潜在的动机进行组合，以找到恰当的搭配。在做出决定的过程中，我仔细审视了认知的影响：阿莎好斗，但她需要假装自己被吓住了，这样参议员才不会受到鼓动，增加对她的威胁。汤米很生气，但他需要假装自己很天真、很容易上当，这样他就可以哄骗苏说出莱拉的位置。

例如，在案例 1 中，阿莎的决心和好斗可以解释她不受约束的野心、她不择手段的方法，以及她击败参议员的不懈决心。同样地，在案例 2 中，汤米意识到警察会牺牲一个孩子来维护社会的稳定，这激化了他的愤怒情绪，并促使他决定单枪匹马去营救他的妹妹。现在有了一个可靠的理由来解释汤米单独行动的原因。

认知的颜色

5.

肖恩太太离开厨房后，尼娜滔滔不绝地说着她妈妈有多聪明、她妈妈的实验多么有趣。我把手伸到桌子底下，拍了拍她的大腿。

“你的大腿不细，它很完美。”

“那科里为什么还不打电话来?”

“也许他病了。也许他妈妈让他去做一些闲杂的事情，他连一分钟多余的时间也没有。”

“也许只是他根本不喜欢我。”

“那不会。”

“谢谢，不过他可能喜欢像你这样曲线优美的女孩，而不是像我这样骨瘦如柴、身材矮小的。”

我张大了嘴巴。尼娜觉得我很漂亮！“我？你才是那个漂亮的！”

尼娜又笑了起来，然后朝我凑了过来，我们拥抱着、晃动着，哈哈大笑。就在那一天，我了解了认知的力量和奥秘。

在你所选小说类型中解析范例

当你打算使用这种方法时，你就要学习自己所选小说类型中的范例，拆析情节的基础。在表 3.3 中，你将看到几个例子，它们都选自不同类型的畅销或经久不衰的小说。

表 3.3　解析范例：冲突、形容词、情感的认知

作品名称、作者、出版年份、类型	首要冲突	描述主人公如何感知冲突的三个形容词	情感驱动	对冲突、情感驱动和认知之间关系的评论
《一切如故》(*Good as Gone*)，艾米·简特里，2016 年，女性悬疑小说	安娜的女儿在卧室被绑架，安娜无意中责怪她的另一个女儿逃过一劫。这是信仰与现实之间的冲突。	无望、困惑、坚强	希望	多年来，安娜一直被绝望压得喘不过气来，所以当一个自称是她失踪女儿的年轻女子出现在家门口时，安娜非常激动。她的认知开始松动，绝望变成了希望。

《巴黎谍影》(*Mission to Paris*)，艾伦·弗斯特，2012 年，间谍小说	这部小说以 1938 年为背景。当好莱坞电影明星弗雷德里克·斯塔尔来到巴黎拍摄他的下一部电影时，纳粹兴奋不已，他们相信可以利用他来使公众对他们产生好的看法。纳粹始料不及的是，这位演员憎恨希特勒和纳粹所代表的一切。他成了美国人的间谍，并试图拯救一名被纳粹威胁的犹太妇女。这是一个孤独的人和纳粹机器之间的冲突。	好奇、坚定、愤怒	自尊	这部小说主要涉及世界和个人层面的认知。斯塔尔来到巴黎工作，在这个他热爱的城市里寻找乐趣，但随着他被卷入席卷欧洲的政治动荡，他对工作和乐趣的定义都发生了转变。
《你会去哪儿》(*Where'd You Go*)，伯纳黛特，玛丽娅·森普尔，2013 年，纯文学小说，有时被归类为青少年小说	伯纳黛特，一个没有艺术成就的艺术家，抛弃了她的丈夫和女儿。她的女儿碧四处寻找她。首要冲突围绕着伯纳黛特得不到满足的激情展开。	受污般、孤立、恐惧	蔑视	在书的开头，伯纳黛特觉得自己是个失败者；最后，她感知到了自己的能力。
《弗兰克·西纳特拉感冒了》(*Frank Sinatra Has a Cold*)，盖伊·塔利斯，1966 年，纪实文学	弗兰克·西纳特拉拒绝与盖伊·塔利斯合作。这种情况下，内在的冲突是——如何采访一个不愿意接受采访的人。	恶心、担心、怀疑	孤立	1965 年秋天，塔利斯花了 3 个月的时间来研究他的文章，一次也没跟西纳特拉说过话。塔利斯报告说，尽管西纳特拉有 70 个私人员工，但他仍感到孤立、孤独和担忧。世人认为西纳特拉风光无限——但他却不这样认为。

《项链》(*The Necklace*)，居伊·德·莫泊桑，1884年，短篇小说	玛蒂尔德·卢瓦塞尔夫人努力过着自己想象的生活。她的中下阶层出身，被描述为“命运的错误”。这里的冲突介于女性对社会地位的渴望和社会的期望之间。	沮丧、不满意、不满足	嫉妒	这个短篇故事的主题是认知如何支配行动，并可能导致可怕的后果。卢瓦塞尔夫人认为自己是贵族，而且表现得像个贵族，注定了她和她的丈夫要过悲惨的生活。

现在轮到你把这些经验应用到自己的工作中去了。作为明智的第一步，继续思考你所选择的体裁中最畅销和经久不衰的例子。表3.4要求你检视驱动行动的情感基础。

表3.4 练习——解构特定类型的范例：冲突、形容词、情感的认知

作品名称、作者、出版年份、类型	首要冲突	描述主人公如何感知冲突的三个形容词	情感驱动	对冲突、情感驱动和认知之间关系的评论

冲突、形容词和情感

你发现什么模式可以应用到你自己的项目中了吗？与你评估的那些例子相比，你的主人公是如何感知这个世界的？

当你做表 3.5 中的练习时，我鼓励你慢慢来，通过查阅词典和同义词词典，仔细考虑你的选择，用最好的词语来表达你的认知。记住，没有正确或错误的选择。通过比较不同的选择，你会知道哪个方向最能让你的冲突和人物活起来。如果你想到了什么情节点，也记下来！

表 3.5 练习——你的项目：冲突、形容词、情感的认知

你的创作主题	首要冲突	描述主人公如何感知冲突的三个形容词	情感驱动	备注

这个练习对你效果如何？回答以下问题，可以帮助你判定什么是有效的、你需要在哪里花更多时间理清思绪，或者重新审视你故事的基本元素。

1. 你对角色的了解是否足以完成这个练习？
2. 在做这个练习的过程中，你有没有从你的角色那里发现令你吃惊的事情？
3. 在做这个练习的过程中，你有没有发现令你吃惊的冲突？
4. 你能识别出那些导致你的角色采取那些行动的情感吗？
5. 选择形容词是否有助于你缩小选择范围？
6. 有没有一个形容词让你印象深刻？你能把它转换成一种驱动情感吗？

行动必须是可信的，确保可信的最佳方式是关注那些导致某些认知的基本事实——那些影响我们如何看待世界的信念、态度、价值观、目标和观点等认知。认知日复一日地影响着我们的行为，有时以我们没有意识到的方式，有时以我们没有理解的方式。

当两个人以不同的方式感知同一件事时，这种差距会帮你揭示更深层次的真相，而这正是读者渴望的故事。第二部分会对认知差距进行剖析，并探讨如何利用它们来识别那些有意义的对立力量，后者能为你的情节增加诱人的复杂性。

第二部分：认知差距

想象力的最高境界不是凭空想象，而是洞察到真切存在的事物……不是创造，而是对真实的洞悉。

——亨利·沃兹沃斯·朗费罗

利用认知差距

在第一部分的迷你回忆录《认知的颜色》中，你看到了两个女孩如何从外部视角看待自己的身体。一个女孩认为自己有点胖——她的朋友则羡慕她的曲线。另一个女孩觉得自己骨瘦如柴——她的朋友则羡慕她的苗条。这可能是“栅栏另一边的草总是更绿”的一个例子，也可能揭示出人们内心的不安全感。不管怎样，人们的感受就是如此。作为作家，我们的工作是把这些感受写到纸面上，而不是用我们自己认知的玫瑰色眼镜来渲染体验。

不管我们相信什么，我们都很少会想到自己可能是错的，就像我们很少会想到：如我们一般公正和有原则的其他人，会对同样的事件或事实得出不同的结论。然而，这种事情经常发生。我把这种二分法称为“认知差距”，它可被用于揭示关于你书中角色的有意义的信息，也是塑造可信角色和精彩情节的可靠方法。在第三章的这一部分，我们将看看如何利用认知差距的力量来创建强大的情节设定。

情感助长认知，认知丰富情感

在温迪·科西·斯托布 2006 年的惊险小说《最后的受害者》（*The Final Victim*）中，主人公夏洛特崇拜她的祖父吉尔伯特。对她来说，他坚如岩石，永远在她身边，是一个仁爱宽厚的男人。夏洛特的姑婆珍妮——吉尔伯特的妹妹——描述他是一个肮脏的以自我为中心的人。两个女人和同一个男人相处了几十年，但她们的认知却大不相同。作为一个读者，你可能会想：谁是正确的？其中一个女人在撒谎吗？仅仅是她们中有一个人误判了吉尔伯特吗？如果是这样，她还会误判什么？或者她们都是对的？吉尔伯特对待她们的方式不同吗？如果是这样，为什么？

认知差距鼓励读者深入探究你角色的动机，更多地参与到你的故事中，并将自己置身于你所描述的事件中。

请注意下面引文中道恩拜访她的朋友西尔维娅时发生了什么。在她的新公寓里，可以俯瞰曼哈顿时尚的地狱厨房社区的屋顶。

> “身体前倾，看右边，”西尔维娅说，“我想让你看看屋顶花园——它们太美了！这条河！我能看见哈德逊河了！虽然只是一小片，但你还是会沉醉死的，太美了！”
>
> 道恩倾身向右看。她看到的只有破旧的出租屋房顶，有些屋顶上种着难看的植物，草坪椅上满是烟尘，大部分的房顶都很荒芜。在远处，道恩只能分辨出一毫米灰色的水，那是哈德逊河。
>
> “你见过比这景色更美的东西吗？”西尔维娅问道。

这就是认知。道恩看到的是荒芜，而西尔维娅看到的是生机。道恩看到的是丑陋，而西尔维娅看到的是美丽。西尔维娅和道恩在同一时间从同一位置看同一处景观，然而她们所看到的却存在着有形的和无形的两种差别——郁郁葱葱的花园对难看的植物、美丽对丑陋。这是一种典型的认知差距。

认知差距代表机遇

正如我们在本章第一部分看到的，如果你知道人们的认知方式，你可以预测他们会如何应对冲突；如果你能预测他们的行为，你就可以创建与真相共鸣的情节或故事线，这才是读者乐于欣赏的故事。

例如，当道恩从屋顶上向外看时，她会告诉西尔维娅她所看到的真相吗？如果是这样，西尔维娅会作何反应？道恩的坦率会带来一段更诚实的关系吗？还是西尔维娅会把道恩的批评当成是针对她个人的？她们不同的认知是隐喻性的吗？是否预示着她们间的一场决裂？每个选项都指向一个特定的情节点，任何基于认知差距的情节都可以很好地发挥作用。

你必须假设其他人看待事物的方式与你不同。即使是那些与你有共同价值观、信仰、观点、目标和态度的人，在关键地方也与你不同。这些差异为创造可信角色和可信情境提供了肥沃的土壤。使用认知差距概念最令人信服的方法之一，就是利用读者的预期。

根据不同的观点创作故事情节

想想你故事里的人物。我们已经讨论了他们憧憬什么，以及这些憧憬的差异如何导致冲突。我们还讨论了认知的矛盾和驱使人们行动的情感。现在是时候整合这些信息了，这样你就可以创作出有分量、有意义的情节，交织着憧憬、困惑、驱动情感和认知这些核心因素。

读者的预期可以引发有趣的认知

认知影响着我们生活的方方面面，从平凡的到非凡的。作为作家，我们可以利用这一事实来创建令人惊奇的场景，为情节转折、逆转和高危时刻做好准备。例如，思考一下下面这个真实世界的例子，我称之为《失踪钢琴之谜》（*The Mystery of the Missing Piano*）。

《失踪钢琴之谜》

我的一个朋友埃德在一所著名的音乐学院学习长号。他在一间隔音的小练习室里演奏练习曲。练习进行到一半时，他注意到有三个快三十岁的男人穿着同样的深蓝色工作服和牛仔裤从窗口走过，去向走廊尽头的大排练室。

15分钟后，埃德走出了房间，差点撞到那三个人——他们正慢慢地把一架小型三角钢琴沿着走廊推向货梯。他们的名字绣在衬衫口袋上。约翰尼留着长长的鬓角，嚼着口香糖或者烟草。布鲁斯又矮又壮，像个健美运动员。弗雷德有一头长长的棕色头发，梳成马尾辫。

音乐系的行政助理是一位名叫阿吉的中年妇女，留着金色短发，皱着眉头向他们慢跑过来："怎么回事？"

布鲁斯引起了埃德的注意："你能帮我们打开那扇门吗？"

"当然。"埃德按下了墙上的银色金属按钮，通向货梯的加宽门打开了。

阿吉挤了过去，站在门槛上，挡住了他们的去路："你们要把那架钢琴搬去哪里？"

"拿到商店去修理。"

"没有人告诉我。"

布鲁斯把手伸进衬衫口袋，掏出一张黄色纸条："这是工作单，如果你有疑问，打最上面的电话。"

阿吉猛地把单子从他手里夺了过去。一分钟后，货运电梯到了，约翰尼去稳住电梯门。

"我们得走了，女士"，布鲁斯说。

阿吉走到一边，还在看工作单。

布鲁斯和弗雷德把钢琴搬到电梯里，三个人离开了。

阿吉用挂在墙上的电话拨了表格上的号码。过了一会儿，她挂了电话，又试着拨了一次。然后是第三次。阿吉慢慢地明白了事情的真相，埃德领悟得还要慢一些：约翰尼、布鲁斯和弗雷德不是被授权移走钢琴，他们只是三个大胆的偷琴贼。埃德说他再也没见过那些人和钢琴。音乐学校花了一个月才换好钢琴。

有关群体思维如何影响认知的讨论，见表 3.6。

表 3.6　群体思维影响认知

群体思维是非理性的

一个人的认知是由一系列神秘的因素组合而成的。我们可能无法理解构成一个人认知的所有因素，但我们知道，一旦认知形成，就很难改变。然而，在群体中会发生一些不同的事情。在群体中，个人的观点变化很快。社会生理学家欧文·詹尼斯将这种现象称为“群体思维”。詹尼斯认为，当人们倾向于他们所仰慕或需要的群体信仰时，群体思维会导致个人自我决定权的丧失。

例如，如果你的主人公是共和党人，搬到了民主党的大本营，那么随着时间的推移，她的信仰可能会改变。同样，一个民主党人搬到了共和党的大本营，你可能会发现他的信仰也会改变。值得注意的是，我们谈论的不是那些为了赢得团队认可而说谎的人，我们说的是那些价值观真的会在没有明显的理性原因的情况下改变的人。《经济学人》是这样说的：“大多数选民做出的政治选择很大程度上是基于像他们一样的人在做什么，而且很少会改变他们的想法。”[《群体思维的力量：唐纳德·特朗普领导下的美国特别报道》(*The Power of Groupthink: A Special Report on Donald Trump's America*)，2017。]

斯德哥尔摩综合征（Stockholm syndrome）一词是在 20 世纪 70 年代中期出现的，指的是在一次拙劣的银行抢劫案中，被劫持的人质对绑架者产生了积极的情感，指代因加入一个有凝聚力的团体而产生的任何非理性的信念。在瑞典银行劫案中，一些人质在事件发生 40 多年后仍与劫匪站在一起。

1972 年，在斯德哥尔摩综合征一词出现之前，两名男子进入纽约市一家银行，打算抢劫这家银行。警报响起后，警察包围了银行，劫匪劫持了 8 名员工作为人质。克拉格和托马斯·摩尔在他们发表于《生活》杂志（*LIFE*）上的（纪实文学）文章《银行里的男孩》(*The Boys in the Bank*) 中描述了这些人质的经历。[艾尔·帕西诺主演的电影《热天午后》(*Dog Day Afternoon*) 就是根据这个事件改编的。] 仅仅几个小时后，人质就聚集在一起帮助劫匪逃跑。银行经理对其中一个劫匪说：“我本来是要恨你们的，但今晚我笑得比几个星期都多。”

群体思维和归属感

正如我们在第二章所讨论的，对大多数人来说，归属的需要是内在的、不可抗拒的。例如，一名年轻的女大学生可能不关心政治，最终却自愿为一位政治候选人服务。比如说，安妮塔很害羞，不善社交，唯一对她友善的人是她在数学课上认识的一个女孩格里。格里拉着安妮塔一起去了在当地一位政治候选人竞选总部举行的“装信封派对”*。其他志愿者热烈欢迎安妮塔。她甚至不知道这位候选人是民主党人还是共和党人——或者其他什么。她只知道她是受欢迎的。她找到了自己归属的群体。如果金妮求她帮忙，安妮塔会先答应，再问需要帮什么忙。

当人们感到被疏远时，当他们觉得自己不属于某个群体时，他们就会被那些接受他们的群体所吸引，有时会被任何愿意接受他们的群体所吸引。国家预防犯罪基金会指出，缺乏保护、家庭教育和稳定家庭结构的青少年容易加入帮派。他们还表示，对于成为成员的青少年来说，帮派代表着安全与保障。如果一个男孩在一个危险的世界里感到孤独，而一个帮派承诺保护他，他会立刻加入。

私人的、只面向受邀者的小集团、俱乐部和服务组织并不是什么新鲜东西。在纳丁·朱莉·考特尼 2016 年发表于《城乡》(*Town & Country*) 的文章《常春藤联盟最专属的学生俱乐部》(*The Most Exclusive Student Clubs of the Ivy League*) 中，作者解释说：“……只要有学生被精英学院录取，就有秘密社团……”隐喻、代码、秘密握手和其他仪式是群体识别敌友的一些方式。例如，共济会将自己描述为“用寓言和象征来阐释的美好道德体系”。

当你创设情节时，你可以依靠一群人以可预测的方式行动——即使他们的行动可能与每个人单独行动时不同。

* 帮助政治候选人进行竞选宣传的封装宣传信的活动。——译者注

TRD 依赖于出乎意料

在阅读关于埃德和被偷的小型三角钢琴的时候，你看到那个转折了吗？大多数人没有。

让我们花点时间来分析一下在这种情况中 TRD 的潜力。你应该还记得，TRD 是情节转折、逆转和高危时刻的缩写。读者通常的预期是：人们会做他们说要去做的事情，任何打破这种模式的事情都可以成为有用

的 TRD。例如，当约翰尼、布鲁斯和弗雷德到达货运电梯时，他们转身把钢琴推回去，情节就会逆转（R）——这与读者的预期相反。当电梯门关上时，他们扔出一个闪光弹，这是一个高危时刻（D）。请注意，偷钢琴不是读者所预期的，但也不是相反。因此，盗窃本身就是一处情节转折（T）。这是一个演示 TRD 力量的小插曲。让读者手不释卷的唯一有效技巧，就是整合出乎意料的事件。我们将在后文详细讨论这种方法。

眼见为实

这里首要的经验是，如果你穿着举止得体，你就可以成功逃过别人的眼睛——这就是认知差距的力量。哈罗德是阿加莎·克里斯蒂 1957 年出版的小说《命案目睹记》（*4:50 From Paddington*）中的一个人物，他这样说道："如果你看上去很富有，人们就会认为你很富有。"认知是来自事实、观点、信仰、生理和态度的集合。而且，有时候，它们只不过是一些虚幻的东西。如果你对此表示怀疑，可以读读弗兰克·沃·阿巴格纳尔 2003 年的回忆录《猫鼠游戏》（*Catch Me If You Can*），该书讲述了一些世界上最臭名昭著的骗子的骗局。阿巴格纳尔的作品之所以成功，是因为人们倾向于相信他们所看到的，尤其是当他们所看到的与他们的预期相符时。

引发痛苦

认知比现实更重要——它是行为唯一可靠的预测器。有时，这种认知上的差距会影响整体的主题。例如，查尔斯·狄更斯的《双城记》的第一句话就传达出一种全面的认知差距："这是最好的时代，这是最坏的时代。"为了达到这些主题高度，你需要将角色引向痛苦。

在案例研究 1 中，考虑到阿莎对参议员含蓄威胁的反应，我们选择好斗作为核心的情感驱动因素。在案例 2 中，关于汤米对精灵女王绑架他妹妹的反应，我们选择愤怒作为核心的情感驱动因素。这是一个强有力的开始，但为了推动情节，我们需要建立多层次的情感框架。

分层很重要，因为人们很少一次只显露一种情感。诚然，可能有一种情感是最显露的，是你的角色渴望的核心，但大多数情况下，你要写的是那个人的全部情感。例如，感到既生气又害怕，或者既迷恋又内疚，是很常见的。更深层次的是，某人可能会同时感到愤怒、害怕与无辜，或者是迷恋、内疚和焦虑。

无论哪种体裁，都不要回避描写人物的痛苦。假设有一个四十出头的美女叫梅丽莎，她是一名自由平面艺术家。去年，梅丽莎的母亲去世了，她的兄弟去世了，她 20 年的婚姻破裂了，她最好的朋友在丈夫找到新工作后搬到了一个遥远的州，陪伴她时间最长的朋友—— 一只名叫“虎丽莉”的 18 岁斑猫也死了。梅丽莎郁郁寡欢。她感觉不到快乐，因为她麻木了。梅丽莎渴望她曾经拥有的爱和稳定生活，她认为自己曾经拥有，但在她的内心深处，她相信她再也找不到了。她觉得自己很脆弱，必须航行在一个对她的需求漠不关心的世界里。她的主要情感动力是悲伤。

为了理解认知如何影响梅丽莎的观点，我需要她回答两个问题：

1. 有哪些是你以前想知道而现在知道了的?

梅丽莎希望她早知道没人真的在乎她。人们嘴上说着老生常谈的一套，说愿意帮忙，但随后当他们自己的生活被影响时，他们就离开了。梅丽莎知道她是孤独的，而且永远都是。她责怪自己有不切实际的期望。就像现在这样，她先是感到失望，然后是幻灭。

2. 有哪些是你以前相信而现在知道是假的?

梅丽莎曾经确信她有一个强有力的后援系统。她从来没有想过，她爱的每一个人会在几个月内相继死去或离开，剩下的所谓朋友也会消失。现在，她知道她需要成为自己的后援系统。她再也不会相信任何人了。

在讨论如何用认知差距引出巧妙情节之前，我们先来了解一些相关问题，如表 3.7 所示。

表 3.7　认知差距可以被隐藏

问题：认知差距和观点差异之间有什么区别?

A：“观点差异”一词意味着理性，“认知差距”则意味着缺乏理性。具体来说，当人们在剖析同一事实的基础上得出不同的结论时，就是观点差异。当人们根据自己的态度、信仰、价值观和情绪来解释事实，并得出不同的结论时，就是认知差距。

举个例子，假设有两个政客——米奇和莎拉，读了一篇报道，说他们社区的老年人需要更多的免费交通。报道列出了老年人的数量、预算和当前的运输合同条款。

米奇和莎拉委托无党派人士进行分析：如果他们现在就合同进行谈判，各种交通选择的成本是多少。他们了解到，该市目前每辆面包车的支付标准处于中等水平。

根据所有的证据，米奇认为，很明显，该市的交通主管需要与该市目前的交通供应商协商一份更好的协议；虽然目前价格在可接受范围内，但不是最低价。如果市政府能赢得一些让步，他们可以用同样的钱为更多老年人提供交通服务。

根据所有的证据，莎拉很清楚他们需要增加预算。

两个通情达理的人回顾了同样的事实，得出了同样的结论：他们需要增加交通服务。然而，他们在如何实现这一目标上存在分歧：米奇想要削减成本；莎拉想要增加预算。这是观点差异。

现在让我们假设米奇完全不赞同老年人需要更多的交通服务。如果老年人为退休做了更好的计划，他们就不会依赖市政提供的交通服务了。

米奇认为，社区应该提供一点帮助，但是政府没有义务为豪华服务提供资金，这是他对城市交通需求援助的认知。如果老年人无法负担私家车服务而不得不等上一段时间，那就这样吧。

莎拉坚决不同意。从她所处的位置来看，政府有义务照顾其最弱势的公民，事情本应如此。对她来说，问题不在于为那些不需要帮助的人提供资金；这是一个关乎体面和尊严的问题，夹杂着一点点“我这么做是为了上帝的尊严”的意味。

两个理性的人从完全不同的情感平台上看待问题，这就是认知差距。

米奇认为自己是一个意志坚强、理性的人，但他却冒着被选民视为冷漠无情的风险。莎拉认为自己是善解人意和理性的，然而却冒着被选民认为过于多愁善感和浪费的风险。

作为作家，我们绝不能把复杂的问题过于简单化，而是要接受认知差距带来的复杂性。

认知差距引出巧妙情节

要把梅丽莎的情况作为情节的出发点，我们需要知道的不仅是梅丽莎的感受和她对自己处境的看法。我们还需要一种认知差距——一种与她对立的东西。梅丽莎说她再也不会相信他人了。让我们给她一个她无法抗拒的人——一个高大、英俊且年龄合适的单身男子。不过，那是每个人都能预料到你会做的。情节设计的秘密则在于想出让人意想不到的点子。

● 情节转折（T）：梅丽莎决定摆脱自己的想法，所以她开始在一条自杀预防热线做志愿服务。她的一位志愿者同事恰克是一名正在攻读社会工作学位的大学生。恰克比梅丽莎小 20 多岁。作为以事业为重的父母的独子，恰克在童年大部分时间都是一个人生活的。据恰克的认知，孤独和孤立是正常的，如果你希望别人想要和你在一起，你肯定会失望。梅丽莎和恰克一起出去喝咖啡。一周后，他们一起吃晚饭。几个月后，这对不太可能做朋友的人成了朋友。

● 注意：当驱动一个角色的是同一种情感的不同表现形式时——在这个例子里，是源于孤独和孤立的不信任——这被称为镜像，是一种制造认知差距的有效方式。在这里，梅丽莎和恰克都不信任别人，尽管是由不同的情感驱动所致，但他们发现他们二人处于同样的境地。梅丽莎曾经信任别人，但生活教会她不要这样做。恰克从不相信别人，所以他从不失望。

● 情节逆转（R）：为了给梅丽莎的坏消息再添一笔，让税务局审核她的纳税申报单吧。税务局正在对她的内政税扣除额[①]提出质疑。负责她案子的审计师萨尔今年 64 岁，比梅丽莎大 20 多岁。他 8 年前成为鳏夫，没有孩子。他经常约会，但似乎无法建立起长期的恋爱关系。他又矮又壮，喜欢社交。他在社区里很活跃——他是教堂的常客、保龄球联盟的成员，还是当地中学的足球教练。后来，萨尔承认梅丽莎的扣除额

① 内政税扣除额是一种美国联邦所得税扣除额，允许符合条件的纳税人扣除与住宅商业用途有关的某些费用。——译者注

正确，澄清了她所有的过错，于是邀请她出去吃饭。

● 注意：乍一看，梅丽莎和萨尔似乎在各个方面都不一样——年龄、吸引力、职业、个性、社交活跃程度。但他们有共同的渴望——萨尔也渴望爱和稳定的生活。他们之间的另一个关键区别是，梅丽莎是悲观主义者，而萨尔是乐观主义者。梅丽莎只觉得自己的前途一片黯淡，萨尔则认为幸福就在眼前。这种认知上的差距为情节发展提供了丰富的土壤。而萨尔永不松懈的信心把梅丽莎从躯壳里拉了出来，带回人间。

● 高危时刻（D）：让我们添加一个让梅丽莎热血沸腾的突发事件。十年来，梅丽莎一直在为一家客户准备宣传单，她会每季度更新一次。客户的新任营销副总裁海蒂打电话告诉梅丽莎，公司将即刻取消她的专业设计服务——他们认为她的工作没有价值。海蒂解释说，由于现在设计软件非常强大，他们不需要花钱请图形设计师——任何会打字的人都可以做更新。梅丽莎在忧心忡忡的情况下，只听到自己不比打字员好多少。她把海蒂的个人评论当成了普遍性的拒绝——她既沮丧又愤怒。日复一日，梅丽莎的怒火不断膨胀，直到像流感一样吞噬了她。她买了把枪，驾车来到公司，开枪打进海蒂的办公室，在那里，她像猫戏老鼠一样玩弄海蒂，然后杀了她。

● 注意：海蒂认为梅丽莎是一位聪明和有悟性的专业人士。海蒂确信梅丽莎会理解她的观点——因为梅丽莎为他们做的只是更新已经设计好的宣传单，所以这项工作就是行政工作，而不是创意工作。海蒂无从得知梅丽莎有多脆弱，这种认知的缺失导致了悲剧的发生。

这些选择都是可行的，因为它们都基于认知差距，而且都直接涉及角色的情感痛苦。通过施加压力给正感到痛苦的梅丽莎，我们找到了可靠的反对力量，而这些反对力量都会引发冲突。最终，通过引发梅丽莎的痛苦，我们创造了分享主题见解的重要机会。

哪个故事最好？它们都很好。任何一个都值得一谈。这就是你的艺术判断、情感和偏好发挥作用的地方。你想写梅丽莎振作起来、沉浸在悲伤中，还是陷入绝望的泥潭？相信你自己能做出决定。

选择你的对立力量

没有对立就不会发生冲突，而对立可以来自任何地方或任何人。一个人的渴望可能会被巨大的席卷性的因素（例如，一场革命或一场暴风雪）或微小有限的因素（例如，学校的政策或路障）以及其他许多选择所反对。分析对立的本质，有助于形成强烈的冲突。

认知决定行动

在贾斯汀·斯科特 1978 年的小说《轮船杀手》（*The Shipkiller*）中，主人公彼得·哈丁医生出发去摧毁杀死他妻子的超级油轮。小说讲述了一个人对一艘杀人船的复仇故事（尽管哈丁也很乐意杀死这艘船的船长塞德里克·奥格威）。

在小说中，一些人认为超级油轮是工程上的奇迹，是海洋贸易的未来。其余人则震惊于其庞硕无匹的规模和无可置疑的海洋控制力。这是一种认知差距——超级油轮象征着要发生史诗般的战斗，在无拘无束的进步与维持现状之间，以及在善恶之间。还有一个更私人的认知差距也在起作用。一方面，奥格威船长疯狂地统治着他的“领地”，相信他的船和他自己都是全能的上帝的产物。另一方面，哈丁是一名业余水手，致力于不惜任何代价击败他的敌人——船。如同任何一个“弱者大卫战胜歌利亚”的故事一样，我们有一个重大的认知差距，在这个例子中，它与每个人的论点的优劣以及每个人的能力有关。

故事的起点发生于一艘超级油轮撞上哈丁家的帆船，导致哈丁受伤，他的妻子死亡。这艘超级油轮甚至不知道发生了事故。哈丁认为这艘超级油轮是魔鬼的工具，它实在太大、太笨重了，不应该被允许在公海上存在。

作家拉里·莱特在 2010 年出版的《惊险小说：100 本必读书》（*Thrillers: 100 Must-Reads*，由大卫·莫雷尔和汉克·瓦格纳编辑）中提到过《轮船杀手》：作为一个关于执着复仇的海上故事，这本书类似于赫尔曼·梅尔维尔的《白鲸》（*Moby Dick*），但有一个关键的区别。疯狂的亚哈船长被白鲸夺去了一条腿，他是个卑鄙可恶的家伙，谁也不关心他。斯科特的怪物猎人则是一名让人喜欢的医生，一个治疗他人的人正在承受失去亲人的痛苦。哈丁因超级油轮失去了妻子，他满怀悲伤和内疚。莱特补充说："随着追逐的加剧，哈丁变得更加阴沉和执着。但是，他对一位伴他航行的女医生的爱慕，使他不至于变成另一个亚哈，并加深了我们对他的同情。奥格威是一个十足的坏家伙，他下流、暴虐且是权力狂。他是他所指挥的那艘船的活生生的化身。你不能等着他得到他的报应。"

人格化是一个恰当的词，它将人的品质赋予一个物体。在最后的分析中，船本身才是敌人，而不是船长，不是船的主人，甚至不是拥有它并允许它在海上航行的政府机构。哈丁的认知决定了整个情节。

认知差距必须是可靠的

研究告诉我们，人们有一些共同的信念，而这些信念会导致认知差距。表 3.8 展示了如何围绕人们普遍认为的"你知道各种食物的味道，你可以相信自己的味蕾"这一信念来构建可信的情节。

表 3.8　普遍持有的信念导致认知差距和对立力量

普遍持有的信念：我可以相信我的味蕾	角色 1 认知	角色 2 认知	认知差距、对立力量和情节点
真实的例子 **品牌的力量。**在盲品测试中，人们更喜欢百事可乐的味道，但他们会买更多的可口可乐，解释说他们更喜欢这种可乐的味道。研究人员发现，人们感觉与可口可乐的品牌联系更紧密。*Slate* 杂志上的一篇文章《甜蜜的悲伤》（*Sweet Sorrow*）记录了这种现象。	巴里 巴里坚持说他能区分混合饮料中的伏特加，所以他总是点最贵的牌子。他对此既固执又傲慢。	奇普 奇普觉得很尴尬，虽然他不能分辨混合饮料中的伏特加，但是他撒谎说他能分辨。他总是订最贵的牌子。他对自己所谓的能力很谦虚。	大学毕业后，巴里和奇普作为实习生加入了一家大型广告公司，决心证明自己的写作才能。他们被指派为一个伏特加品牌写广告文案。他们的经理雪莉知道这一事实：没人能分辨出混合饮料中的伏特加。巴里的傲慢使他被炒了。奇普的谦逊让他升职了。

让你的想法从一个普遍持有的信念中迸发出来，可以帮助你专注于提升由人物驱动的情节的复杂性。让我们看看它是如何塑造阿莎和汤米这两个角色的，他们是两个案例研究中的主角。反对力量来自作为死敌的人：参议员的助手巴特，以及知道莱拉藏身之处但不肯透露的精灵苏。我将选择一个常见的信念，看看它是如何影响这些角色的。

请记住，你可以尝试各种常见的信念。你不需要选择任何一个特定的信念，也不需要把你的研究限制在一个上。在这个例子里，我将使用最常被讨论的一个共同信念："我可以相信我的直觉。"由于学术研究支持这一观点，我们可以确信，任何关于"直觉"现象的结论都是可靠的。[特拉维夫大学（Tel Aviv University）心理科学学院的研究人员称，依靠直觉的人有90%的概率是正确的。] 表3.9通过使用案例研究作为示例，向你展示了一种思考方法。

表3.9 普遍持有的信念引出认知差距和对立力量

[案例研究1]普遍持有的信念：我可以相信我的直觉	阿莎的认知	巴特的认知	认知差距、对立力量和情节点
	阿莎的核心情感是好斗，这意味着她相信自己可以胁迫参议员做出让步(她的直觉告诉她，他有很多自己的秘密)。她真切地感觉到，参议员在受到有理有据的反击时很容易退却。她还认为巴特一点也不重要，参议员说什么他就做什么，仅此而已。	巴特的直觉告诉他，阿莎很虚弱。他第一次见到她时是这么想的：她自以为对记者的问题防守得很好，然而从巴特的角度看，她就像个吓坏了的小女孩。当巴特听到阿莎被问到妹妹的近况后呼吸加速时，他知道自己是对的。他打算把她当成廉价小提琴一样拉来扯去。	阿莎和助手都认为对方很弱。阿莎打电话给她的竞选经理，在没有告诉他原因的情况下，要求他秘密调查参议员的反对方。与此同时，巴特雇了一名私人侦探给帕里拍了一些不雅照片，他相信只要与阿莎分享一两张照片，就能达到目的。

[案例研究 2] 普遍持有的信念：我可以相信我的直觉	汤米的认知	苏的认知	认知差距、对立力量和情节点
	汤米十分愤怒。精灵女王塔里亚似乎认为他和莱拉无关紧要。他向人类当局寻求帮助，却碰了壁。他确信苏知道莱拉的藏身之处，他认为苏是他获知这个地方在哪里的最大希望。	苏认为，汤米作为人类来说算得上英俊。她想调戏他一下，觉得没什么大不了的，所以她开玩笑说她知道莱拉关在哪里。当她说这句话时，汤米的整个神情都变了，苏也察觉到了他的绝望。她知道可以利用汤米的需要来玩弄他，以此给塔里亚女王留下深刻的印象。	汤米认为苏很弱。苏认为汤米很弱。如果那时汤米回应了苏的调情，苏就不会背叛他了。汤米不敢相信在他对莱拉的处境如此绝望的时候，苏竟然会想对他调情。他们都计划操纵对方。

建立在研究基础上的普遍持有的信念产生了自主的真实性。它们听起来是真的，因为它们的确是真的。

普遍持有的信念

你可以使用这一技巧来启动自己的以角色驱动的情节。这种“认知决定行为”的方法对角色塑造和情节设计来说是一种指导，而不是束缚。此外，认知差距会为你的故事叙述增添真正的丰富性。表 3.10 展示了如何将这一策略应用到你自己的故事中。

表 3.10　练习——普遍持有的信念引发认知差距和对立力量

普遍持有的信念：我知道我看到了什么	角色 1 认知	角色 2 认知	认知差距、对立力量和情节点
现实世界的例子： 目击者证词的不可靠性。 据《科学美国人》报道，在“昭雪计划”（The Innocence	你的哪个角色相信他对所见之事的记忆？	你的哪个角色不相信她对所见之事的记忆？	对立力量会利用这种认知差距做什么？这种对立力量是如何影响情节的？

Project）的成功案例中，有四分之三的案例都与目击者的错误证词有关。（非营利性组织“昭雪计划”致力于通过 DNA 检测来为被误判的犯人开脱罪责。）此外，这些案例中有三分之一的证据来自不止一个目击者的错误证词。			

回顾你完成的表 3.10 中的经历，然后回答下列问题：

1. 你能利用这个过程来激发灵感吗？
2. 你的角色有雏形了吗？
3. 你确定对立力量了吗？
4. 你的情节是否符合逻辑，与你的角色描述是否协调一致？

认知差距发生在每一天的每一次互动中。通过深入研究，你就能选出那些能够引发可信冲突、点燃故事的认知差距。

你的基础

请注意进展：我们已经构建了一种具有强大基础的情节预设结构，并且将继续这样做。要创建曲折和可靠的情节，你需要做到以下几点：

1. 确定你角色的憧憬之点，并将其与情感冲突联系起来。
2. 确定你角色的认知。
3. 找出一个对立的元素：某物，或认知与主角不同且拒不苟同的某人。（注意：你可以设置不止一种对立力量，例如一个敌人和一场暴风雪。多种对立力量增加了耐人寻味的复杂性。）

下一步是开发一个引人入胜的叙事问题。术语“叙事问题”指的是你对读者做出的承诺，它既简单又复杂，它就是第四章的主题。

第四章　生成引人入胜的叙事问题

开场白就像一个指南或路线图。它是一种非常微妙的东西。

——约翰尼·科克伦

- 选择你的叙事问题
- 明智地使用背景故事或背景描写

选择你的叙事问题

你的"叙事问题"展示了故事的前景。它提醒读者注意在故事结束时要回答的潜在问题。因为这个原因，它需要尽早出现——这是决定你的故事是否会被读者阅读的唯一重要因素。

有效的叙事问题

如果你的叙事问题软弱无力、含混不清、不明不白、难以理解、枯燥乏味或拖拖拉拉，你就会失去读者。如果它生动、清晰、引人注目、引人入胜、立竿见影，你就能留住读者。构建叙事问题没有一种固定的方法——可以直截了当，也可以巧妙地编入描述或对话——根据你的声音、写作风格、体裁和读者的期望来做出决定。

阅读表 4.1 中的例子时，问自己这样一个问题：如果我是这种类型的读者，这样的开头会吸引我吗？如果会，为什么？如果不会，又为什么？请注意，所有摘录都来自故事的开头。

表 4.1　分析叙事问题

作品名称、作者、出版年份、类型	包括叙事问题的开头	评论
《熊镇：一部小说》(*Beartown: A Novel*)，弗雷德里克·巴克曼，2017 年，纯文学小说	1 三月底的一个深夜，一个少年拿起一支双管猎枪，走进森林，把枪对准别人额头，扣动了扳机。 * * * 这就是让我们到达那里的故事。	从这段简短的摘录中，我们知道一个年轻人不知何故卷入了一场致命的对抗。对读者的承诺是明确的——在故事的结尾，我们会知道那个少年为什么走进树林扣动了扳机。

《饥饿：一部身体的回忆录》[*Hunger: A Memoir of (My) Body*]，罗克珊·盖伊，2017年，回忆录	I 1 每个人都有自己的故事和历史。在这里，我用我身体和饥饿的回忆录来说说我的故事和历史。	这本回忆录从一个有趣的背景设定开始——每个人都有一个关于自己身体的故事。盖伊女士在这个设定下开了个玩笑——饥饿是一种东西、一种力量。言下之意，她渴望的不仅仅是食物。这个叙事问题有望揭示她渴望的是什么，以及为什么。
《你在何方?》(*Where Are You Now?*)，玛丽·希金斯·克拉克，2009年，女性悬疑小说	第一章 现在正是午夜时分，这意味着母亲节才刚刚开始。我和妈妈在我长大的萨顿公寓过夜。她就在走廊尽头自己的房间里，我们一起守夜。自从十年前我的弟弟小查尔斯·麦肯齐——“麦克”——走出他和另外两名哥伦比亚大学高年级学生合住的公寓后，我们每年都持续着同样的守夜。从那以后，再也没有人见过他。但每年母亲节的某个时候，他都会打电话给母亲，让她确认自己的平安。“别为我担心，”他告诉她。“总有一天，我会转动钥匙，打开锁，回家。”然后，他挂了电话。	在这一段话里，我们了解了故事发生在哪里，谁在那里、在做什么，以及为什么做。叙事问题很清楚：为什么麦克十年前出走了？既然他明显可以自由使用电话，这意味着如果他愿意，他可以自由回家。为什么他没有呢？
《艺伎回忆录》(*Memoirs of A Geisha*)，阿瑟·高顿，1999年，纯文学小说	第一章 假设你和我坐在一个安静的房间里，俯瞰着花园，聊着天，啜着绿茶，谈论着很久以前的事情。我对你说：“那天下午，当我遇到这些……和这些……是我一生中最好的下午，也是最糟糕	从这一段，我们知道我们将要了解成为艺伎意味着什么。我们还将了解田中一郎先生在她成为艺伎的过程中所扮演的角色。

	的下午。”我想你可能会放下茶杯，说：“好吧，那是哪一个？因为不可能两者都是！”通常我只能自嘲，同意你的看法。但事实是，我遇到田中一郎先生的那个下午是我一生中最美好和最糟糕的。他是如此迷人，甚至他手上的鱼腥味都是一种香水味。如果我不认识他，我肯定不会成为一名艺伎。	
《天使贴士》(*Angel's Tip*)，阿拉菲尔·伯克，2008年，犯罪小说/警匪小说	第一章 那个男人靠在凳子上，给一个大块头的红发女人让出位置——她去取她点的两杯灰皮诺葡萄酒。当酒保走过来的时候，他又要了一杯喜力，以确保在餐厅里有人注意到他之前再喝上一杯啤酒。 即使在最普通的环境中，他也很擅长融入背景。但考虑到酒吧另一端的混乱，他肯定不会在这里特别显眼。四名西装革履、领带松垮的男子正在回味着柠檬酒，这是他们和那群女孩的第二轮，当初就是她们把他带到餐厅的。实际上，他对那三个人都不感兴趣——只对那个高个子的金发女孩感兴趣。 他已经习惯了花更多的时间挑选，但他今晚需要找一个女孩。这将是他第一次有这样的日程安排，更不用说这么时间紧迫的安排了。	第一段的最后一句话提醒读者，叙述者有理由不被注意。下一段解释了原因。最后一段表明，这不是他第一次做他计划要做的事情。不祥的语气制造了悬念。在书的最后，我们知道我们将要找出那个男人对那个高个子金发女孩做了什么。我们还将了解是什么驱使着他，为什么今晚时间紧迫，而平常不会。

《梦乡：美国鸦片泛滥纪实》（*Dreamland: The True Tale of America's Opiate Epidemic*），萨姆·奎诺尼斯，2015 年，纪实文学	序言：俄亥俄州的朴次茅斯 1929 年，在俄亥俄河畔朴次茅斯市的蓝领小镇的辉煌岁月过去三十年后，一个私人游泳池开放了，人们把它叫作“梦乡”。 游泳池有一个橄榄球场那么大。几十年来，这个小镇的几代人都是在水晶般湛蓝的水边长大的。梦乡是夏天的保姆。父母们每天都把孩子留在游泳池里。镇上的人们在梦乡找到了从浓重湿气中解脱出来的地方，然后穿过街道来到艾德熊连锁店买热狗和根汁汽水。游泳池那里的炸薯条是附近最好的。孩子们早上乘公共汽车去游泳池，下午回家。他们来自赛欧托县各地的学校，互相认识并一起学游泳。他们中的一些人参加了梦乡海豚游泳队的比赛，梦乡海豚游泳队每天早上和晚上都训练。 今天有两个朴次茅斯，其中一个是俄亥俄河边的满是废弃建筑的小镇。另一个留在了成千上万散居他乡的人的记忆中，他们在繁荣的年代长大，即使不是从未回来过，也是很少再回到朴次茅斯。 当你问他们那个时候的小镇是怎样时，他们会说是梦乡。	梦乡既是一个地方，又是一个隐喻，代表着一个更加纯真的时代。这段节选为我们提供了一个场景，提醒我们，我们将会知道为什么纯真会消失。
《开学第一天》（*First Day Jitters*），朱莉·丹纳伯格，2000 年，儿童文学	“莎拉，亲爱的，该起床了，”哈特韦尔先生从卧室门里探出头说，“你不想错过你在新学校的第一天吧？”	短短几句话，我们知道了莎拉要去一所新学校。我们想知道她是否真的想错过开学的第一天；如果想，为什么。我们也预料到，不管她想些什么，她今天都要去上学。我们想知道她是如何应对的。

《孤儿的故事：一部小说》(*The Orphan's Tale：A Novel*)，帕姆·杰诺夫，2017年，历史爱情小说	序言 巴黎 他们现在应该正在找我。	叙事问题在第一句话中就很明显——谁在寻找叙述者？为什么？他们会不会找到她？
《库尔特·冯内古特在“9·11”事件上的讲话》(*Kurt Vonnegut's Remarks on the Occasion of 9/11*)，发表于《海龟湾协会通讯》(*Turtle Bay Association Newsletter*)，库尔特·冯内古特，2001年，随笔	我听说，在纽约市消防局的整个历史中，大约有七百名消防队员因公殉职。为朋友舍命，人的爱心没有比这个更伟大的了。《圣经》上是这么说的。“9·11”灾难之后，《纽约邮报》请我发表评论。我说：“我想不出有什么比消防车更能体现人性了。”	冯内古特在写这篇向“9·11”恐怖袭击后当地辖区牺牲的消防员致敬的文章时，利用了一个具体的物品使自己的观点具体化。叙事问题出现在最后一行。如你所知，在他文章的最后，我们会看到消防员人性的具体体现。
《博士的小岛》(*The Island of Dr. Libris*)，克里斯·格拉本斯坦，2015年，少年奇幻小说	塞塔项目 实验笔记＃316 由心理学博士、文学博士兼胃镜检查师翔·利柏瑞斯准备 我很激动地告诉大家，经过彻底的调查，我找到了我们第一次现场测试的理想对象，这个测试将在比利·G——一个想象力非常丰富的12岁男孩——到达现场的时候开始。他妈妈会很忙。他父亲要走了。他会觉得无聊的。简而言之，比利·G将是完美的。	这段节选激起了读者的好奇心。我们想知道更多关于塞塔项目和现场测试的事情，我们渴望见到比利·G。

你会注意到，叙事问题是所有文学类型的关键元素。选择一个能够吸引读者并制造悬念的叙事问题，需要你在深层次和主题层面上了解你的故事。以此为支点，才能展开所有的情节转折。

叙事问题吸引读者

如果你的故事开头平淡无奇，那么只有最如饥似渴的读者才会坚持读下去。所以，在故事一开始就抓住读者的兴趣是写作成功的关键（见表 4.2）。一些作者在开篇第一个句子中就引入了叙事问题，这种情况我们将在本章后面进一步讨论。

表 4.2 叙事问题的位置
问： 叙事问题应该总是出现在故事的开头吗？ **答：** 是的。要理解其中的原因，可以考虑一下叙事问题的目的：就像公司的品牌代表了对消费者的承诺一样，叙事问题也代表了对读者的承诺。它设定了主要的冲突，为读者继续阅读提供了动力。它提供了足够的信息，使读者可以对你的故事是否符合他们的口味做出明智的决定。如果你没有抓住读者的兴趣，那就到此为止了；如果抓住了，他们很可能会读完故事，因为他们想知道故事中隐含的答案。 我们查看范例的原因之一是找出能够带来成功的模式。我的经验是，在大多数体裁的书中，你很难找到一本成功或经久不衰的书，而它的叙事问题是没有出现在第一章或第二章中。

虽然叙事问题不一定要在第一段就出现，但出现得越早越好。大多数有效的开场白都是不寻常的、具有启发性的、感人的和基于事件的。让我们分别来看一下这些因素。

- 不寻常的。出版商想要那些他们以前没见过的故事。如果你写的东西很平常，那它读起来就不像是原创的。
- 具有启发性的。最好的写作能让你进入一段记忆、一种感觉或一种情绪——它唤起了一些基于感官的关联事物。
- 感人的。绝不要忽视故事。不要太过投入到你的人物中，以至于忘记了情节。而最好的情节，正如我们所讨论的，是充满了憧憬和冲突的。

● 基于事件的。不要从背景故事、记忆或反思开始，要从行动开始。“行动”并不一定意味着追车或枪战，它指的是任何可以触发情节的事件。

表 4.3 列出了一些问题，通过回答这些问题，可以对叙事问题进行范例分析。

表 4.3　叙事问题：通过回答这些问题来分析范例
当阅读你要写的体裁中最畅销和最经久不衰的书籍时，记得探索一下叙事问题是如何搭建的，它出现在哪里、在什么背景下出现。下面的问题将帮助你完成分析。 1. 故事是如何开始的？用一幅画面、一个场景的描述？行动？还是对话？ 2. 叙事问题包含在第一个句子里？还是第一段、第一页或第一章呢？ 3. 用一句话向读者表达承诺。例如，在《梦乡：美国鸦片泛滥纪实》（见表 4.1）中，叙事问题中蕴含的承诺是：我们能否恢复以“梦乡”为代表的支持性社区，还是我们已经进入了一个充满黑暗意图和持久孤立的时代？ 4. 吸引你进入这个故事的具体原因是什么？ 5. 在书的最后，叙事问题得到了回答吗？例如，在《梦乡：美国鸦片泛滥纪实》（见表 4.1）中，最后两句话是： 虽然他们漂泊不定，但他们也能找到回去的路。 回到那个叫作“梦乡”的地方。 换句话说，在叙事问题中所表达的承诺得到了实现。我们想知道社区的支持和对公共利益的承诺是否永远消失了，作者使我们确认了并非如此。“梦乡”这个公众的泳池可能不会被重建，但社区可以共同保护、相互扶助的理念将继续存在。 6. 如果叙事问题不在第一个句子里，你能把它移到离开头近一点的地方吗？ 你研究的例子越多，你就越有可能识别出有意义的模式，而这些模式可以帮助你进一步了解读者的期望。当然，这样做的目的并不是衍生，而是让读者知道你的故事是否有可能吸引他们。

明智地使用背景故事或背景描写

在电视、互联网和低价的海外旅游出现之前，扶手椅上的旅行者喜欢通过作者所描绘的文字来体验世界。今天不再是那样了，任何可以上网的人只要点一下鼠标就可以找到世界上任何一个角落的图片和描述。因此，读者的期望改变了。今天的读者想要描述少一点、行动多一点。这并不是说环境描写不重要——它重要。环境描写可以创造一种情绪，传递关于你所描述地点处的角色的微妙信息，并通过添加悬念、戏剧性、神秘感、舒适度或危险来吸引读者的注意力。最好的环境描写是将描写和背景结合起来（见表 4.4）。

表 4.4 孤立主角来增加紧张感和悬念

你的环境描写能支撑你的情节，并增强其危机感、戏剧性或恐惧感吗？选择有氛围感的环境描写可以增加故事和叙事问题的悬念、恐惧感及提升其复杂度。

- 大沼泽地比海滩更令人恐惧（除非你的角色被坏人发现了，而且无处可藏）。
- 河口比湖泊更可怕（除非像尼斯湖水怪这样的神秘动物生活在水里，而你的读者知道它在那里）。
- 暴风雪中的山顶比草地更吓人（除非你的主角迷失在似乎永无止境的野花丛中）。
- 新年夜，身处时代广场且被困在警察把守的围栏里，比身处梅西百货的人群中要可怕（除非你的主角被坏人跟踪进了商场）。

添加特殊的感官性细节可以进一步增强戏剧性张力。请注意，对于一个独自待在漆黑洞穴里的人来说，每一段情节都是那么可怕——而环境描写如何与事件相结合，实际上成了一个叙事问题。还要注意这些选项是如何传递特定的感官细节的。

- 一束从洞口一百码处扫过地面的闪光。
- 一段窃窃私语的交流。
- 某人汗臭的味道。
- 当你以为你正在吃预先包装好的火腿和奶酪三明治时，却尝到灰烬的味道。
- 当你拍打墙壁时，手下有丝绸般的感觉。

在科幻小说、奇幻小说和反乌托邦小说中，或者在任何你正在创造一个城镇或其他场景的项目中，你都需要根据读者的预期来构建你的世界，并着眼于取悦、吸引他们以及给他们意外。例如，在传统推理的子类型“舒逸推理小说”中，你需要创建一个健康且甜蜜的小镇。在一部以 19 世纪的伦敦为背景的浪漫故事中，你需要创造迷宫般的城市小巷和弥漫开的豆汤般的浓雾*。无论你的流派或故事所处的时期是什么，这里都有两种技巧来帮你创建更强大的世界：

1. 创造世界，而不是套用模板。

例如，在奇幻小说中，不要认为你的魔法世界需要建立在传统的中世纪社会的基础上。要有一些新的和意想不到的想法。如果你要用一种实际的文化作为出发点，那就要添加一些令人惊讶的细节。不要依赖于陈词滥调，当然，更不要成为衍生品。

2. 建立一个比你的时间线更早的符合逻辑的历史。

能够顺便说上一两句你虚构的历史事件，将大大提高你的世界的可信度。

背景描写是讲故事的一个重要组成部分，有时它可以成为情节转折的基础。

* 通常是由空气污染引起的黄色、绿色或黑色的浓雾。——译者注

通常情况下，你想要在煽动性事件的中间而非通过描述来开始你的故事——一个令主角无法回头的非凡事件，从此以后，他的生活被永远改变。不过，就像本书中提出的所有建议一样，这并不是一个硬性规定。例如，在奇幻和恐怖题材中，塑造世界是最令读者兴奋的因素之一，作者可能会用开篇的场景将读者慢慢引入一个新的世界，而不是将他们猛地推入其中。文学探员康纳·戈德史密斯是这类小说的专家。他想在大约 75 页的篇幅里看到煽动性的事件，但首先，他想让自己沉浸在你的世界里。当然，他仍然想看到行动和角色发展，但不一定需要这本书从煽动性事件开始。也就是说，如果你想用描述来开始你的故事，你需要用心去做。

感官描写

大多数有效的描述都很简短，并注入感观描写。例如，埃德加·赖斯·巴勒斯 1938 年的小说《泰山和禁城》（*Tarzan and the Forbidden City*）的开头是这样的：

> The rainy season was over; and forest and jungle were a riot of lush green starred with myriad tropical blooms, alive with the gor-

geous coloring and raucous voices of countless birds, scolding, loving, hunting, escaping; alive with chattering monkeys and buzzing insects which all seemed to be busily engaged in doing things in circles and getting nowhere, much after the fashion of their unhappy cousins who dwell in unlovely jungles of brick and marble and cement.

译文：雨季结束了；森林和丛林里那片茂盛的绿肆意地暴动着，热带花朵星罗棋布，还有绚丽的色彩和无数鸟儿的喧闹声，它们责骂着、爱着、追猎着、奔逃着；还有叽叽喳喳的猴子和嗡嗡作响的昆虫，它们似乎都忙得团团转，却毫无进展，很像它们那些不快乐的表兄妹的风格——住在由砖头、大理石和水泥做成的不可爱的丛林里。

值得注意的是，原文是一个有 76 个单词的句子。它的长度与景观的范围相当。鸟儿的动机和猴子的动作把你带进了生物多样的丛林。注意大量的主动动词，从“责骂”（scolding）到“奔逃”（escaping），还有其他具体而传神的词语选择，如“暴动”（riot）、“茂盛”（lush）等。还要注意最后一句话：“……毫无进展，很像它们那些不快乐的表兄妹的风格——住在由砖头、大理石和水泥做成的不可爱的丛林里”（... much after the fashion of their unhappy cousins who dwell in unlovely jungles of brick and marble and cement）。这种用真实的丛林与城市所做的比较是相关且恰当的，在写作的时候，也是鲜活的。从这句话中，我们知道了地点及叙述者是如何认知他的环境的，且获得了故事的启示：生活在城市丛林中的读者，会发现它与非洲丛林的相似之处。这是一个全方位的叙事问题。

语境是最重要的

伊萨克·迪内森在她的小说《走出非洲》（*Out of Africa*）（1938）中采取了不同的方法。小说的第一人称叙述者以描述主人公的农场开头。在接下来的 3 500 多个单词后，迪内森才融入了对话。尽管篇幅很长，但迪内森并不是在描绘真空中的场景；相反，她提供了一些背景资料——例如，非洲农场里的树木与欧洲的不同。这种技巧——通过让读者和角色一起体验场景，将背景故事融入描述中——是让读者了解角色的秘密、观点、传统、渴望和意图的最佳方式之一，也是一种巧妙地整合叙事问题的可靠方式。当我们读到《走出非洲》的开头时，我们想知道新来的开拓者能否在严酷无情的热带稀树草原上生存下来。

虽然对环境的冗长描述逐渐凋零，但读者仍然希望体验你的角色居住的世界。应对这一挑战最有效的方法是将描述编织成行动，同时融入你的叙事问题。

描述中的行动元素

在哈莉·艾芙伦的小说《你永远不会知道，亲爱的》（*You'll Never Know, Dear*）（2017）中，通过描述角色莉丝走出房子、走到门廊上，让人们想起了南卡罗来纳的低地乡村。看看她在一段话中完成了什么：

> 莉丝摘下眼镜，把它固定在头顶上，拿盘子走到门廊。这是一月里异常暖和的一天，暖和得可以坐在外面了。两丛鲜艳的茶花在前院盛开，一丛开满粉红色的花，另一丛开满白色的花。灌木丛下的地面长满了长春花。几周后，空气中就会弥漫着紫藤的芳香，从门廊前优雅垂下的藤蔓上散发出来。而到了5月，蚊子的数量可能会非常多，那时坐在门廊上就不可能了。

这是第二页的一个段落，带我们进入了莉丝的世界。它只有100多个字，但看看它所完成的内容：整合了动作（走到门廊），揭示了角色的一些信息（她需要一副眼镜）。因为它很简短，所以描述不会让人感到有压迫感，也不会放慢节奏。它设定了读者对故事的风格和基调的预期，所以当第四页的叙事问题出现时，读者对悲剧发生的地方已经有了一定的了解。这个叙事问题承诺将解开一个长期存在的谜题：40年前，四岁的詹妮（连同她一直在玩的一个独一无二的玩偶）失踪了，而当时七岁的姐姐莉丝本应照看着她。这本书承诺在故事的结尾、在这个独特的南方之地待上一段时间后，让你了解发生在詹妮身上的事情。

当以对地点的描述开始你的故事时，你应该使用主动动词、具体的名词和生动的形容词，并融入对熟悉地点的比较或对规律的观察，以提供背景。表 4.5 展示了满足这些要求的几个开篇示例。在通读这些示例时，请注意作者仅用几句话就能提供的信息量。寻找其中的情绪、声音、故事、冲突、人物塑造、背景描写和态度。当然，你不可能在每个例子中找到所有的东西，但是你会在所有的例子中找到不止一样东西。

表 4.5　开篇嵌入的叙事问题

作品名称、作者、出版年份、类型	故事开篇
《天堂》（*Paradise*），托尼·莫里森，1997 年，纯文学小说	**鲁比** 他们先杀了那个白人女孩。
《宇宙见》（*See You in the Cosmos*），程杰克，2017 年，儿童文学	**新纪录 1** **6 米，19 秒** 你是谁?
《致命伴旅》（*The Tourist*），奥伦·施泰因豪尔，2009 年，间谍小说	**旅行的结束** **2001 年 9 月 10 日星期一** **到 9 月 11 日星期二** **1** 自杀未遂四个小时后，他降落到卢布尔雅那机场。
《隐形人》（*Invisible Man*），拉尔夫·埃里森，1952 年，纯文学小说	**来自序言：**我是一个隐形人。 **来自第一章：**它可以追溯到很久以前，大约 20 年前。我一生都在寻找着什么，无论我走到哪里，都有人试图告诉我那是什么。
《爱情故事：一部小说》（*Love Story: A Novel*），凯伦·金斯伯里，2017 年，爱情小说	**1** 科迪·科尔曼独自一人打橄榄球，这几天他做的大部分事情都是如此。

《寂寞芳心小姐》(*Miss Lonelyhearts*)，纳撒尼尔·韦斯特，1933 年，纯文学小说	《纽约邮报》的“寂寞芳心小姐”（你有麻烦吗？——你是否需要建议？向寂寞芳心小姐写信，她会帮助你）坐在他的办公桌旁，盯着一张白色的纸板。
《奇想之年》(*The Year of Magical Thinking*)，琼·狄迪恩，2005 年，回忆录	生活变化太快了。 生活瞬息万变。 你坐下来吃晚餐，你所知道的生活就结束了。 自怜的问题。 这是事情发生后我写的开头的几句话。
《局外人》(*The Stranger*)，阿尔贝·加缪，1942 年，纯文学小说	**第一部分** **1** 今天母亲去世。 (**注意**：有些翻译是这样的——妈妈今天去世了。)
《黑曜石之心》(*Obsidian Heart*)，纳利尼·辛格，2013 年，超自然爱情小说	**第一章** 卡莱布·克雷切克，红衣主教的心灵感应师，一个没人愿意在黑夜里单独遇见的人，他已经寻找他的猎物七年三周零两天了。
《豺狼的日子》(*The Day of the Jackal*)，弗雷德里克·福赛斯，1971 年，惊险小说	**第一部分** 情节剖析 三月的巴黎，早晨 6 点 40 分，天气很冷，当一个人即将被行刑队处决时，似乎更加寒冷了。
《夏洛的网》(*Charlotte's Web*)，埃尔文·布鲁克斯·怀特，1952 年，儿童文学	**I** 在早餐前 “爸爸拿着那把斧子去哪儿？”当他们摆好桌子准备吃早饭时，芬对她妈妈说。
《蜘丝线索》(*By a Spider's Thread*)，劳拉·李普曼，2004 年，犯罪小说	**九月** 当齐克告诉艾萨克他必须在后备厢里坐一会儿时，他们正处于一种“我”的状态。

《铁皮鼓》（*The Tin Drum*），君特·格拉斯，1959 年，纯文学小说	**宽大的裙子** 我承认：我是精神病院的囚犯。我的看守者盯着我，几乎不让我离开他的视线，因为门上有一个窥视孔；看守者的眼睛是棕色的，他无法看穿像我这样蓝眼睛的人。
《琥珀还要暗淡》（*Darker than Amber*），约翰·D. 麦克唐纳，1966 年，犯罪小说	**1** 我们正打算放弃，就此收工的时候，有人把那个女孩从桥上扔了下来。
《特别行动队员》（*The Ranger*），艾斯·阿特金斯，2013 年，惊险小说	**1.** 奎因开着他在亚拉巴马州凤凰城花 1 500 美元买的卡车，沿着密西西比高速公路往南回家。他身边放着一个美军帆布背包，里面装满了足够穿一个星期的衣服，还有他在扑克游戏中赢来的一把可爱的 0.44 英寸口径的柯尔特巨蟒型左轮手枪。
《有此好友是我的荣幸》（*My Glory Was I Had Such Friends*），艾米·西尔弗斯坦，2017 年，回忆录	**来自序言：** 乔伊 吉尔 莱亚 乔迪 劳伦 瓦莱丽 罗宾 安 简 **来自第一章：**我们的话语逐渐减少。时而沉默，这意味着我们中的一个会建议我们今晚到此为止。

《藻海无边》(*Wide Sargasso Sea*)，简·里斯，1966 年，纯文学小说	**第一部分** 他们说，当麻烦来临时，要团结一致，白人就是这么做的。
《傲慢与偏见》(*Pride and Prejudice*)，简·奥斯汀，1813 年，浪漫小说	**第一章** 凡是有钱的单身汉，总想娶位太太，这已经成了一条举世公认的真理。
《雷彻什么也没说：李·柴尔德与“造就我”的过程》(*Reacher Said Nothing: Lee Child and the Making of Make Me*)，安迪·马丁，2015 年，纪实文学	**1.** **结束** 它以注定要结束的方式结束。埋葬。
案例研究 1：我们的政治惊险小说 **注意：**我决定从阿莎的焦虑开始。我喜欢把重点放在情感的复杂性上，这让她进退两难。	**第一章** 总统候选人、参议员阿莎·巴塔看着竞选经理的嘴巴在动，但是她一个字也没听到。她满脑子想的都是格里芬参议员毫不掩饰的威胁，那个混蛋。
案例研究 2：我们的少年奇幻小说 **注意：**以一个肯定会引起少年读者共鸣的大胆陈述开始，汤米也变得可亲了。他从一开始就撒谎，这使他的承诺显而易见。	**第一章** 汤米很会说谎，他自己也知道。

解释引出戏剧性

作为一名作家，决定你的故事从哪里开始是最重要和最具挑战性的决定之一。当你完成表 4.6 中的练习时，请将你的决定视为一种解释。你正在把叙事问题转化成一个吸引读者阅读的开场。记住，实现这个目标的方法不止一种，所以可以尝试不同的选项。做完之后，回顾汇报问题以帮助你选出最好的选项。

表 4.6　练习：决定你的开场白
1. 写下你的叙事问题来提醒自己你的首要关注点。
2. 写一两句话，最多一段或一两页，能显示你的叙事问题与读者有相关性的那些。不要简单地告诉我它是什么。不要只是重复你在回答问题 1 时所写的内容。把你的叙事问题转化成一个戏剧性的场景。

你的开始

当你回顾你的开场白时，问问自己是否满足了以下要求：

1. 你揭示了情感的真相吗？

如果是这样，太好了！如果没有，那就修改你的开场白，把情绪表露出来。记住：将角色引向痛苦。

2. 你写过人们的行为、感受或计划吗？

如果写过，很可能会吸引读者。如果没有，你可能已经写了背景故事，这肯定不能让读者感兴趣。

3. 你用过这些词吗——“看”“观看”“听见”“倾听”“品尝”“注意到”“观察”“认出”“理解”“感觉”“意识到”或“知道”？

有时，这些词语表明你是在“讲述”，而不是在“展示”，从而疏远了你的读者。需要注意的是，这些词语并不总是“标记”词——有时是描述词。例如，在案例研究 1 的开头，使用“听见”这个词并不是在“讲述”；相反，这个词揭示了阿莎的心态。也就是说，如果你用了其中的一个词，你需要回过头来再看一遍，斟酌一下。

你有何想法？你清楚你的叙事问题和它的重要性了吗？你的开场白中有对读者的承诺吗？你有信心让你的开场白不同寻常、感召力强、有情感且基于事件吗？不断修改，直到你的写作符合所有这些标准。

在这一章中，我们讨论了如何将角色对核心冲突的反应转化成一个叙事问题，并在故事的早期表达出来。我们现在已经准备好构建情节了。在第五章，也就是第二部分的第一章“设计情节走向”中，我们将开始设置情节和故事线。

第二部分
情节设计

第五章 设计情节走向

情节就像人与人之间的关系。建立在生活现实基础上的人类情感和欲望常常背道而驰，它们会互相攻击，矛盾随之愈发激烈，直到最后爆发——这就是情节。

——利·布拉克特

- 用简的《情节设计路线图》规划思路
- 用 TRD 控制节奏
- 选择故事结构

用简的《情节设计路线图》规划思路

对许多作家来说，讲故事是种本能——设计情节却不是。每当我开始写一部新小说，就感觉自己好像在探索未知的领域。我发现这样写作太容易漫无边际，太容易走题，太容易过度关注次要角色，太容易忽略重要的细节、角色的互动乃至整个场景。我是历经波折才发现的——当时提交了比平时水准要低的手稿［我的“乔西·普雷斯科特古董谜团”（Josie Prescott Antiques Mystery）系列的第三篇：《死也要得到的古董》（*Antiques to Die For*）］，然后被退回来了。幸运的是，我还能够修改。但有关那次经历的记忆不断提醒我：情节设计不可随意。

当然，也有一些作家是即兴创作的，他们把故事的所有元素都记在脑子里，凭直觉设计情节。如果你是其中之一，你仍然会发现下面的情节设计工具对理清思路非常有用。仅仅是能在不依赖笔记或大纲的情况下进行情节设计，并不意味着你做到了最好，也不意味着你的故事创作最为高效。建议你尝试一下简的《情节设计路线图》，看看它对你是否也像对我一样有效。

简的《情节设计路线图》

在艰难地创作完《死也要得到的古董》后，我意识到自己需要一个系统来防止写作中因偏离轨道而陷入困境——我需要一张路线图。在我创作系列第四篇《杀手的信物》的时候，这个想法一直在我的脑海里酝酿。确切地说，当时我正写到手稿的第 280 页。瞌睡之际，我突然想到，我都觉得无聊，我的读者会觉得更无聊——所以我在故事中烧掉了某人的公寓（我真是这样做的，如表 5.1 所示）。

表 5.1　写作就是在改写：你必须"在胡同里装门"

由于在第 280 页烧掉了格雷琴的公寓（见本章关于《杀手的信物》的讨论），我不得不在前 279 页做了许多修改。

我不得不让格雷琴打电话请病假，来解释她在家的原因，这发生在第 230 页。

我不得不说明她和她的新男友关系正在升温。从第 18 页开始，我添加了几个与这个事实有关的事件。

我不需要添加任何关于乔西这个角色的内容，来解释她为什么会给格雷琴买花并顺便过来看看格雷琴的情况——这正是乔西会做的事。

作家们有时会觉得，重新调整情节意味着他们此前的写作不好。我建议你采纳另一种观点——写作的本质就是重写。写作不是打字，它是一个发现和阐释的过程。我认为，第一稿是"铺设情节"；第二稿增加了人物信息和情感，并确保所有事件都源于人物的意愿。我继续修改，在之后的草稿中关注语言和节奏，添加隐喻、学问和主题权重。最后，我要再次确认我的情节设计是强有力的、令人无法抗拒的且可信的。你会注意到，我的作品以精心设计的情节开头，并以精心设计的情节结尾。

修订不是轻微调整。修订是邀请你真正地重新设想你的想法、角色、角色的意愿、推动角色行动的情绪、角色的认知以及你的情节设计。回过头去植入线索和烟幕弹（假线索）是写作过程的内在要求。

青年历史冒险小说方面的畅销书作家伯纳德·康威尔将这种现象称为"在胡同里装门"。康威尔的许多历史小说都以夏普为主角。康威尔说："所有的写作工作都是在构思故事情节。"他经常有这种感觉：一本书写到中间，才发觉主人公夏普的情况在故事中站不住脚。但他解释说，这是正常的。例如，夏普发现自己在一条死胡同里。他的剑断了，步枪里没有子弹，同伴也抛弃了他，他正面对着二十个挥舞着步枪的法国人。法国人嘲笑夏普，说他死定了。如果那时康威尔写下夏普把长在墙上的常春藤拨开后找到一扇门——啊哈！逃跑了！——他的读者会翻起白眼，把书扔到房间的另一边。所以，康威尔不会这么做。他会返回到前面的章节，在胡同里的这个地方先装上一扇门。后来，当读者阅读到这个场景时，夏普从墙上拨开常春藤，读者并不认为这是巧合或是作者随意的安排，反而会认为夏普非常聪明。康威尔说："这一点都不聪明。我生命中的很多时间都用来在胡同里装门了。"

不管你把它叫作什么：植入线索也好，打下基础也好，或是"在胡同里装门"也罢，提前植入你后面会用到的事实，都是讲故事获得成功的关键。

格雷琴是乔西非常喜欢的助手，那所我烧掉的公寓就属于她。当乔西把车开进停车场时，格雷琴的公寓已经被大火彻底吞噬了。乔西冲破公寓后面的一扇滑动玻璃门，希望能救回格雷琴，但高温和浓烟导致她什么也做不了。注意，这是一个高危时刻［转折、逆转和高危时刻（TRD）中的第三个］。把一个受人喜欢的角色置于情感、精神或身体上的危险中，是一种增强故事能量的可靠方法。实际上，不必有人去死，正如这个例子所证明的：格雷琴的公寓被摧毁了，但格雷琴是安全的——她当时在她男朋友家。

简的《情节设计路线图》（见表5.2）曾在我的《悬念》一书中介绍过，它使我能够控制故事的节奏、增加兴奋感，并充满信心地写作。无论你决定从哪里开始你的故事，无论在事件的中间还是在另一个吸引读者的时刻（见第四章）让主人公投入行动，简的《情节设计路线图》都将帮助你，保证你的写作维持在正轨上。沿着这条大道走，你将避免无聊或平庸的开头、拖沓的情节以及无法令人满意的结局。简的《情节设计路线图》适用于所有类型的作品。

用TRD控制节奏

看看简的《情节设计路线图》，你会注意到中心线遵循你的主要路线，故事从路线图的底部开始，到路线图的顶部结束，偶尔也会有一些事情打断节奏——那就是转折、逆转和高危时刻（TRD）。为了保持“正常”的速度，这些TRD应该沿着中心线在大约第70、140、210和280页出现。我所说的“正常”或“稳定”的节奏，在我写的传统推理小说中很管用。如果插入TRD频繁些，将加快故事节奏；而如果降低频率，则将放慢故事节奏。和大多数的写作技巧一样，没有放之四海皆准的方法。要选择能最好地契合你的故事、故事类型、作家声音以及目标读者喜好的节奏。表5.3给出了建立情节线索追踪系统的建议。

表 5.2　简的《情节设计路线图》

次要情节 1 （SR1，子情节 1）	快速通道 （起始情节 TRD）	次要情节 2 （SR2，子情节 2）
	p. 300-325： 所有问题都得到解决。	
	↑	
	所有情节点分解成 一个逻辑解决方案。	
	↑	
p. 280：SR 1-4 →	p. 280 TRD	← p. 280：SR 2-4
		← p. 240：SR 2-3
	p. 210 TRD	
p. 200：SR 1-3 →		
		← p. 160：SR 2-2
	p. 140 TRD	
p. 120：SR 1-2 →		
		← p. 80：SR 2-1
	p. 70 TRD	
p. 40：SR 1-1 →		
	↑	
	p. 1：从煽动事件的中间开始。	

表 5.3　建立一个情节线索追踪系统

问：我明白为情节打下基础的重要性，但你如何追踪所有的细节呢？细节太多了，不太可能面面俱到。

答：一些作者使用笔记追踪的手机应用（如“7 Sticky Notes”）、书写软件（如“Scrivener”）或电子表格来追踪他们的情节细节。其他人在墙上贴便笺，在地板上贴索引卡。我在工作手稿末尾有一个写着“情节线索”的连续列表，当我放入一个需要稍后处理的线索时，我会在我的列表内记下它。

我会定期回顾这个列表。如果我已经处理了这个问题，我会删除这条信息。如果我没有完成这个线索，回顾会让它重新出现在我的视野中。例如，韦斯·史密斯在我的系列小说中是一个反复出现的人物，他是一个不懈追求独家新闻的年轻记者。如果乔西让韦斯查看一个嫌疑人的财务状况，那么我就在“情节线索”列表内做个记录，以确保韦斯会把信息反馈给她。

当我写到 250 页左右的时候，我的“情节线索”列表内可能已经有四五十个项目了。有些线索虽然看起来很小，但是失去对它们的追踪会显得特别不专业。例如，一天早上，乔西开车去上班，她决定晚饭做妈妈做过的陈皮鸡。如果回到家后，她开始准备做龙虾奶酪通心粉，却没有提前说她改变了主意，这时连贯性的缺乏就显得非常突兀。

对我来说，完成一个故事的乐趣之一就是删除“情节线索”列表内最后一个待处理的项目——那时才代表故事是真的完成了。

两则辅助情节

看一下表 5.2 中简的《情节设计路线图》，你还将注意到，围绕着中心线的两条辅助线缩写为 SR1（次要情节 1）和 SR2（次要情节 2），它们代表了你的两则辅助情节（辅助情节在第八章中有详细讨论）。两则辅助情节适合大多数小说，辅助情节多了会使读者迷惑，少了则会让故事过于简化。

为了避免在构思小说时陷入令人痛苦的混乱，可以把每一则情节——主要情节和我推荐的两则辅助情节（见第八章）——当作完全独立的迷你小说。简的《情节设计路线图》允许你为每一则单独的故事情节布置故事线。从布置你的主要情节的故事线开始，然后在确定了两则辅助情节后，再对每则情节重复这个过程。

每 40 页左右写一个与 SR1 和 SR2 有关的事件，在它们之间交替进行。按照这个模式走到最后，所有的三条情节线（你的主情节线和两条辅助情节线）将一起创造一个合乎逻辑且令人满意的结局。就像写作主情节线一样，增加与每个辅助情节相关事件的频率会加快节奏，反之则会减慢节奏。

在你准备好展开主情节和辅助情节之前，还有一个决定要做：选择故事结构。

选择故事结构

故事结构才是王道（“清晰”次之!）。如果没有一种特定的结构，你的故事就会缺乏形式。故事结构提供了一个框架，使得行动展开如行云流水。正如畅销书作家林伍德·巴克利所说：“一旦你提出一种假设，你就必须解决如何使它实现的问题。这有点像首先想出了一个壮观的屋顶设计，但在造屋顶之前，你需要为它打造一个坚实的基础和支撑结构。”广义而言，故事结构有两种：线性结构和非线性结构。作为一个作家，决定哪一种结构最适合你的故事是最重要的决定之一。首先让我们了解一下每种故事结构的长处是什么。

有魔力的故事结构

按时间顺序排列的线性结构是最常见的。任何按照时间顺序展开的故事都应该是线性的。非线性结构增加了主题分量，但也可能造成混淆。当你按照一个主题组织故事时，你需要保留某个元素作为贯穿全书的线索，比如塔罗牌［例如在伊塔罗·卡尔维诺 1973 年的小说《命运交错的城堡》（*The Castle of Crossed Destinies*）中］。

线性结构比比皆是

一些线性结构很明显。例如，卡罗尔·希尔兹 1976 年的处女作《小型仪式》（*Small Ceremonies*）就以一学年的九个月为主线。还有一些小说只是从某个具体时间点开始，一直持续到故事本身结束为止。例如，乔吉特·海尔1958年的爱情小说《温妮希娅》（*Venetia*），开篇讲述了一个对生活充满热情的年轻女子，她质疑自己枯燥、被禁锢的生活是否就是她全部的未来，然后她遇到了一个把热情分享给她的男人，故事按照通往他们的幸福的时间线和逻辑叙事。自传，顾名思义，也遵循一种时间结构。回忆录也可能遵循线性结构，但因为它们是以生活的一部分为主题的，所以它们通常不用线性结构。

一个非线性的例子——回忆录：《仰望星空》（*Look to the Stars*）

假设一个白手起家的亿万富翁奥利维亚要写一本关于她如何成名和致富的回忆录，她称之为《仰望星空》。这本回忆录可以分为八十八章，每章对应一个星座。

八十八个星座的命名来源广泛，有男人和女人、鸟、昆虫、动物、其他一些魔灵、半人马、一条蛇、一条龙、一匹飞马和近三十个无生命的物体，其中包括一头秀发。天文学家告诉我们，很少有恒星图案与它们所代表的图形有相似之处。这些名字可能是象征性的，而不是字面意思。

例如，船帆座这个名称（拉丁语中的船帆）就是一个有趣的选择。想想帆，它是一块用来捕捉风并推动船只前进的织物。这是一个可爱的比喻，用来表示你有勇气跳入未知的世界或全速前进。这一章讲述了在那个夏天，奥利维亚决定学习汉语普通话——这是她一生的梦想。尽管担心自己不能完成，但她发现自己极有天赋。在完成了夏季强化课程之后，她继续学习。当奥利维亚刚能说一口流利的汉语时，她就开始找工作——能用上她新掌握的中文能力的那种。在描写这段改变人生的经历时，奥利维亚可以用船帆来比喻。她可能会详细说明她是如何害怕冒险到开阔的水面上去（也就是说，去尝试一些新的东西），但她还是想方设法做到了——她乘风破浪，然后到达了一个安全的港口。

通过将回忆录里的故事与每个星座相匹配，奥利维亚将创造出一个复杂而充满活力的故事。使用星座这种非线性结构可以将奥利维亚各不相同的故事凝聚在一起，最终使它们组成一个宇宙。

一般来说，除非你的故事有要求，否则不要选择非线性结构。但正如奥利维亚的回忆录所示，有时候非线性结构是一个很好的选择。表5.4展示了一些成功书籍的书评，它们反映了作者对故事结构的选择。

表 5.4　线性和非线性结构案例

作品名称、作者、出版年份、类型	评论
《一号书迷》（*Misery*），斯蒂芬·金，1987 年，心理悬疑/恐怖小说	这个线性故事讲述的是，一位叫作保罗的作家在一场可怕的车祸中受了重伤，被他的忠实书迷安妮所救。保罗长时间躺在床上，发现安妮精神不正常，对安妮要对他做什么的未知感到害怕。这是故事中恐惧来源的一部分。
《再见，维生素：一部小说》（*Goodbye, Vitamin: A Novel*），瑞秋·康，2017 年，纯文学小说	这部线性小说采用日记的形式，记录了露丝一年来帮助母亲照顾患有日益严重的痴呆症的父亲的经历。
“尼禄·沃尔夫”（Nero Wolfe）系列侦探小说，雷克斯·斯托特，创作于 1934 年至 1975 年，传统悬疑小说。斯托特写了 70 多部长篇小说、中篇小说和短篇小说。这些故事由沃尔夫的助理侦探阿奇·古德温讲述	这些故事主要是线性的，但采用了一种有趣的方法：短期倒叙。章节通常以阿奇的话设置场景开始，由他提起日期和时间。例如，阿奇可能会说，现在是星期一中午，而他们在周末所能做的只是 48 小时的无所事事。然后，在回到“现在”之前，他开始描述一些令他们鞭长莫及的调查的要点。这种时间上的转换让人感觉很自然，因为阿奇似乎是在直接与读者对话。
《马尔科姆·利特尔自传》（*The Autobiography of Malcolm X*），马尔科姆·利特尔与亚历克斯·哈利，1965 年，自传	这部自传在马尔科姆·利特尔遇刺身亡后出版，从他母亲怀孕开始写起，追踪他的生平直到他被谋杀结束。马尔科姆·利特尔的合作者、记者和作家亚历克斯·哈利通过描述导致他死亡的事件最终完成了这本书。

《云图》(*Cloud Atlas*)，大卫·米切尔，2004年，纯文学/反乌托邦小说	构成这本书的6个故事将读者从19世纪带到一个后世界末日的未来，以一种非线性的方式相互构建。
《时间旅行者的妻子》(*The Time Traveler's Wife*)，奥黛丽·尼芬格，2003年，科幻/浪漫小说	这部非线性小说采用交替的第一人称视角，描写了亨利和克莱尔这两个角色穿越时空、往返于童年到老年的故事。
《第五号屠宰场》(*Slaughterhouse-Five*)，库尔特·冯内古特，1969年，纯文学小说	这部非线性小说以一个不可靠的叙述者为特色，用倒叙的方式讲述比利·皮尔格林的故事。比利确信自己被关在一个外星人动物园里，并经历了时间旅行。
《林肯在中阴界》(*Lincoln in the Bardo*)，乔治·桑德斯，2017年，纯文学小说	林肯总统的儿子死后，他在"中阴界"里度过了一夜。"中阴界"是一个在藏族传说中介于生与死之间的地方。在这个非线性的故事中，有几十个鬼魂沉浸在悲伤之中。

你选择的线性或非线性结构，决定了情节将如何发展。是要按时间顺序来看简的《情节设计路线图》，还是你的故事走向一种更加复杂的、非线性的结构？因为可能有不止一种可行的选择，所以你可以去尝试不同的结构。在你这样做的时候，问问自己哪种方法最能表现你的冲突、人物和主题。不管你选择哪种结构，大多数读者都不会意识到你所创造的框架节奏，他们只会觉得你的故事令人欲罢不能、节奏恰当、神秘感十足。见表5.5。

表5.5 最终转折
为了增加最后的转折，你需要从故事一开始就使用以下三种结构技巧中的一种，来筹划意想不到的效果：无缝融合法，不可靠叙事者暴露法，广角镜头法。

无缝融合法

当你的主要情节和两个辅助情节毫不费力地交织在一起时，你就创造了一个连贯而令人满意的结局。这是完成故事最常见的方法，也是一个很好的方法。

不可靠叙述者暴露法

必须有一个可信的理由来说明添加一个不可靠的叙事者的合理性。例如，你不能仅仅因为想隐藏真相，就简单地添加一个说谎的角色。

广角镜头法

当你前进时，你只能看到你面前的东西。然而，用上下文、经历和记忆帮助你回头看，能让你透过更宽广的镜头看世界。这些方法将在第九章中详细讨论。

时间的变化仍然可以是线性的

在第一章中，我们分析了驱动卢·伯尼 2015 年小说《迷案追踪》情节发展的冲突；在第四章中，我们探讨了小说中叙事的作用问题。表 5.6 显示了这部小说的开篇章节是如何为接下来的内容奠定基础的，如何揭示人物性格特征使转折、逆转和高危时刻（TRD）符合逻辑的，又是如何设置情节发展的。请注意，时间轴从过去的 1986 年推进到现在的 2012 年（本书写作的时间），而在这段时间内，行动严格按照时间顺序排列。

从对小说前 15%内容的逐章分析可以看出（见表 5.6），我们遇到了所有的关键人物，知道了他们的行为动机。是背景故事催生了这些人物，但伯尼不允许这些背景故事延缓行动，因为他把记忆与当前事件联系起来。

例如，朱莉安娜记得 1986 年一名通灵者试图帮助她找到失踪的姐姐；朱莉安娜记得通灵者是因为这人所戴戒指的数量——她所有的手指上都戴着戒指。一位新的放射科医生进入朱莉安娜工作的医院，在通常不会戴戒指的手指上佩戴了戒指，这件事触发了她的记忆。

对于怀亚特来说，向租车公司出示他的身份证让他想起了改名字时的情景。我们知道朱莉安娜的姐姐消失了，至今下落不明。但我们不知道为什么怀亚特一提到俄克拉何马城就头晕目眩，我们也不知道他为什么要改名。然而，自从我们在一段没有标记的序言中认识了电影院经理宾厄姆，我们开始怀疑怀亚特的沮丧与 26 年前在电影院发生的事情有关。

表 5.6　解构《迷案追踪》

人物、日期、章节/页数	内容	TRD
宾厄姆 1986 年 8 月 第 1～12 页	作为一名电影院经理，宾厄姆处理着顾客和员工的问题，为自己的薪水、处境和前途而抱怨。在俄克拉何马城，我们还见到了他那些青少年员工们，目睹了他们小偷小摸的行为，知道了谁是这群问题少年的头儿和这些追随者们的态度。	从第 6 页开始，抢劫犯持枪把宾厄姆和他的青少年员工当作人质，强迫他们躺在放映室肮脏的地板上，用枪指着他们的头。这是一个高危时刻（D)。
怀亚特 2012 年 10 月 第一章 第 13～20 页	作为一名拉斯维加斯的私家侦探，怀亚特跟踪一位潜在的赌场新主管布莱索，作为赌场招聘流程的一部分。他的客户是加文——赌场的保安主管。 通过怀亚特在追踪调查过程中与各种人物的互动，我们了解到他相信说真话是鼓励实话实说。	
怀亚特 第二章 第 21～32 页	我们遇到了怀亚特的女朋友劳拉。怀亚特很喜欢她，并再次向她求婚。加文来到怀亚特的办公室，请求帮忙：他妻子的表妹坎迪斯正在被骚扰，需要一名私家侦探。怀亚特在同意之前并不知道坎迪斯住在俄克拉何马城。坎迪斯是名赌场女招待，有自己的熟客，其中一个叫艾迪的每年从俄克拉何马城飞到拉斯维加斯几次，把他的现场音乐夜总会送给了她。她和她 5 岁的女儿搬走了，现在她正在经营那家夜总会。	在第 30 页，当听到他同意去俄克拉何马城（而不是第一次被告知的奥马哈市）时，他几乎失去理智——几乎晕倒。这是一个转折（T)。 我们了解到怀亚特关于过去的哲学："置身事外"。

吉纳维芙 1986 年 9 月 第 33～46 页	17 岁的吉纳维芙和她 12 岁的妹妹朱莉安娜在俄克拉何马州博览会上。我们看着吉纳维芙在和人调情，而朱莉安娜则欣赏她姐姐的美貌和风格。通过吉纳维芙的内心对话，我们了解到她与毒品的斗争、她是如何戒掉毒瘾的，以及她如何专注于抵抗来自朋友莱西的不良影响。她转述了一个叫霍华德的人［“……（一个）所谓的毒品问题的专家……”］说的话：抵制毒品是很难的，而且很难通过练习降低难度。我们还了解到两个女孩的父亲在女孩们 9 岁和 4 岁时死于车祸，吉纳维芙实际上是独自抚养朱莉安娜长大的；她们的母亲则整天工作，彻夜狂欢。	在第 45 页和第 46 页，吉纳维芙告诉朱莉安娜，她要去查看一个帅气的酒吧招待提到过的派对，她保证 15 分钟内回来。朱莉安娜由此产生的恐惧是一个高危时刻（D）。
朱莉安娜 2012 年 10 月 第三章 第 47～59 页	朱莉安娜回忆说，1986 年 10 月，在吉纳维芙失踪一个月后，邻居把通灵者带到了家里。警方认为吉纳维芙是一项非法行为的受害者，因为如果她是自己离开的，她为什么“……把车、钱包和妹妹留下来?”26 年后，吉纳维芙仍然下落不明。朱莉安娜上了护士学校，与她母亲渐行渐远。她母亲再婚后搬到了加利福尼亚。母亲去世时，朱莉安娜去参加了葬礼，“……只感受到了很长时间以来一直缺失的东西”。朱莉安娜解释说，她不喜欢医院，尽管她是一名护士。她回忆起第一次接吻时眼泪夺眶而出的情景，以及要不是吉纳维芙的愚蠢，她们本不会失去彼此。朱莉安娜说她永远不会停止寻找她的姐姐。	

怀亚特 第四章 第 61～72 页	怀亚特到达俄克拉何马城。当他在汽车租赁柜台出示驾驶执照时，我们了解到他在 21 岁时改了自己的姓，放弃了自己的名字。他见了坎迪斯，听她讲述了一直在忍受骚扰的事情。他还见到了坎迪斯可爱的女儿，得知坎迪斯和孩子的父亲离婚了。坎迪斯的前夫从夏威夷给她寄来明信片，并告诉她：没有她的生活是多么美好。坎迪斯认为骚扰来自艾迪的弟弟，他不相信他的哥哥为了一个他几乎不认识的鸡尾酒女招待而在遗嘱中排除了他。	在第 66 页，怀亚特看到了 1986 年的一个节目单，他觉得自己的胃又开始痉挛了。这是一个高危时刻（D）。

如你所见，在《迷案追踪》的这一部分中，有四个“转折、逆转和高危时刻”，其中三个是高危时刻（一个是身体上的，另外两个是情感/精神上的），还有一个转折。虽然情节进展速度很快，但是很稳：第一个 TRD 出现在第 6 页，之后每隔 20 到 25 页出现一次。

分析范例，为你的决定提供参考

通过分析范例，你可以看到情节是如何从渴望发展而来的，TRD 出现在哪里，以及它们是如何融入故事情节中的。在表 5.7 中，你有机会检查自己的范例，根据你对成功书籍的定义来挑选故事。你认为的成功书籍，可以是一本登上畅销排行榜的书、一本受到好评的书、一本已经连续出版发行至少 100 年的书、一本你喜欢的书，或者一本你希望由你来写的书。等你选择好了范例，来回答表 5.7 中的问题。

如果你在前面的练习中使用过同样的故事，可以把你的答案复制到表 5.8 中，这样你就能把所有的分析和思考放在一起了。

表 5.7 练习：解构你的选择	
标题、作者、出版日期和体裁。	
写出一项单一的冲突，确保这项冲突与你的身体、心理或精神上的渴望一致。	
描述一下你上面提到的中心冲突和主要动机之间的关系。	
选择三个形容词来描述主人公对中心冲突的核心感受。	
描述一种推动情节发展的认知差距。	
写出叙事问题。	
故事的结构如何？是线性的还是非线性的？	

表 5.8 追踪 TRD，根据需要添加行

章节/页码	内容	TRD

成功故事的解析

通过对一个或多个成功故事进行解析，你就能将所学知识应用到自己的作品中。如果你在回答上面练习中的任何问题时有所疑问，你可能需要回顾一下本书中涉及这些特定问题的章节。

现在是时候把这些经验应用到你自己的作品中了（见表 5.9）。

表 5.9 练习：将经验应用到你的项目中	
暂定名称。	
写一个单一的冲突，确保与你的身体、心理或精神上的渴望一致。	
描述一下你上面提到的中心冲突和主要动机之间的关系。	

选择三个形容词来描述主人公对中心冲突的核心感受。	
你所选的三个形容词中，哪一个最能激发主人公的动机？	
描述一个推动情节发展的认知差距。	
写出叙事问题。	
故事的结构如何？是线性的还是非线性的？	

想想你刚刚完成了的工作——你已经勾勒出了故事的核心要素，且开始构思情节了。为了帮助评估你的工作，回答以下问题：

1. 你能把主人公的情感驱动因素单独挑出来吗？在你选择的三个形容词中，你是如何确定哪一个最能说明问题的？
2. 专注于认知和认知差距是否有助于你理解角色的情感驱动力？
3. 你能把叙事问题和重要冲突联系起来吗？
4. 你是否尝试过不同的结构？你是如何决定你的选择的？
5. 你的情节或故事线开始成型了吗？

你已经完成了简的《情节设计路线图》，现在是时候深入研究 TRD 了，这是情节设计的关键之处。我们将在第六章讨论这个过程。

第六章 使用“转折、逆转和高危时刻”控制节奏

头狼的步调就是狼群的步调。

——克莱格·克莱默斯

- 利用 TRD 最大限度地发挥作用
- 确定合适的 TRD 频率
- 通过分析预期来解构范例
- 解构带来创造性结构
- 使用简的《情节设计路线图》计划你的旅行

利用 TRD 最大限度地发挥作用

你应该记得，“情节转折”是一个广义的术语，指的是三种特定的情节技巧：转折（Twist，意料之外又具神秘感的东西——而不是相反），逆转（Reversal，意料之外又具神秘感的东西——且又完全相反），以及高危时刻（Danger，意料之外又具神秘感的东西——充满了真实的、潜在的或想象中的身体、情感、心理及精神上的危险），被称为**转折、逆转和高危时刻**（TRD）。

为了有效，TRD 必须同时：（1）让读者意想不到；（2）增加紧张感；（3）揭示关于人物、故事或两者的相关信息。换句话说，TRD 是故事的主力——它们通过动作、对话和描述推动故事向前发展。TRD 还支持另一个写作要求：用它们的位置控制故事节奏。见表 6.1。

表 6.1　了解你的节奏选项

TRD 的主要优势之一，是它们在控制你的故事节奏方面所产生的作用。了解所选体裁的惯例有助于你判定哪种节奏适合你的写作。一般来说，节奏可以分为悠闲、平稳和快速三种。

悠闲：调整简的《情节设计路线图》（见表 5.2），使 TRD 每 90 到 110 页出现一次。

平稳：可以直接使用简的《情节设计路线图》。

快速：调整简的《情节设计路线图》，使 TRD 每 20 到 50 页出现一次，甚至更频繁。

你应该记得，简的《情节设计路线图》提出每隔 70 到 90 页插入一个 TRD，以保持稳定的节奏。一本有着 85 000 个词的书按一般格式大约有 350 页，写完全书会有 4 到 5 个 TRD（比如，在第 80、160、240、320 和 349 页各一个）。

确定合适的 TRD 频率

人们很容易认为快节奏总是理想的，但事实并非如此。有些读者喜欢慢一点的节奏，当然，某些文学类型的惯例需要更慢一些的节奏。比如，以人物驱动的文学小说，往往遵循一种更慢、更悠闲的节奏，好让读者慢慢了解角色和他们所面临的困境。与之形成对比的是靠情节驱动的惊险小说，它们的节奏往往更快、更令人兴奋。

节奏多变

你可以把节奏看作旅行速度。你的故事是要像在高速公路上飞驰，还是要像星期天的闲适驾车出行？你准备稳步地从 A 地移动到 B 地吗？在开始编制你的《情节设计路线图》之前，确定合适的节奏是至关重要的。只有这样，你才能决定要整合多少 TRD。

表 6.2 考虑了各种文学类型中节奏的影响。需要注意的是，下面的内容是为了指导你做出决定而整理的，而不是要把你束缚在任何一个定式中。出版商渴望找到下一本新书，但如果他们认为自己不能有效地营销，则他们很可能会放弃这本书。如果你的书保持在出版商熟悉的衡量标准内，找到一个好出版社的机会就会增加。在第五章中，我建议使用线性结构，除非你有充分的理由选择其他的结构；同样，我鼓励你遵守表 6.2 中详述的篇幅和节奏指导原则，除非你有充分的理由不这样做。这些指南将帮助你确定“转折、逆转和高危时刻”出现的频率和设置它们的正确位置。

表 6.2　计算你的旅行速度：按文学类型评估节奏

文学类型	类型参数：篇幅和年龄范围	节奏指导
儿童文学，图画书	32 页（通常标题、版权信息、献辞和致谢文字需要 4 页，所以正文计划为 28 页），500～600 个词（英文，余同），6 岁以下。	• 描绘一系列场景。 • 每一个场景都需要描述。 • 使用平稳的节奏。

儿童文学，章节书	大概 10 000 个词，10 岁以下。	• 每一章用 4 到 5 页。 • 在每一章结尾处写上一段感人的话。 • 使用平稳的节奏。
少年小说及其所有的子类型	大约 20 000 个词（不过，有些小说有两倍长），年龄在 8 到 12 岁之间。	• 所有少年小说都是以问题为导向的。 • 每一章写 4 到 7 页。 • 使用从平稳到快速的节奏。
青少年小说及其所有的子类型，奇幻小说除外	55 000 到 70 000 个词，年龄在 13 到 18 岁之间。	• 所有青少年小说都是以问题为导向的。 • 使用快速的节奏。
青少年小说中的奇幻类	90 000 到 100 000 个词，年龄从 13 岁到 18 岁。	• 所有青少年小说，包括奇幻小说，都是以问题为导向的。 • 使用从平稳到快速的节奏。
青年小说及其所有的子类型	70 000 到 90 000 个词，年龄在 16 到 25 岁之间。这种新的类别是为了满足读者的需求而发展起来的。年轻的成年读者不想停止阅读之前体裁的作品，但他们想要的是年纪较大的主角。	• 所有新的青年小说都是以问题为导向的。 • 使用快速的节奏。
开放成人小说	80 000 到 90 000 个词。	• 如果性爱场景是露骨的，就属于开放的成人小说。 • 使用从悠闲到稳定的节奏。
保守成人小说	80 000 到 90 000 个词。	• 如果性爱场景是含蓄的，就属于保守的成人小说。 • 使用平稳的节奏。

成人犯罪小说及其所有的子类型，如传统小说、黑色小说、硬汉侦探小说和私人侦探小说，不包括惊险小说和超自然小说	80 000 到 90 000 个词。	• 虽然这些子类型都有独特的属性，但它们都有相同的篇幅和节奏标准。 • 使用平稳的节奏。
成人犯罪惊险小说及其所有的子类型，如政治惊险小说、法律惊险小说、医学惊险小说、科技惊险小说和家庭惊险小说	大约 100 000 个词。	• 虽然惊险小说的每一个子类型都有独特的属性，但它们都有相同的篇幅和节奏标准。 • 使用快速的节奏。
超自然成人犯罪小说	75 000 到 85 000 个词。	• 使用从悠闲到平稳的节奏。
成人恐怖科幻推理小说	80 000 到 100 000 个词。	• 使用从平稳到快速的节奏。
成人纪实文学	80 000 到 100 000 个词，取决于你的故事和主题的范围。	• 根据你的主题，纪实文学可以使用任何节奏，不过大多数采用的都是平稳的节奏。
成人纯文学小说	80 000 到 90 000 个词。	• 使用悠闲的节奏。
成人回忆录	70 000 到 90 000 个词。	• 专注于一个特定主题。 • 根据主题，你的回忆录可以使用任何节奏，不过大多数回忆录采用的都是悠闲或平稳的节奏。

表 6.2 中描述的大致参数是为了帮助你分析性地思考你所选文学类型的节奏。理解读者的期望是成功的关键，判定你特定项目的性质同样如此。例如，尽管大多数回忆录节奏以悠闲或平稳为特色，但如果你的回忆录叙述了你在莫斯科当间谍的经历，你可能希望它读起来更像是一

部间谍小说，而不是自我反思，因此你应该确保它节奏更快。同样，如果你的小说属于女性悬疑类，那么它很可能既包含了爱情小说（悠闲到平稳）的元素，也包含了家庭惊险（快速）的元素。处理这个明显矛盾的一个方法是，在浪漫片段中放慢你的节奏，而在动作片段中加快它。见表 6.3。

表 6.3 使用常用文学类型
当你设计情节或故事线时，要小心，避免创造出一种混合文学类型。出版商不想要他们从未见过的文学类型，除非他们对如何推广有信心。仔细想想，这是合乎逻辑的——如果你的故事看起来很熟悉，他们会认为它是已有文学类型的衍生品；如果它是一种不熟悉的文学类型（混合型），他们就会对它在市场中的位置没有信心。书商（实体店和线上卖家）需要他们的产品易于分类，这样读者就可以很容易地找到它们。如果销售商不能决定把你的书放在哪里，或者用什么关键词在网上推销，他们可能不会接受这个项目；如果出版商认为书店不会支持这本书，他们就不太可能出版它。归结起来就是：在你转向未知领域之前，你需要弄清楚如何描述你的工作，这样它才能同时满足既新鲜又常见的双重标准。

确定适合你自己作品的节奏，第一步最好是检查同类作品的节奏，看看它们是如何与表 6.2 中列出的类型指南保持一致的。剧情的转折是否和逆转以及高危时刻一样多？它们是如何排序的？这个过程叫作解构，是一种非常有效的工具。留心规律。为了帮助你理解解构过程及其价值，在下一节中安排了几个示例。

通过分析预期来解构范例

当你分析 TRD 与节奏时，要以开放的心态来对待这个任务。因为我们每个人都是从自己的身体、心理和精神的角度来看待世界的，所以每当你发现一个 TRD 时，先问问自己是否每个人都会像你一样看待它。举个例子，如果两个人拿着枪进来，嗯，这很可能会被所有人认为是一个高危时刻。然而，很少有情况是非黑即白。比如，如果我展示一个男人走路大摇大摆，有些人会认为他是一个正在执行任务的人，另一些人会认为他态度不好或缺乏安全感。虽然大摇大摆让人联想到一个特定的形象，但是人们对大摇大摆的原因却可以有不同的解读。在你插入一个TRD之前，要在读者头脑中清楚地建立角色的个性、特征和动机，这样他们就能按照你的意愿来理解“转折、逆转和高危时刻”。

这项原则适用于每一个角色和每一个TRD。举个例子，如果我把一个老板描述成一个傲慢的人，那么，当她表现得傲慢时，没有人会感到惊讶。如果她因个人受到怠慢而威胁要解雇某人，大多数人不会感到惊讶，所以这既不是转折也不是逆转。但是，如果我把老板定位为一个和蔼可亲的人，那么，当她因一件她认为是对她个人怠慢的事情而解雇某人时，就是完全出乎意料的——这将被认为是转折或逆转。换言之，只有符合我之前建立的读者预期，TRD才会起作用。

下面的例子（见表6.4、表6.6和表6.8）代表三种不同的文学类型：女性悬疑小说、间谍小说和一本迷你回忆录（个人随笔），展示了TRD如何在所有文学类型中控制节奏。当你阅读解构笔记时，你会看到我用“T”来表示转折、“R”表示逆转、“D”表示高危时刻。

表6.4 解构节奏：《差点错过你》

	前情提要		
	一对夫妻带着沉重的情感包袱和不切实际的期望走进婚姻殿堂，他们看上去幸福，正带着年幼的儿子去度假。		
页码	**说明**	**T、R或D**	**距上一个T、R或D相隔页数**
5	认为自己婚姻美满的维丽特回到酒店房间，发现丈夫芬恩和儿子贝尔已经不见了。	R	
29	芬恩和贝尔闯进了凯特琳的房子。凯特琳是维丽特最好的朋友，是她通过芬恩认识的。	T	24

48	芬恩勒索凯特琳，要求允许他使用她湖边的房子，否则他会向她丈夫透露她一直在保守的秘密。	D和R	19
52	芬恩透露了他绑架贝尔的动机：他想要离开维丽特，但他不能忍受孤独。	T	4
104	维丽特试图理解她的婚姻到底出了什么问题。她第一次怀疑，也许芬恩选择她不是因为他爱她，而是因为她安全。	T	52
110	凯特琳和孩子们一起去湖边小屋，向芬恩解释：他说过需要帮助，所以她过来帮忙。	R	6
118	联邦调查局探员马丁告诉维丽特，在她认识芬恩之前，芬恩开车时睡着了，发生了撞车事故，害死了他的未婚妻马拉贝尔。	T	8
142	凯特琳和芬恩都没有告诉维丽特关于马拉贝尔的事。	T	24
173	凯特琳计划给芬恩下药，这样她就可以救贝尔了。	D	31
213	凯特琳的一个儿子利奥，喝了一些她下过药的饮料。	D	40
230	凯特琳没有在电话里说任何可能引起联邦调查局警觉的话，就让维丽特和她一起去医院，这样维丽特就可以和贝尔团聚了。凯特琳想给芬恩和维丽特最后一次挽救婚姻的机会。维丽特还在因为凯特琳隐瞒马拉贝尔的事而生气，拒绝了凯特琳的提议。	T	17
244	维丽特研究了芬恩的古怪行为，发现他患有创伤后应激障碍（PTSD）——他是生病了，而非本性邪恶。	R	14

252	凯特琳的丈夫乔治威胁要开枪打死芬恩。	D	8
267	凯特琳向维丽特坦白，她的几个孩子不是乔治的，这就是芬恩用来胁迫她的秘密。孩子们的父亲是一位大学朋友，被称为“超级精子”。	R	15
271	乔治指责芬恩是他孩子们的父亲。	T	4
275	维丽特向凯特琳透露，她一直知道凯特琳的孩子们不是乔治的，这是乔治亲口告诉她的。	T	4
281	乔治射中了芬恩的腿。	D	6
291	芬恩告诉维丽特，他认为没有自己她会过得更好。	R	10
293	维丽特得知芬恩只是因为她怀孕了才娶了她。	T	2
299	芬恩接受创伤后应激障碍治疗，没有坐牢。	R	6
304，即最后一页	一年后，维丽特和芬恩相遇，他们之间产生了和以前一样的化学反应。	R	5

女性悬疑小说——角色驱动的现实生活故事

杰西卡·斯特劳瑟 2017 年的小说《差点错过你》节奏明快，属于长期以来一直广受欢迎的女性悬疑小说。故事讲述的是维丽特在儿子贝尔被丈夫芬恩绑架后，努力找回儿子的故事。

请注意，整部小说的节奏是相当快的，但随着我们接近该小说的结尾，节奏变得更快了。女性小说往往更多地关注角色的转变而非悬念，你常常会从中发现一种更为悠闲的节奏。虽然《差点错过你》肯定是由角色驱动的，但这部小说中包含了大量的悬念，凡悬念所在皆加快了节奏。表 6.5 给出了“转折、逆转和高危时刻”的排列建议。

表 6.5　排列 TRD 以适合你的故事

问：是否有关于 TRD 排序的规则？我是否应该根据特定的模式改变它们？

答：这是一个很好的问题，答案是否定的，或者大多数情况下是否定的。你应该整合三个节奏选项中最适合你故事角色的那一个，不过，它们的变化越大越好。将这三种风格以不可预知的顺序结合起来，可以确保你的节奏是无法预测的，一定会让你的读者爱不释手。

比较两部畅销小说《达·芬奇密码》(*The Da Vinci Code*)和《恋恋笔记本》(*The Notebook*)中 TRD 的出现频率及种类。丹·布朗的《达·芬奇密码》是一部惊险小说，尼古拉斯·斯帕克斯的《恋恋笔记本》是一部爱情小说。我的一个学生阿曼达分析了这两部非常受欢迎的小说，追踪了每一次“转折、逆转和高危时刻”发生的情况。(如前所述，“T”代表转折，“R”代表逆转，“D”则代表高危时刻。)

在《达·芬奇密码》中，你会看到大多数页面上都有“转折、逆转和高危时刻”。注意它们的类别：在前 8 个 TRD 中，有两个 T、三个 R 和三个 D。下面是这 8 个 TRD 的列表，每个 TRD 都有一个简短的解释。

- 序言，第 4 页，一个攻击者威胁馆长——D。
- 序言，第 5 页，枪里没有弹药——R。
- 第 11 页，“……我无权阻止他。”——D。
- 第 11 页，警察——D。
- 第 12 页，中尉展示了一张尸体的照片——R。
- 第 13 页，绑在大腿上的带尖刺的带子——T。
- 第 14 页，所有四个都不见了——T。
- 第 16 页，疼痛是好的——R。

这种高亢迅速的节奏贯穿整部小说，它也很适合这样一部充满动作情节的惊险小说。

以下是阿曼达对《恋恋笔记本》的分析。在整部小说中，阿曼达只找出 6 个 TRD。为了便于比较，你应该还记得她在《达·芬奇密码》的前 16 页中标注了 8 个“转折、逆转和高危时刻”吧；而在我的“乔西·普雷斯科特古董谜团”中，我的目标是 4 个（如简的《情节设计路线图》所示）。因此，《恋恋笔记本》的节奏比我的小说要快一点，但是比《达·芬奇密码》要慢得多。

在《恋恋笔记本》中，我们发现了两个 T、两个 R 和两个 D，这是另一个平衡分配的例子。第一个 TRD 出现在第 29 页。其他的 TRD 每 50 页左右出现一次，直到接近故事结尾处，最后两个 TRD 接连出现。以下是阿曼达的总结：

- 第 29 页，戈德曼在一年前去世了——T。
- 第 83 页，“但是她没有笑，她很生气。”——D。
- 第 133 页，“这是你的母亲。”——R。
- 第 189 页，“我一直爱你。”——R。
- 第 197 页，“……我都做了些什么啊？”——D。
- 第 212 页，“……我发现了一个被遗忘的天堂。”——T。

在这两个例子中，TRD 的组合都很吸引人，它们出现的频率创造了适合故事、类型和目标读者偏好的节奏。

间谍小说——惊险小说的一个流行分支

艾伦·弗斯特 2012 年的历史间谍小说《巴黎谍影》开篇步调平稳，随着故事的发展节奏逐渐加快。《巴黎谍影》的主角是弗雷德里克·斯塔尔，他出生于奥地利，在第二次世界大战前的十年间移民美国。关于《巴黎谍影》的 TRD 详细说明，请参见表 6.6。

表 6.6　解构节奏：《巴黎谍影》			
	前情提要		
	故事的主人公弗雷德里克·斯塔尔是一位著名的电影明星，他在第二次世界大战爆发前几周到欧洲拍摄一部电影。他是奥地利人，在美国住了好几年。		
页码	**说明**	**T、R 或 D**	**距上一个 T、R 或 D 相隔页数**
79	斯塔尔被美国人征召为间谍。	R	

152	夜空被火焰照得通红。这就是“水晶之夜”，在这天晚上，狂暴的人群砸烂了犹太人开的商店、大楼和犹太教堂的窗户，整夜追杀犹太人。	D	73
212	一个神秘的电话告诉斯塔尔的间谍搭档奥洛娃，让她现在离开，盖世太保的人员正追捕她且正在逼近。	D	60
229	一个出租车司机问斯塔尔是否有人跟踪他。	D	17
247	斯塔尔的犹太情人终于拿到了出境签证，但首先他们必须活着离开匈牙利。	D	18
252	一个刺客在追杀斯塔尔。	D	5
254（本书结束于255页）	斯塔尔杀死了追杀他的刺客。	R和D	2

大多数惊险小说（这种文学类型包括间谍小说）的节奏都非常快，《巴黎谍影》的节奏则显得很有意思。这部小说以一种平稳的节奏开始，然后在最后45页的时候加速。弗斯特在书中用了相当多的篇幅对场景进行了详细而又令人回味的描述。正因为如此，再加上弗斯特采用了比其他间谍小说更具特色的故事情节，所以平稳的节奏是合适的。同样，当动作升温并达到高潮时，节奏加快也是合乎逻辑的。更多讨论见表6.7。

表6.7 TRD可以改变生活

我的一个学生，名叫伊冯娜，她也是一名教师。伊冯娜教的是一些接受特殊教育的中学生。她告诉我，她的学生都讨厌读书，所以就为了好玩，她教他们什么是TRD。令她吃惊的是，他们喜欢！对他们来说，从他们正在阅读的东西中找到下一个TRD变成了一种游戏，就像捉迷藏。因为学生们的热情，她调整了他们的阅读作业。他们不再被要求读哪一页或哪一章，而是被要求读到下一个TRD。

伊冯娜报告说，她的学生迫不及待地想召开读书会，讨论他们的观察结果。他们对于下一个 TRD 出现的地方并不总能达成一致，但这让每个学生都努力表达自己的想法并进行热烈讨论。这不是很棒吗?

换言之，TRD 不仅能帮助你写出更具悬念的故事，还可以帮助你更具分析性地阅读，这反过来又会帮助你写出更有条理和更富转折性的故事。

回忆录——以生活为主题的片段

《女狼俱乐部沙龙里的缪斯》(*The Muse of the Coyote Ugly Saloon*)是一部迷你回忆录，是《美食、祈祷和恋爱》(*Eat, Pray, Love*)的作者——名家伊丽莎白·吉尔伯特的个人随笔。《女狼俱乐部沙龙里的缪斯》于 1997 年首次发表在《智族》(*GQ*)杂志上。尽管这部迷你回忆录出版于 20 多年前，但它并没有显得过时，因为吉尔伯特女士写的是憧憬，而对憧憬的思考总是有意义且适时的。

确定吉尔伯特女士在这篇文章中使用的结构是很容易的。我不是说做得这么好很容易，我是说识别它很容易。这篇文章的特点是经典的"书立结构"[①]。它的开头和结尾都是关于谁是酒吧里最漂亮的女孩的评论。这篇文章的结构经过了精心设计：吉尔伯特女士使用了主题句，就像我们在新生作文课上学到的那样。每个主题句都会引入一个新的内容块。有趣的是，她的主题句也是"转折、逆转和高危时刻"。

为了便于理解，关于这篇随笔的其他信息有：这是一篇 16 页的文章，在发表的时候，一个名叫里尔的 25 岁女人拥有这家女狼俱乐部。见表 6.8。

---

① 故事背景在开头、解决方案在最后的结构。——译者注

表 6.8 解构节奏：《女狼俱乐部沙龙里的缪斯》			
	前情提要		
	一位年轻女子来到纽约市，寻找自己的长处，发现自己的弱点，并探寻自己力量的源泉。她在下东区的女狼俱乐部沙龙找了一份调酒师的工作，以增加她对男人的了解。		
页码	说明	T、R或 D	距上一个 T、R或 D 相隔页数
2	在说她不是女狼俱乐部里最漂亮的女孩后，叙述者说她在那里当酒保时给了很多很好的建议。她从谈论自己的容貌转变为谈论做一名治疗师。	T	
8	她又一次转变了话题。这次，她从谈论一名咨询师转向了谈论如何让男人爱上他们的调酒师。	T	6
13	在揭露自己的伤心事时，她从提供建议变成需要别人的建议。	R	5
14	叙述者讲述了一个关于老板里尔的故事：她把一群年轻人喝到了桌子底下，然后在台球桌上打败了他们。吉尔伯特写道：“不管怎样，那是我的老板，我害怕她，但也想成为她。”注意，危险可以是身体上的、情绪上的或精神上的。在这个例子里，恐惧是真实的，但叙述者并不是在描述身体上的危险，虽然这很可怕，但也有诱惑力；也许她觉得被危险吸引是最可怕的。	D	1

第一个 TRD 出现在第 2 页，下一个出现在第 8 页，第三个出现在第 13 页。这种间隔形成了一种稳定的、相当悠闲的节奏。然后，我们从第 13 页跳到第 14 页，在那里我们找到另一个 TRD。最后一个则为故事作了结尾，叙述者讲述了一个关于她祖父的故事，以及她小时候如何成为

酒吧里最漂亮的女孩。

解构带来创造性结构

学习范例的好处之一是识别写作模式。在这种情况下，观察那些 TRD 出现的时机，使你能够将这些原则适用于自己的项目。例如，在准备下面两个案例研究时，我就用了这些解构中的经验。

案例研究 1：政治惊险小说——需要曲折和快节奏

你可能还记得第一个案例：在格里芬参议员的助手巴特要求阿莎·巴塔重新考虑她的反对意见，也就是不同意这位参议员提出的减少银行业监管的立法后，总统候选人阿莎·巴塔勃然大怒。阿莎拒绝了。巴特没有直接离开她的办公室，而是问她做应召女郎的妹妹帕里怎样了。阿莎不知道有人了解她妹妹的事。阿莎得到了一个说不出口的信息：支持立法，否则世界就会知道你是个彻头彻尾的伪君子，因为你一方面信奉家庭价值观，另一方面却掩盖妹妹是性工作者的事实。表 6.9 概述了小说前 24 页中的 TRD。

表 6.9 案例分析 1			
	前情提要		
	在这部政治惊险小说中，参议员阿莎·巴塔是美国有史以来最年轻的总统候选人：一位坐轮椅的印度裔妇女。为了保护身为应召女郎的妹妹帕里，她卷入了一项国际银行阴谋中。 小说的开头是这样的： **第一章** 总统候选人参议员阿莎·巴塔看着竞选经理的嘴在动，但她一句话也没听见。她心里想的是格里芬参议员那不加掩饰的威胁，那个混蛋。		

页码	说明	T、R 或 D	距上一个 T、R 或 D 相隔页数
3	在与巴特会面并听到他含蓄的威胁后，阿莎咽下了她那炽烈的怒火。她打电话给帕里，帕里告诉阿莎不要屈服于威胁，说没有人关心她是以什么为生的，这是 21 世纪。阿莎没有被说服，恳求帕里停止当应召女郎，至少暂时停止。帕里嘲笑她，告诉她别管闲事，自己需要工作。 阿莎用一次性电话给一个叫 FH 的人打电话，要求和他谈谈。 他们安排晚上 10 点在弗吉尼亚州的一个停车场见面。FH 警告她，让她一个人来。	D	
6	阿莎打电话给她的竞选经理蔡斯，让他进行一次实地民意调查，看看帕里的工作曝光会如何影响她在选举中的胜算——但不能暴露他们的真实意图或参与程度。他们决定给一个南方的州长安排一个脱衣舞娘作为女儿。	T	3
9	FH 告诉他的同事去弄清楚阿莎想做什么，并解释说他不希望他们在停车场见面时出现任何意外。	T	3
12	一个名叫艾莉森的小学女教师下班回到家，发现家里有两个持枪的男人。 一个人把她推到墙上，问她是否做完了。她说她不知道，她已经尽力了。	D	3
15	格里芬参议员斥责巴特把事情搞砸了。巴特说他没有搞砸，暗示是参议员搞砸了。巴特一离开，格里芬参议员就给阿莎打电话说：“我们需要谈谈。”	R	3
18	艾莉森打电话给一个叫杰弗里的人，请求他的帮助。他告诉她，她已经用完了她所有的免死金牌，这是她最后的机会。	T 和 D	3

21	巴特在国会大厦的台阶上遇到了蔡斯，问他要怎样才能让阿莎与他们串通一气。蔡斯说："钱。"	R	3
24	格里芬参议员和阿莎见面了。格里芬参议员亲切又有魅力。他询问他们是否可以就他提议的银行业立法进行理性的对话。他们交谈后，阿莎指出了几个缺陷，包括最大的一个——法律是如何偏袒特殊利益集团的。她问是谁付钱让他这样做。他对这种暗示感到异常愤怒，并说她会为这个决定后悔一辈子。阿莎问这是不是威胁。他说："不……这是个承诺。"	T和D	3

你会注意到，在24页中，我已经整合了8个TRD。很少有节奏比这快的。我打算写3到4页的章节，我想你可以看到每一章的结局都是扣人心弦的。在快节奏的惊险小说中，这是最理想的。你会注意到我有几条情节线同时推进。最终，它们会在结尾处交汇到一起。还要注意的是，我正在通过事件来发展角色。

案例研究2：少年奇幻小说——通过事件而非论述来建立你的世界

进入一个奇异的世界是读者阅读奇幻小说的主要乐趣之一。描绘这个世界中的所有角落和缝隙是很诱人的，但更诱人的是展示角色与他们周围的魔法世界之间的互动，只需根据需要来解释一些现象。当你阅读案例研究2中的TRD时，你会注意到，正如体裁标准所建议的那样，小说在以一种适当的快节奏发展。

小说从12岁的汤米和10岁的莱拉放学回家开始。汤米正在和他的朋友们打闹。莱拉独自走着，陷入沉思。莱拉并不是一个孤独的人，但她的朋友们都正忙于课外活动。你会注意到，在莱拉被绑架之前让读者了解她是很重要的。尽管这是个关于汤米努力拯救莱拉的故事，而不是关于莱拉本身，但我们需要读者深切地关心她，这样他们就会支持汤米。

莱拉被精灵绑架后，汤米试图用计让一个叫苏的精灵告诉自己他们把莱拉藏在了哪里。他嘲笑苏，说她不是什么重要人物，否则她会知道莱拉在哪里。小说中的 TRD 如表 6.10 所示。

表 6.10　案例分析 2

	前情提要		
	在这部少年奇幻小说中，12 岁的男孩汤米必须拯救他 10 岁的妹妹莱拉。这对孤儿兄妹和他们的表兄弟姐妹住在一起。精灵们绑架了莱拉——据精灵苏所说，需要用莱拉的血来拯救女王的儿子齐王子，他因为一种罕见的疾病而奄奄一息。 小说的开头是这样的： **第一章** 汤米是个撒谎高手，他自己也知道。		
页码	**说明**	**T、R 或 D**	**距上一个 T、R 或 D 相隔页数**
10	汤米和莱拉走在放学回家的路上。汤米和他的一些朋友正在打闹；特别是德文，他超级兴奋，眼下他的弟弟博比的白血病病情已经得到缓解。莱拉却一个人走着，陷入沉思。两个精灵扑了过来，抓住莱拉，然后飞走了。汤米惊恐地盯着莱拉，她拼命挣扎试图挣脱，惊慌失措地大声呼救。	D	
70	汤米简直要发疯了。两天过去了，他们没有收到任何赎金要求，他们的法定监护人——他们的表哥对警方所做的一切感到满意［他们向精灵社区关系委员会（FCRB）提交了正式投诉］。由于汤米的表哥没在场，警察又把汤米看作一个发狂的孩子打发走了，所以汤米意识到，如果要找到莱拉，他必须自己动手。	T	60

110	汤米从一个不可一世的精灵社区关系委员会成员那里偷了一张通往精灵领地希拉夫的地图（因为人类是被禁止拥有希拉夫的地图的），他的背包里装满了各种物品（食物；水；他通过假装和一个被剥夺公民权的高中生是同类人而买到的闪光弹；还有一根双节棍，这是他在 8 岁起开始上的徒手武术综合格斗课上学会使用的武器）。然后，他把地图塞进牛仔裤口袋里，留下一张纸条，告诉表哥不要担心，就开始了他的拼命跋涉。	T 和 D	40
130	翻过了一座 1 万英尺高的山、一片无情的沙漠和一片到处都是蛇与其他可怕动物的茂密雨林，汤米来到了希拉夫的入口处。到处都是警卫。大门上方的拱门上有一个断头闸。汤米投掷了一个闪光弹，当警卫蜂拥而动时，他在断头闸坠落前几秒钟从大门下滚了过去，结果发现自己进到一个洞穴里，面对着另一群警卫。他们确认了他的身份，并通知了塔里亚女王的副手努农。汤米经过严格的安全检查后，被警卫没收了武器。警卫队长走近汤米，说："请跟我来。"	D 和 R	20
140	汤米被带着穿过七拐八绕的走廊和一个露天的、被篱笆围着的迷宫，最后到达里面的圣殿。一位精灵自我介绍说，他就是塔里亚女王的副手努农。努农说："告诉我们，为什么我们不现在就杀了你。"	T 和 D	10
150	通过答应透露精灵们想知道的精灵社区关系委员会的秘密，汤米以自己的方式脱离危险。努农很感兴趣。汤米一言不发，直到他被告知莱拉为什么被绑架，并确认她没事。努农说："其实，莱拉是我们的贵宾。"	D 和 R	10

180	努农和一群卫兵把汤米带到一座雅致的宫殿中。在一个高层的房间里，努农拉下围帘，露出一面玻璃墙。在墙的另一边，莱拉不省人事。精灵护士在附近盘旋。努农说："齐王子病了。自从接受了莱拉的血，他正在好转。当塔里亚女王对他的治愈感到满意时，莱拉就会被释放。"他们拒绝让汤米去看莱拉，也不解释她为什么昏迷。汤米沿着一条错综迂回的路线被带到一个牢房。	T	30
200	汤米无意中听到努农对守卫耳语要看住他，塔里亚女王希望永远留住莱拉，因为他们可以用莱拉的血液和器官做进一步的医学研究。汤米被吓坏了，意识到他不能相信任何人。他决心逃跑，找到莱拉，然后回到人类的国度。深夜，他与看守他的卫兵吉尔交谈，得知吉尔与女王同属一个家族，他能担任卫兵是一种荣誉，并且吉尔担心比洛医生正试图推翻女王，而这是永远不会发生的，因为努农是如此能干。吉尔担心齐的病会分散努农保护女王的精力。	T、R和D	20
240	汤米很早就被叫醒，被带到努农那里，努农要求他提供他曾承诺过的关于精灵社区关系委员会的信息。汤米尖叫着，手臂疯狂地摆动着转圈，吓得警卫们一时间什么也做不了，只是盯着他看。这足够汤米冲向走廊，像风一样奔跑，他知道这是唯一一次营救莱拉的机会：如果他失败了，他将被处死。	T和D	40
280	汤米冲进壁龛，查阅地图。记住了自己的路线后，他冲出藏身处，飞快地绕过戒备森严的警卫，在黑暗的森林里蹒跚前行，直到到达宫殿。他用空手道的招式打倒了守卫莱拉房间的精灵，并打开了锁。他踮着脚尖走向他的妹妹。汤米把她抱起来的时候，努农出现了。努农说："塔里亚女王现在要见你。"汤米拒绝抛下莱拉离开，努农同意他带着莱拉，一起去要见女王的房间。	D和R	40

290	塔里亚女王把汤米介绍给六岁的齐王子和他的医生比洛——就是那位采过莱拉血液的精灵。汤米很想对女王不失礼数，但却拿不出策略和耐心。他要求告知为什么莱拉陷入昏迷。比洛医生以高人一等的姿态说汤米不懂医学的复杂性。汤米以比洛医生的叛国企图质问女王，并称齐的症状与博比的白血病相同（博比是他最好朋友的弟弟，他的病情已经得到缓解）。 汤米对医生说：“你为什么要研发一种新的疗法？大约98%的白血病患儿病情得到缓解，90%的儿童被治愈。” 塔里亚女王惊呆了，要求证实。比洛医生说人类的治疗对精灵不起作用。“如果不起作用，你为什么绑架莱拉？”汤米问道。 汤米向塔里亚女王保证，人类医生致力于帮助每一个生命，他承诺可以帮助促进博比的医生和精灵们之间的合作。塔里亚女王接受了。	T和R	10
300	比洛医生抱怨自以为无所不知的人其实一无所知，但在塔里亚女王的要求下，他给莱拉注射了一种药物以缓解镇静剂的效力。 汤米感谢女王。他补充说，她应该感谢吉尔和努农，前者报告了比洛医生对努农的背叛，后者则把她的利益放在心上。 比洛医生否认自己是叛徒。塔里亚女王将他关押起来展开全面调查。 努农问汤米精灵社区关系委员会有什么污点，汤米回答一点也没有——这只是一项谈判策略。 莱拉醒了。她有点神志不清，但还算正常。在汤米和莱拉返回人类国度的旅途中，吉尔被指派保护他们，这对他是一种荣誉。	R	10

310	第二天，汤米把塔里亚女王介绍给博比的肿瘤医生，医生答应马上给齐做检查。 齐开始接受治疗，种种迹象表明，反应良好。 塔里亚女王宣布授予汤米精灵国度的荣誉骑士称号。	T	10

在案例研究 2 中，注意书中的某些章节是如何加速、如何恢复平稳的节奏的，又是如何加速冲向结尾的。这种方法是一种有效的途径，在保持快节奏的同时，允许你的读者偶尔喘口气来理解正在发生的事情，享受你创造的独特世界，并回味你的故事和人物。

使用简的《情节设计路线图》计划你的旅行

在决定什么节奏最适合你的故事时，权衡我们已经回顾过的所有因素——从你的首要冲突到主角的最大渴望，从她的感知和认知差距到她的情感驱动力。这些充满感情的元素引导出你的预设、主题和叙事问题，帮助你选择故事结构，并由此选择你的节奏。

TRD 增加戏剧性张力

在下面的练习中，尽可能多地为你的故事构思情节。请记住，你关于节奏的决定只是初步估计，绘制情节设计路线图则是一个指南。不要被你的任何初步决定所束缚；相反，用它们来激发深思熟虑的思考，给自己一个开始和采取下一步行动的踏脚石。

简的《情节设计路线图》提供了一个重要的和意想不到的好处：通过 TRD 描绘你的故事，你不再需要把完成整个项目当作写作任务。相反，你只需要写到下一个 TRD。把写作过程分成几个可管理的步骤，是可以“救命”的，也是克服作家心理障碍的有效策略（后文有更多讨论）。

绘制情节设计路线图的第一步是将你的前情提要复制到表 6.11 所示

的空格中。然后继续填充其他空格，直到你的故事部分或全部完成。可根据需要添加行。

表 6.11 练习：规划你的 TRD			
	前情提要		
页码	说明	T、R 或 D	距上一次 T、R 或 D 相隔页数

用 TRD 的位置设定节奏

当你回顾表 6.11 的练习中所创建的 TRD 时，询问自己是否研究过这些因素：

1. 你选择的节奏是否符合读者的预期？

记住，人们按一种特定的文学类型标准选择书籍时，他们期望故事的各个方面以一种特定的方式呈现出来——包括 TRD 的节奏和风格。你需要确定在做决策时已经考虑了这些因素。失望的读者很少给作者第二次机会。

2. 你的 TRD 是否多样化？

没有哪一种排序是最好的，你无须认为有义务消除所有连续发生的事情（例如，一个转折后接着另一个转折），也不必保持转折、逆转和高危时刻的平衡。应该由你的故事和人物来决定是否需要插入 TRD，而不应以任何人为的标准操控情节。当然了，你在 TRD 的位置安排上的变化还是越多越好。

你怎么认为？你清楚“转折、逆转和高危时刻”的位置如何影响节奏吗？你理解得对吗？你是否感觉到正在整合一个诱人的 TRD？如果是这样的话，你就可以分析每个 TRD 的优点了。

在本章中，我们讨论了如何为你的故事选择合适的节奏，以及这个决定会如何影响 TRD 的位置。在第七章中，我们将讨论一个名为“神秘性、可信性和实证性”的评估模型和一个 TRD 开发检查表，它们可以协同工作，助你确认适宜的 TRD。

第七章　“冰”中寻“火”

写作是把你内心燃烧的火焰与他人进行心灵上的交流。

——亚瑟·普洛特尼克

- 冷眼评估你的 TRD
- 以 ICE 模式贯穿 TRD，力求达到最大效果
- 多用悬念，少用意外
- 开发适于 ICE 模式的 TRD
- 用 TRD 开发检查表建立“火热的”悬念
- 让 ICE 模式贯穿作品

冷眼评估你的 TRD

往好了说，TRD 应该是反直觉的。“意想不到”的本质在于让人大吃一惊。在渲染角色的同时，也需要用 TRD 推动故事的发展。在本章中，我们将讨论两个工具，它们被设计用来帮你创建对所有情形都有效的 TRD。这两个工具分别是神秘性、可信性和实证性（ICE）评估模式和 TRD 开发检查表。

创造出有效的 TRD 对写作的成功至关重要。无论你是在写文学类小说或类型小说、回忆录，还是在写纪实文学作品，都需要让情节和故事线不断地发展。静态的故事会让读者感到无聊，动态的故事才会让读者心醉神驰。而要创作出扣人心弦、动态的故事，TRD 的使用需要以情感为基础，但又必须完全出人意料。这是实现根本使命——让你的读者手不释卷——的唯一方式。难的部分是知道如何去实现这项复杂的目标。

现实的残酷在于：TRD 虽然能够实现情节转折（T）、逆转（R）或高危时刻（D）的基本参数，但这样还不够。如果一个 TRD 让人觉得不自然，那么它将减轻而非增强故事的影响力。如果它不符合你的前提和叙事需要，那么它将减少而非增加悬念。如果它与你的主题无关，那会让人觉得它是强加于故事之上的而非内在的。如果它普通且平淡，那么它将减弱读者兴趣而非牢牢抓住他们。

使用我设计的 ICE 评估模式和 TRD 开发检查表，可以确保你避开这些陷阱，写出令读者兴奋到爱不释手的作品。

以 ICE 模式贯穿 TRD，力求达到最大效果

进展顺利的话，TRD 会激发强烈的情感。但是，你不能随意地选择所要激发的情感，只有挖掘并发展那些饱满的情感或与故事、人物有机

融合的情感才会起效。

本章介绍的分析模型是通过检查 TRD 是否满足三个必要条件来判断的，这三个条件的首字母整合在一起，构成了缩写词 ICE（Intrigue，Credibility，Evidence，即神秘性、可信性和实证性）模式。ICE 模式的三个必要条件如下：

● 神秘性（I）。开发 TRD 的目标是通过意想不到的事来制造紧张感。“神秘性”这个词结合了吸引读者的两个诱人因素：好奇心和吸引力。如果 TRD 让人哈欠连天，读者是不会再读下去的，这意味着你未能激发读者的好奇心。如果 TRD 未能制造意外，或者与故事布局不协调，又或者以其他的方式将读者拒之门外，那它将不会吸引读者——因为它与故事无关。如果 TRD 缺乏这个关键特性，那么没有人会在意故事里写了什么。**好奇心加上吸引力才等同于神秘性（或张力）。**

● 可信性（C）。可信性需要的不只是营造可信的情境，还需要创建信任。要让你的读者信任你通过一些可信的事件揭示的情感事实，而这些事实必须与你的叙事问题相关。你要牢记，叙事问题代表着你对读者的承诺。当“转折、逆转和高危时刻”涉及叙事问题时，你要在故事脉络上添加一些环节，使故事首尾相连。**信任（故事情感所揭露的）加上可信度等同于可信性。**

● 实证性（E）。“展示而非讲述”是最常见的写作建议之一。正如马克·吐温所说：“不要直接写这个老太太大喊大叫了，要让她在故事里出场并发出尖叫。”不要报道事件，而要展现它们。通过为你所描述的东西提供实证来不断地挑战自己，你一定会写出读者能看到、听到、感觉到、闻到和触摸到的片段。正是这些感官的参与使得你的故事栩栩如生。证据在故事讲述中还扮演着另一个重要的角色——它能证明你所描述的事件是真实的。**呈现出而非描述出的事实加上感官的参与等同于实证性。**

ICE 模式范例

ICE 模式和 TRD 开发检查表将帮助你创造有效的 TRD。在创建过程中，第一步是解构与你写作的体裁相同的范例。这样做可以通过检查TRD的时机、位置、内容和风格来找出运行良好的范例。当然，解构例子的目标并不是为了模仿其他作者的作品；其目标是识别成功模式，并利用这些信息开发出适合你的情节、故事线及人物的TRD，要原创而非衍生。在解构例子时，使用ICE模式和TRD开发检查表可以确保你充满信心地完成这项复杂的挑战。

《非业余罪犯》

通过从头至尾追踪欧文·劳卡宁2012年的惊险小说——“斯蒂文斯和温德米尔”（Stevens and Windermere）系列中的最佳作品《非业余罪犯》中的TRD，可以看到，其中涌现了许多模式。下面是对分析过程的逐步描述。

首先确定叙事问题

在《非业余罪犯》的前几段，一名男子在芝加哥富裕郊区的高地公园下了火车。他是一名在城里工作了一天后回家的上班族。当走出列车时，他遭遇绑架，然后被扔进一辆等候着的面包车后备厢。此叙事问题似乎很清楚——这个受害者会被杀害吗？然而，就在短短的几页里，我们认识到这个故事包含的远比一个人的命运更加复杂。

当他的妻子支付了些许赎金后，这名男子就被放了。叙事问题的焦点则由一名受害者转向了绑架团伙：一个由四名年轻人组成的团伙在大学毕业后找不到好工作，干起了绑架的营生。现在的叙事问题是关于这个四人组的：他们是在模仿罗宾汉，尝试着重新分配财富吗？抑或他们只是普通的暴力罪犯？

主要情节里的TRD

《非业余罪犯》里的第一个TRD出现在第25页。在那个转折前夕，作者向我们展示了四个绑匪对自己和对生活的看法。我们见证了他们之间的互动，以及彼此间的尊重和喜爱是如何将他们结合成一个有凝聚力的团体的。这四位“非业余罪犯”包括领导者藩德、他的女朋友玛丽、绰号为“鼠标”的电脑高手及另一位年轻人索耶。当一名被完好无损释放的受害者报警时，我们看到了一个情节逆转——与我们被引导的预期相反。

第二个 TRD 出现在第 39 页。其中一个主角——明尼苏达州名叫柯克·史蒂文斯的刑事逮捕局警官，在观看赎金支付地点的安保录像时瞥见了绑匪的一辆车。这是一个情节转折——在中断了几十个线索出师不利后，史蒂文斯得到了一个真正的线索。这有点出乎意料，但与我们的预期并非完全相反。

出现在第 44 页的第三个情节转折是另一个逆转。这个团伙的下一个绑架的受害者告诉他们，他不会付钱，还说他们刚刚犯下了一生中最大的错误。

在第 56 页，我们接触到了书中的第四个戏剧性的 TRD。阅读下面的简短摘录，并留意 TRD 是如何融入该团体的谈话中的。

> “我们放了他，”玛丽说，“对吧，藩德？我们要把他丢在路边，减少损失。彻底离开底特律，忘掉这一切。”
>
> “是的，”鼠标说，“我们没必要留着这个令人头痛的家伙。那些家伙会杀了我们的。”
>
> 突然，索耶拿出一把黑色的大手枪，说道：“没人能杀我们。”屋里众人呆愣在原地。
>
> 玛丽倒吸一口凉气。房间里一片寂静。藩德盯着那把枪，仿佛在看一颗炸药……

在三段对话中，他们的互动、扮演的角色和态度都呈动态变化。这一片段既揭示了事实，也揭示了人物对事实的反应；既是一个转折（意料之外但不完全相反），也是一个高危时刻（手枪表明了不妥协的态度）。注意，索耶拿出枪的瞬间，代表了一种纯真的丧失，这是贯穿全书的一个重要主题。

当然，大多数人不会挥舞武器，也不会让武器在他们面前挥舞，但他们确实会经历一些不可逆转的特殊事件和时刻。例如，托马斯·沃尔夫《你不能再回家》（*You Can't Go Home Again*）这部小说的书名反映了这一观点：做过的事情无法撤销。《你不能再回家》于 1940 年作者去世后出版，讲述了一位作家描写家乡的故事。他的同胞因受到他的观察而生气，并发出死亡威胁——他真的再也不能回家了。在《非业余罪犯》中，索耶掏出手枪使这个奇怪的绑架团伙面临着一个关键时刻。索耶可以把枪收起来，卖掉它，或者把它扔进密歇根湖，但是这些选择都不能改变一个重要的事实：这四个年轻人都是从事犯罪活动的罪犯，而不是闹着玩的孩子。既然无法改变身份，那么看到索耶拿着枪并听到他声明立场的话语，他们对自己和对未来的看法便永远改变了。

根据希腊神话，当潘多拉出于好奇打开盒子（实际上是一个罐子）时，世界上所有的邪恶都逃出来了——而且再也无法将它们收回。同样，索耶的虚张声势一旦“播出”就无法挽回。即使索耶处理掉这把枪，他总还可以再买一把枪、拿一把刀或者造一个炸弹。

用 TRD 做铺垫

这段摘自第 56 页的节选，以情节的转折和高危时刻为特点，还有铺垫的作用。伟大的俄罗斯作家安东·契诃夫写道：“删去一切与故事无关的东西。如果在第一章里你说墙上挂着一把步枪，那么在第二章或第三章里，它绝对要击发。如果它不用于射击，它就不应该挂在那里。”读者一看到枪，就知道它将会被使用。

优点评估

索耶向他的同伙展示手枪并宣称没有人会杀死他们，让我们看看这一事件如何契合 ICE 模式。

- 神秘性（I）。那把枪震惊了索耶的朋友们，令他们感到不安，从而增加了紧张气氛。我们的感知源于玛丽的喘息声、藩德惊恐的目光，以及把手枪比作炸药的巧妙明喻。这四名绑匪第一次没有盲从藩德——

没有公开决裂，甚至也没有暗中违背。然而，索耶主动获得武器的事实表明，该团伙已不再完美和谐地运作了。这种裂缝既是一个绝妙的“意外”，也是一个铺垫，两者都增添了神秘性。

● 可信性（C）。绑架者拥有武器，并准备使用它，这似乎完全合乎逻辑。它的出现揭示了一些关于索耶我们尚不知晓的事情。他不准备随波逐流。他的宣言有情绪上的合理性——通过目睹索耶的行为和观察其他人的反应，我们开始相信他们情绪的合理性。这个事件与叙事问题完全吻合。这伙人的目标可能仍然是侠盗式的，但他们身上正义的色彩正在褪去。

● 实证性（E）。这把枪被描述得大而黑。我们被告知它是一把手枪。因为其他人的震惊，我们相信它是真枪，因此，枪成为意图的证据。从最明显的层面来看，索耶说这把枪将确保他们绑架事业的成功，但它的作用并不止于此。索耶希望得到别人认真的对待，以卖弄的手法展示手枪就是一个明证——这是他的个人独立宣言。在美国文化中，枪不仅仅代表一种工具。农民、修鞋匠和铁匠之流拥有了火器才敢宣布从英国统治下独立——当英国拒绝放弃控制权时，他们又敢于以武力抗争。私人可以拥有枪支已被写入《宪法》，拥有一把枪是美国特有的个人自由的表现形式。通过获得一把枪，索耶表明他希望被当作独立的个人看待，而不仅仅是藩德的跟屁虫。

从各方面来看，索耶的暴露是一个成功的 TRD。它在书中的位置也值得注意。在第 25 页整合的第一个 TRD 暗示读者，这本书将遵循比大多数惊险小说稍慢的节奏（再看看《达·芬奇密码》开头的 TRD，如表 6.5 所示）。劳卡宁让读者有时间去了解这四个绑架者，并见证他们如何选择受害者、如何组织行动，这让读者对这些人产生了感情。我们说服自己相信这些人并不是真正的坏人——他们可能是你在大学里认识的那种聪明人（在不同的情境下，他们也许就是你）——这样我们可能就停止怀疑了。我们甚至在其中感觉到某种高尚：毕竟，他们只绑架富人，只拿走一小部分财富，而且不会伤害人质。我们会对他们虽然获得了大学学位却很难找到一份体面的工作而只能挣扎产生共鸣，进而间接地接受他们放肆应对挫折的解决方法。直到枪支出现，才标志着这个团伙的终结。

TRD 布局

《非业余罪犯》的前三个 TRD 出现在第 25、39 和 44 页。然后，就是第 56 页。下一个出现在第 67 页，接着有个停顿，然后再出现在第 114 页。自此以后，节奏再也没有慢下来。当你回顾这个 TRD 列表时（见表 7.1），问问自己每个 TRD 是如何与 ICE 模式结合的——你将会注意到每个事件都增加了神秘性、意外和紧张的元素；它是可信的，因为我们对角色的了解以深度情感认同为基础。有充足的证据表明：通过感官的参与，故事里发生的一切都被真实地感受和描写了，每个事件都是基于先验信息的逻辑结果。换句话说，每个 TRD 都满足了 ICE 模式的衡量标准。

表 7.1 欧文·劳卡宁《非业余罪犯》里的“转折、逆转和高危时刻”

页码	说明性文字	T、R 或 D	距上一个 T、R 或 D 相隔页数
25	“我们报警吧。”	R	
39	史蒂文斯在下车地点发现了绑匪的车。	T	14
44	被绑架者告诉绑匪他不会付钱，还说他们刚刚犯了一生中最大的错误。被绑架者对他妻子说，她知道该怎么办。	R	5
56	索耶说没人会杀了他们，并向同伙展示了一把黑色的大手枪。	T 和 D	12
67	索耶杀了他们的一名受害者，结果发现这名受害者和暴徒有联系。	T 和 D	11

114	两个暴徒拿着枪走了进来。	D	47
155	暴徒派了一个雇佣杀手来抓玛丽。	T和D	41
169	绑匪发现警察正在追捕他们。	T和D	14
180	一个名叫蒂凡尼的富有的海滨俏女郎，为了找刺激加入了这个团伙。	T	11
190	玛丽被警察抓住了。	R	10
224	雇佣杀手绑架了蒂凡尼的一个朋友，希望利用她作为筹码抓住蒂凡尼，再通过蒂凡尼抓住藩德。	T	34
227	这位朋友并没有因为她被绑架而难过，反而因为雇佣杀手的最终目标不是她而难过："他们总是想要蒂凡尼。"	R	3
228和248	因为日程安排问题，联邦调查局特工不能坐飞机送玛丽去明尼苏达州，所以他们开车把她送回去了。就像什么也没发生过。	R 注意：有时候什么也没有发生也是一个很好的"转折、逆转和高危时刻"。在这个例子中，劳卡宁设定了一个预期，即藩德和其他成员会在去明尼苏达州的路上营救玛丽——实际上，他们甚至都没有尝试（人就回来了）。这项行动的缺失正好与读者预期相反。	1&20
254	雇佣杀手追踪藩德而去。	D	6

258	藩德觉察出他正掉进一个陷阱。	D	4
265	藩德和索耶在分开时庄严地握手。他们决心营救蒂凡尼的朋友；要做到这一点，他们需要以计取胜。	D	7
270	雇佣杀手发现藩德后，先是倚靠在他的汽车上，再按喇叭示意其他的杀手发动攻击。	T和D	5
274	其中一名杀手抓住了索耶。	R和D	4
283	绑匪们取得了新的假身份证。	T	9
300	他们用一把枪去绑架另一个人。	D	17
314	藩德意识到警方已经追踪到了他们的电话。	T	14
320	藩德告诉了他的同伙警方的话——玛丽告密了。他们因为藩德拒绝相信玛丽告密而争吵。他不会拿了钱就跑掉。他坚持要救玛丽。	T	6
322	警察和联邦调查局特工包围了绑匪所住的汽车旅馆房间。	T和D	2
327	警察和联邦调查局特工决定把玛丽带到汽车旅馆，这样藩德就可以见到她了。	R	5
335	玛丽叫藩德做个专业的绑匪，让他离开。	R	8
339	索耶中枪了。	D	4
348	索耶请求藩德让他自首，这样他就能得到医治，并解释说他会承担责任，因为是他带着枪又开了火，所以这都是他的错。	R	9

351	藩德说他根本不在乎玛丽回不回来。	R	3
358	一名年轻的联邦调查局特工威胁要开枪打死藩德。藩德杀了他。	D	7
362	警方瞄准藩德。	D	4
367	警方推测玛丽和蒂凡尼会逃脱严惩，仅被轻判——用斯德哥尔摩综合征为自己辩护的漂亮女孩通常会让陪审团相信她们本身也是受害者。	R	5

在阅读表 7.1 中列出的 TRD 时，请注意，随着时间的推移，绑匪面临着越来越复杂的困难和障碍。负责这个案子的侦探也是。通过加剧紧张气氛，读者会对这些绑匪如何得逞保持兴趣。不断加剧的紧张气氛才是使读者手不释卷的原因。表 7.1 中列出的每一个 TRD 都用 ICE 进行了分层——它们符合所有 ICE 模式的要求。

你也会注意到，所有的 TRD 都有两个关键特性：它们同时是不可预见的和不可阻挡的。正是这种二元性加剧了紧张性。例如，在一个惊人的逆转中，玛丽在小说的中途被捕是一个真正的意外。这一意外事件引发了接下来的悬念：玛丽会配合调查吗？她的朋友们会努力把她救出来吗？

为了提升 ICE 模式的力度，我们要确保充分利用意外和悬念带来的刺激潜力。

多用悬念，少用意外

在技术性写作中，你只需简单地陈述事实。在说服性写作中，你则需要吸引读者。例如，在一本关于克服毒瘾的回忆录中，你需要让读者不断思考你是如何克服沮丧和绝望的。如果你只是简单地叙述一下每天的恶性循环，接着是你的日常恢复，你创建的会是一部按时间顺序记录的日记，它可能引起相关从业者和学者的兴趣，但不太可能引起普通大众的兴趣。而如果你选择只描写那些代表真正关键时刻的事件，你的回忆录将充满诱人的转折。

意料之外和悬念之间的平衡是有效讲故事的核心。开发 TRD 的目标是增加悬念，用意料之外来强调特定的时刻。正如悬疑大师阿尔弗雷德·希区柯克所解释的：“爆炸时没有恐惧，恐惧只存在于对爆炸的预想之中。”从定义上看，意外是不可持续的；悬念则是可以被拉长的，而且应该如此。

开发适于 ICE 模式的 TRD

当阅读本章 TRD 的例子并研究自己所做的分析时，你会发现一种模式——产生于强烈情绪的 TRD 是最有效的，无论这种情绪是一种根深蒂固的个性怪癖（比如厌恶和人冲突），还是短暂的情绪爆发（因某车在你的车辆周围徘徊并伺机抢占你排队要使用的停车位而愤怒）。

感你所感，只有你自己才能决定感受的方式。你的角色也一样。从情节策划的角度来看，“人各异质”这一事实至关重要，但人的异质可预测。一旦你抓住了角色的感知、认知差距和情感驱动力，你就可以利用这些信息来识别个性的怪癖和特征。这些怪癖和特征为特定的人以特定的方式行动提供动机，并进一步引发基于情感和实证的 TRD，这与可信并诱人的神秘性产生共鸣——因它们是用 ICE 模式开发的。

既然适于 ICE 模式的 TRD 是人们信仰、价值观、态度和受情感支配行为的必然结果，那么创意的最好来源之一就是日常生活。

可信的 TRD

不是每个 TRD 都必须是一种暴力的或令人震惊的浮夸表演。许多 TRD 是微小的。不过，“小”并不等于微不足道。“小”指的是那种经常出现于日常生活中的小插曲。TRD 是日常生活中固有的一部分，以至于我们常常意识不到它们的存在。从写作的角度来看，它们无须强化也能产生作用。在我们的日常生活中，稍微关注一下这些小插曲就足够了。事实上，当一个平凡的时刻变成了一个 TRD，会增强这一情节的吸引力。也就是说，只有当受其影响的人将这件小事视为一个应该认真对待的事件时，TRD 才会成功。如果他们不这样看，这件小事就会成为日常生活中又一个被遗忘的时刻。为了证明这一现象，请看我的袖珍版回忆录《马尔奇的夹克》(*Marci's Jacket*，见表 7.2)。《马尔奇的夹克》展示了如何利用对环境和人物的了解将小插曲转变为引人注目的 TRD。

表 7.2　可信的 TRD 源于现实生活经历：《马尔奇的夹克》

一月份，新年刚过，我家附近的一家商店在进行停业大甩卖。我走进去，到处找了找，发现了一件我侄女马尔奇喜欢的欧鸲蛋蓝色的 North Face 牌夹克。尺寸适合她，我知道她也会喜欢这个颜色！真是捡到漏了！它降价到了 10 美元。10 美元呀！我抢购了它，很高兴地准备好了马尔奇明年的节日礼物。

我是用现金支付的。到家后，我把包装袋和收据都扔掉了。后来，我把它拿给我丈夫看，就在这时，我看到衣服上的防盗扣还在。哦，不！

我没有收据。我甚至没有包装袋。也许有人认为我胡思乱想，但我确信商店的人会认为我偷了那件夹克，现在正试图骗他们把防盗扣去掉。我的心沉了下来，我知道自己是在犯傻。我看起来就是一个很好的中年妇女，而且我们谈论的只是 10 美元，根本不值得商店扒手花时间。然而事实上，因为我是如此地不喜欢冲突，所以我整夜都烦躁不安。对大多数人来说，这听起来很荒谬。但它是真的。理智地想，我知道我会没事的。无论如何，我认为自己是一个能干的女人，并给了自己一点鼓励的话。我确信能让店员相信我是光明磊落的。第二天早上，我束紧腰，大步走回商店。柜台后是个男人，不是前一天卖给我夹克的女人——没见到她。

* * *

我将马上告诉你发生了什么，但首先，让我们把如何整合一个“转折、逆转和高危时刻”标出来。我塑造了一个人物，她的情绪驱动很特别：她是一个害怕冲突的女人（我）。她很焦虑。她感到莫名其妙的内疚，好像她做错了什么事，而那其实是店员的错。

我们的这一人物知道她将迎来挑战。她预计店员会索要收据，当她坦白自己没有收据时——请注意这里的语言选择：她没有“告诉”店员她没有收据，也没有向店员“宣称”或“解释”，相反，她“坦白”自己没有收据——如果保安送她到后台等警察，她也不会感到惊讶。这符合她的个性，不是吗？因此，当她准备坦白自己没有收据时，她预料到店员会眼珠一转，露出自鸣得意的笑容。

以下是我推敲情节的过程。

* * *

店员说：“该死的……我很抱歉……我讨厌发生这种事。遗憾的是，我没有权力取下防盗扣，经理也不在。我知道这不是你想听的……恐怕你明天还得过来。”

他很好，对吧？他没有指控我什么。这是一个完全出乎意料的回应和一个巨大的安慰。

店员接着说：“但是，你猜怎么着？我可以给你一张5美元的折扣券。”

这与我们所期望的不完全相反。它有点不同，只是个“转折”。

我告诉他我住在附近，明天来根本不是问题。我接受了折扣券，然后走过去看UGG靴的展示台——它们也在打折销售，就像马尔奇的夹克一样。突然，“砰”的一声，两个拿着枪的家伙进来了。

这是一个“高危时刻”。

* * *

下面是实际发生的事情。

柜台后面的人说：“这是你昨天买的，对吧？”我说是的。他抱歉地摇摇头：“是曼蒂值的班……她总是忘记取下防盗扣。我真的很抱歉。”他迅速取下防盗扣。三十秒后，我就出了门。

这是一个“逆转”，与我预期的完全相反。

* * *

正如这部小回忆录所展示的，开发成功的TRD最有效的方法之一就是去不同的选项中进行“角色扮演”。在为《马尔奇的夹克》设计TRD的时候，我想出了三个可行的备选方案：一个转折（T）、一个逆转（R）和一个高危时刻（D）。

当你读《马尔奇的夹克》时，请注意TRD是如何从回避冲突的性格中产生的。如果我故事中的主人公不具备这一特点，这个TRD就没有效果。另外，请注意我需要如何事先植入有关该特征的信息。如果我没有事先像伯纳德·康威尔所描述的那样“在胡同里装门”（见表 5.1），提前说明我回避冲突的性格，那么读者将不可避免地认为该情节是做作、随意且巧合的，这违反了 ICE 模式中的可信性（C）原则。

《马尔奇的夹克》展示了在你最不经意的时候，TRD 是如何在时机成熟时浮出表面的。通过围绕“假设”问题进行简单的角色扮演，可以帮助你熟悉如何做出合适的选择。这只是第一步，接下来就是做出最佳选择。

明智的做法是选择最能有效推动故事发展、最能增加角色信息，或者最能提供显著铺垫的备选方案。如果时机刚好，可以同时实现以上三个目标。这说起来容易做起来难。在《马尔奇的夹克》中，“我”的三个备选方案中的任何一个都会很好地发挥作用，因为它们与叙述者的主导情绪一致，所以选择起来很困难。

请记住，除非你在写回忆录、纪实文学或自传，否则你不必坚持与事实相符，也没有一个最好的 TRD 选项。为了确定最好的方案，我会问自己：

- **关于转折（T）**：如果叙述者购买 UGG 靴，该情节推动故事向前发展或添加有关角色的相关信息了吗？如果她看了看靴子但没买，此情节又如何推动故事向前发展或添加有关角色的相关信息呢？

“我”可能会思考，在“我”的假期拜访名单上，谁会喜欢 UGG 靴。这些靴子不是“我”喜欢的风格，但“我”知道大多数人喜欢它们，而“我”也无法抗拒这么优惠的价格。如果“我”想不到有谁喜欢，“我”会礼貌地对店员微笑，然后离开。这一情节揭示了“我”有多重视礼貌，写的是事实，但可能与“我”的故事无关。

为了强调检查每一个 TRD 在故事语境中是否有效的重要性，问问你自己，如果“我”的角色是一位 30 多岁、住在郊区的妈妈，故事会有什么不同。她在大学时就开始穿 UGG 靴了，不管时尚如何变化，她并没有打算放弃这种舒适、暖和的靴子。她会查看每一个盒子以寻找适合她的尺码。

● **关于高危时刻（D）**：她会对持枪男子有何反应？

她躺倒在地，待在那里装死，希望他们相信她昏过去了。

不过，如果她的角色是一名退休警探、一个在重压下仍能保持冷静的女人，她会有不同的反应。也许她会冲到一队人后面去侦察，躲在人们身后缓步靠近，然后找准位置从后方袭击持枪男子。

人身安全受到威胁总是能吸引读者的注意力。你的工作是确保惊险情节的安排适合于当时的情境和人物。

● **关于逆转（R）**：店员为同事的错误向叙述者道歉后，她有何感受？《非业余罪犯》的互动让我一整天都开心，但并不一定能让故事向前发展。

如果我创造一个角色，她在高压行业工作，并经历了极度紧张的一天，她又会如何反应？她走进商店时已做好战斗准备，却发现自己面对的是一个和蔼可亲的人。如果我的目标不是为了展示这些因素，或者为角色从烦躁易怒到和蔼可亲的转变作铺垫，那么这个逆转就是不符合要求的。

了解读者预期

《马尔奇的夹克》中描述的所有 TRD 都是可信的——但这种可信性取决于如何引导读者的预期以及如何安排事件发展。如果我创造的角色会如实按照我指示的方式表现，那么故事情节将会持续发展。如果不是这样，我希望制造的一个适于 ICE 模式的 TRD 将带来大麻烦，这种干扰对读者和故事都没有好处。更多讨论见表 7.3。

表 7.3 用感官参与来强化逆转
通过将任何熟悉的感官体验与它的对立面进行对比，你可以利用“习以为常”和“意料之外”之间的强烈反差来建立悬念，这样会创造出令人无法抗拒的“转折、逆转和高危时刻”。 例如，想象一下，伊莎贝尔正躺在沙发上读小说。这里很安静，只有蟋蟀的唧唧声和她的猫轻柔而有节奏的咕噜声。关门的咔嗒声——打破寂静的一个小小的声音——破坏了整个气氛。伊莎贝尔吓了一跳，她倒吸一口凉气，赶紧坐了起来。她没再听到其他什么声音了，恐惧却在她的血管里蔓延。

也许，这个具有信息意味的咔嗒声代表好消息：为庆祝他们的结婚纪念日，伊莎贝尔的丈夫提前结束出差，给她一个惊喜。当然，也可能是个坏消息：有个窃贼闯进来了。你可以通过声音（和寂静）挖掘“未知”和“出乎意料”的力量来创造悬念。

“咔嗒声”是一个逆转。伊莎贝尔心惊肉跳的恐惧是一个高危时刻。

* * *

现在想象一下埃利奥特在森林里徒步旅行。他聆听着大自然的声音：小动物在落叶中爬过发出的沙沙声，头顶上的昆虫飞过的嗡嗡声，鸟儿们闲聊的唧唧声……突然，一切都静了下来。

埃利奥特发现附近有猛兽。他扫视树木，寻找藏身之处，却一无所获。几秒钟后，一头黑熊慢吞吞地走过，停在离小路二十码远的地方盯着他。埃利奥特从背包中取出一对可折叠的登山杖，动作无比缓慢而小心，以免让黑熊感受到威胁。在登山杖上装饰着的雪橇铃发出意外的叮当声中，熊抬起了头。埃利奥特撑开登山杖，开始倒退着向后走，每一步都伴随着欢快的叮当声。紧接着，熊就失去兴趣，走进森林了。过了一会儿，森林里的小动物们又传来令人愉悦的声音。埃利奥特笑了笑，松了一口气。

这件事揭示了埃利奥特性格中的一些重要东西——他感到恐惧，但能在压力下保持镇静，最后还能笑起来。这一事件也可以起到铺垫作用。下一次故事里的世界沉寂时，读者会回忆起埃利奥特有多么害怕，当他们猜想这一次是熊还是其他什么猛兽将发起袭击时，紧张的氛围会更浓郁。

这里的寂静无声是一个逆转，看到黑熊是一个高危时刻。

* * *

寂静中的喧哗制造悬念。喧哗中的寂静滋生恐惧。声音与寂静的交织则创造出可怕的悬念（TRD），这是讲述好故事的精髓。

你可以把这个原理应用到所有的感官体验中。在你考虑开发哪些 TRD 时，问问自己以下的问题：

（1）你的角色看到了出乎意料的东西会怎样？没看到本应在那里的东西又会怎样？例如：

· 如果你的角色是一名幸福的已婚女性，她出差回来，发现床上有一条紫色丝绸内裤，她会有什么感觉？

· 如果你的角色是一位单身父亲，他走进厨房开始吃晚餐，发现刀架上少了一把刀，他会有什么感觉？

(2) 你的角色嗅到一些出乎意料的气味会怎样? 例如:

• 假如你的角色是一个 12 岁的男孩,他醒来时闻到刺鼻的烟味儿,他会怎么做?

• 如果你的角色是一名中年妇女,她进入年迈母亲的家,并且有生以来第一次没有闻到烤面包的气味,她会有什么感觉?

(3) 你的角色期望触碰的东西不见了会怎样? 不期望触碰的东西却出现了,又会怎样? 例如:

• 假如你的角色是一个 20 多岁的单身辣妹,她和朋友们在夜总会玩了一晚上后回到家里,瘫倒在床上,发现自己躺在光秃秃的床垫上——有人偷了她的绸缎床单,她会有何感想?

• 如果你的角色是一个 7 岁的男孩,他跳上蹦床跳得很高,掉落在柔软蓬松的云层里,他会有什么感觉?

(4) 你的角色尝到了错误的或意想不到的味道会怎样? 例如:

• 假如你的角色是一位 26 岁的职业足球运动员,他像往常一样大口喝下本应是柠檬味的运动饮料,却发现它是橘子味的,他会有什么感觉?

• 假如你的角色是一位寻找庞塞·德·莱昂青春之泉的探险家,她会对下面这种情况作何反应? 她发现了一道隐藏在巴哈马雨林里的瀑布,并饮用了芳香池子里的水。水很凉,富含矿物质。她感到一种平静注入她的灵魂,她抓起一面镜子,却惊恐地看见脸上浮现的皱纹和松弛的皮肤。

为了使这一原则适用于你的计划,问问自己“会怎样”的问题,然后寻找与读者预期相反的例子(一个逆转)。例如,你可以对每个感官逐一排查,问自己:

• 如果我的角色在城市废墟中看到一些美丽的东西,会怎样?

• 如果我的角色在海滩上听到一些大声又愤怒的争吵,会怎样?

• 如果我的角色在一个原始的山顶上闻到有毒的烟雾的气味,会怎样?

• 如果我的角色在土豆泥里吃到了金属,会怎样?

• 如果我的角色在豪华水疗浴缸里的泡泡中碰到黏糊糊的东西,会怎样?

你需要建立一个角色的感官预期,然后写相反的东西吸引读者的注意力,给予他们意料之外的乐趣。但要确保这些感官体验能推动情节的发展,因为这才是值得写的逆转。

记住底线:了解读者对每一个可能的 TRD 作何反应是成功的关键。换句话说,TRD 必须反映角色的信仰、期望或个性。后面的 TRD 开发检查表将帮助你管理这个过程。

用 TRD 开发检查表建立“火热的”悬念

无论你的情节或故事线来自紧张时刻的恐惧还是来自平凡生活的日常，TRD 都能吸引读者的兴趣。TRD 开发检查表（见表 7.4）将帮助你在诱人的 TRD 的基础上塑造强有力的故事——因为它们与真实情感共鸣而诱人。

表 7.4 使用 TRD 开发检查表

前五个问题将帮助你提出 TRD 的想法。第二组的五个问题有助于确保“转折、逆转和高危时刻”符合 ICE 模式中规定的标准。

第一部分：制定有效的 TRD

1. 我的读者期望接下来发生什么？（我的基准）
2. 逻辑上还能发生什么？（一个转折）
3. 与我的基准期望相反的是什么？（一个逆转）
4. 会不会发生一些身体上、情感上或精神上令人恐惧或危险的事情？（一个高危时刻）
5. 哪一种选择最能以真情实感推动情节发展？

第二部分：确保你已经达到了 ICE 模式的标准

1. 我的 TRD 会带给读者意外吗？
2. 这会增添紧张气氛或神秘性吗？
3. 它是可信的吗？
4. 我能从逻辑上整合实证吗？
5. 我是否通过行动和对话（而不仅仅是通过阐述和描述）来展示事件？

如果你对所有这十个问题的回答都是肯定的，你就可以自信地继续写作了，因为你知道这些 TRD 将发挥它们的魔力，以一种连贯和令人满意的方式推动情节向前发展。

合乎情理的 TRD

为了理解 TRD 开发检查表如何帮助你做出选择，请考虑以下分析，以“马尔奇的夹克”为例。

第一部分：开发有效的 TRD

1. 我的读者期待接下来发生什么？（我的基准）

基于我对叙述者个性的刻画（回避冲突），读者预计她尝试移除防盗扣的努力将会充满困难。

2. 还能发生什么合乎逻辑的事？（一个**转折**）

店员可能会因他不能摘下防盗扣而道歉，让叙述者在第二天经理当值时再来一趟，为弥补给她带来的麻烦，给了她一张 5 美元的优惠券。

3. 与我的基准期望相反的是什么？（一个**逆转**）

店员道歉并当场移除防盗扣。

4. 会不会发生一些身体、情感或精神上令人恐惧或危险的事情？（一个**高危时刻**）

两个持枪人冲进商店。

5. 哪一种选择最能以真情实感推动情节发展？

逆转。一个和蔼可亲、富有同情心的店员比一个粗暴、刻薄的店员更合适。

第二部分：确保你已经达到了 ICE 模式的标准

6. 我的 TRD 会带给读者意外吗？

会。小胜利可以传达出巨大的影响力。在这个例子中，叙述者和店员之间愉快的互动，以及愉快的结局，提供的不仅仅是一个事件的解决方案，还让我们了解到关于叙述者的重要信息。我们看到她迈着充满活力的步子走出商店，觉着这个店员是个好人，并嘲笑自己一开始的小题大做。

请注意，这种明显的转变可能被用作一个有技巧的铺垫。例如，在回忆录的后面，叙述者可能会面临另一个她觉得是冲突的情况；不同于以往的是，以前的积极经验在激励着她。如果她被击倒或者事情很黑暗，那出乎意料的事件会起到额外的逆转作用。

7. 这会增添紧张气氛或神秘性吗？

叙述者移除防盗扣的经历并没有另外增添紧张气氛，因为过程很愉快，但它以不同的方式增添了神秘性。在她彻夜未眠并焦虑了一早上后，这一插曲就像是一剂缓解紧张的灵丹妙药，将故事向前推进。

8. 它是可信的吗?

是的。读者很可能想知道还有什么是叙述者所忧虑、最终却只是无足轻重的事。她会太在意小事，以至于让更重要的事情悄无声息地溜过去吗? 这完全取决于我怎么写。如果我展示另一个类似的事件，读者将会开始感知到一种模式，而模式带来可预测性——这将使我在插入另一个转折、逆转和高危时刻时（以一种有效的方式）震惊我的读者。此外，在叙述者走进商店很久之前，她厌恶冲突的信息就被植入了，这让她的行为是完全可信的。

9. 我整合的实证符合逻辑吗?

符合。细节特征可以充当实证。在这个例子中，我提到一些品牌，比如 North Face 和 UGG，让读者能够描绘场景。

10. 我是否通过行动和对话（而不仅仅是通过阐述和描述）来展示事件?

是。我可以想象她走进商店时就像一个囚犯将自己拖上绞刑架。例如，我可以这样开始：

马尔奇的夹克

尽管一月严寒，我还是汗流浃背。我一边做着深呼吸试图缓解让我肌肉收缩的紧张情绪，一边透过平板玻璃橱窗悄悄往商店里看。店员站在商店中央高台上的一个高高的柜台后面（我敢肯定，这样做的目的是为观察整个店内空间提供畅通无阻的视角——为了更好地发现商店窃贼)。我不认识他。我从一个女人那里买了马尔奇的夹克。我恐怕不得不向陌生人解释情况。

我深吸了一口气，抬起下巴，伸手抓住了冰冷的金属门把手。

当叙述者准备好面对一场她确定会发生的不愉快的互动时，作者通过感官描述将读者注意力集中在叙述者的焦虑上——她的焦虑变得显而易见。

优化效果

神秘性的关键元素（ICE模式中的第一个）是“出乎意料”。无论是核爆炸还是情侣间的一瞥，只要与现状形成反差，都是意料之外的，会让读者想知道更多。

让我们通过分析每个案例研究中的一个TRD，看看强烈反差是如何起作用的。

在第六章中，我们讨论了TRD的位置是怎样影响情节进展的。让我们使用TRD开发检查表和ICE模式作为指导，分析每个案例研究中的一个“转折、逆转和高危时刻”（见表7.5）。

表7.5 用TRD开发检查表分析TRD

案例研究1

我选择用来研究的“转折、逆转和高危时刻”是：当参议员格里芬的助手巴特在国会大厦台阶上见了阿莎的竞选经理蔡斯，并询问如何才能让阿莎参与到他老板正在推动的银行立法中时，蔡斯说：“钱。”你会记得，参议员认为阿莎可能会支持这项立法，这让她很震惊。因此，她自己的竞选经理建议出售她的选票是一个令人震惊的事态发展。当我们用开发检查表来评估它时，看看这个“转折、逆转和高危时刻”是如何堆叠起来的。

第一部分：确定有效的TRD

1. 我的读者期待接下来发生什么？（我的基准）

在这一幕的开头，读者会预计蔡斯因有人认为阿莎能够被收买而表达义愤（推而广之，也可能是因蔡斯本人被认为能够收买）。

2. 还会合乎逻辑地发生什么？（一个转折）

蔡斯说：“让我问问她。”

这暗示阿莎可能会违背她所说的信仰去追求她想要的东西（比如政治支持）。这是出乎意料的，但并不对立。

3. 与我的基准预期相反的是什么？（一个逆转）

蔡斯笑着说：“钱。”

巴特说："钱没问题。是给你还是给你老板？"

4. 会不会发生一些身体、情感或精神上令人恐惧或危险的事情？（一个高危时刻）

巴特可以偷偷地录下他们的谈话。（稍后，巴特会再试一次，这次直接问阿莎。如果阿莎继续拒绝支持这项立法，巴特会递给她一个装有录音副本的存储器，并警告她这只是一份拷贝。如果她不按照参议员格里芬的要求去做，他会把它交给联邦调查局，让她解释她为什么对竞选经理索贿一无所知。）

5. 哪一种选择最能以真情实感推动情节发展？

高危时刻吸引了我，因为它进一步孤立了阿莎，显然她自己的竞选经理是腐败的，这意味着她只能靠自己了。她意识到自己不能相信任何人，这本身就是事件的一个惊人转折，但其影响深远，从情节设置的角度来看令人兴奋。孤立你的主角是增添紧张气氛最可靠的方法之一。她不仅要自己做每件事，还必须避免让她的敌人知道她已经盯上他们了。

第二部分：确保你已经达到了 ICE 模式的标准

1. 我的 TRD 会带给读者意外吗？

会。我认为，没有人会想到阿莎的竞选经理蔡斯会受贿，更想不到他会背叛她。

2. 它将增添紧张气氛或神秘性吗？

会。因为这会引发阿莎做出一系列艰难的决定——要如何在不刺激蔡斯进一步背叛她的情况下摆脱蔡斯。她需要决定是独自应对这一局面，还是亲自召集联邦调查局人员对参议员格里芬、巴特和蔡斯进行先发制人的打击，或者召集一些重量级的暴徒私下处理这件事。

3. 它是可信的吗？

是的。阿莎面临的决定是复杂的和多面的，从政治上讲，行差踏错的后果是可怕的。此外，由于所有参与其中的人都在为自己的政治生涯打拼，所以说这是一个生死攸关的局面并不过分，像这样的重大后果会引出史诗般的故事。

4. 我整合的实证符合逻辑吗？

符合。我们已经知道，参议员格里芬和巴特是一定会勒索阿莎的。蔡斯的参与是这种行为的自然延伸，巴特威胁要喊联邦调查局特工来同样也是。这些因素可以作为意图的实证。

5. 我是否通过行动和对话（而不仅仅是通过阐述和描述）来展示事件？

是的。我能想象到阿莎坐在办公桌旁盯着存储器，希望能摧毁它来解决问题。

但她知道自己做不到，问题不会自行消失。她将存储器连上笔记本电脑，再插上耳机以防止进入办公室的人无意中听到什么，然后开始听录音。我能看到，随着她逐渐明了蔡斯的背叛给她带来的巨大影响，她的眼睛眯了起来、嘴唇抿了起来。

我已经准备好继续往下写了！我不仅对我的 TRD 有信心，而且在思考它的过程中已经开始起草文本了。

案例研究 2

我选择用来研究的 TRD 是：汤米和莱拉走在放学回家的路上。汤米和他的一些朋友玩闹着。莱拉则一个人走着，陷入沉思。两个精灵从空中俯冲下来抓住了莱拉，然后飞走了。当莱拉胡乱挣扎试图挣脱并惊慌失措地大声呼救时，汤米只能惊恐地看着她。

第一部分：确定有效的 TRD

1. 我的读者期待接下来发生什么？（我的基准）

读者预计汤米会沿着街道全速奔跑，并要求精灵们放了莱拉，直到他们从视线中消失。

2. 还会合乎逻辑地发生什么？（一个转折）

汤米知道自己现在什么也做不了，他只好拿起苹果手机拍摄了绑架的视频，这样至少可以给警方提供被精灵袭击的确凿证据。

3. 与我的基准预期相反的是什么？（一个逆转）

汤米知道自己现在什么也做不了，他只好拿起苹果手机拍摄了绑架的视频。在记录绑架过程的同时，他也记住了每一个细节——精灵们的面孔和他们的飞行路线。当莱拉和他四目相对时，汤米先指着自己的胸部，然后指向莱拉。莱拉收到了他想传达的信息——他将亲自去救她。她点了点头，示意收到了信息。

4. 会不会发生一些身体、情感或精神上令人恐惧或危险的事情？（一个高危时刻）

很有意思，这个例子本身就是一个高危时刻。我可以让故事更加惊险：安排熟练的弓箭手汤米（已经提前在故事中植入了），让他从箭袋中抽一支箭，把其中一个精灵从天上射下来。另一个精灵将莱拉抓到胸前，失去重心，向地面跌落，恢复平衡后以“之”字形路线飞出射程，看不见了。这个增设情节增添了额外的恐惧和悬念。

5. 哪一种选择最能以真情实感推动情节发展？

我认为，逆转是最恰如其分的。其他的选择更具戏剧性，也许更令人兴奋，但它们需要汤米并不具备的镇定。他不是一个超级英雄。他是一个看着深爱的妹妹陷入困境的男孩。他会僵住（像我们大多数人一样），然后恢复足够的意识拍摄视频并记住突出的细节。汤米与莱拉进行眼神交流显示了他们之间的情感纽带。产生的副作用是，这种亲密的兄妹情让他们的分离更令人痛心。

第二部分：确保你已经达到了 ICE 模式的标准

1. 我的 TRD 会带给读者意外吗？

我猜想大多数读者会对汤米非超级英雄式的表现感到些许失望。他目光坚毅、专注而沉静，然而许多读者想要的是爆炸性反应带来的即时快感。

2. 它将增添紧张气氛或神秘性吗？

会。混乱中的镇静会赢得人们的关注和尊重，因为我们倾向于相信那些在压力下表现优雅的人。我们会屏息等待接下来发生的事情，这就是对紧张气氛的定义。

3. 它是可信的吗？

是的。坚强沉默的年轻人是一个吸引读者的典型，这种特性意味着能力，能增加读者的预期。读者将会信任他、支持他。

4. 我整合的实证符合逻辑吗？

符合。在莱拉被绑架之前，我一定会整合有关汤米性格的信息。举个例子，在他和他的男性朋友们推搡的时候，我可能会让他停顿一下，假装挥出一拳，然后侧身闪出身体接触范围。他的伙伴会说："天哪，汤米……你从哪儿学到的这个动作？"汤米则拍拍自己的头回答："这只是逻辑推理而已。如果你向左，我就往右闪。"这段简短的交流展示了汤米的头脑和战略思维。在这个事件后，他所做的每一件需要精细思考的事情都让人感觉很合理，因为它是建立在先前示例基础之上的。

5. 我是否通过行动和对话（而不仅仅是通过阐述和描述）来展示事件？

是的。这是至关重要的，我不是在告诉读者汤米的能力，而是在展示它们。我打算以相同的手法写莱拉，她的哭喊声和无言的哀号会给绑架案增添惊险的戏剧性情节。

现在，我觉得对故事更有信心了。我已经起草了故事开头，并想出了一个事件，漂亮地展示了汤米的智力和运动能力。

开发检查表的两个部分提供了一个牢固框架，它被设计用来帮助你确定 ICE 的情感共鸣，使你确信自己不会偏离正题、不会写出生硬的过渡，也不会想出蹩脚的事件。把这些综合到一起，你就会成为一个更专注、更多产的作家。

让 ICE 模式贯穿作品

模式是有用的工具。与所有你使用过的工具一样，在成为一名熟练的作家之前，这些模式需要集中的练习。在接下来的练习中（见表 7.6），你要挑战自己，选择一个你自己的 TRD，使用 ICE 模式与 TRD 开发检查表来分析它。最终，你将会想用这个过程来评估每一个“转折、逆转和高危时刻”，直到这个过程成为习惯和直觉。通过在写作前花点时间确保你的 TRD 切实有效，你将会写出更清晰、更精致的初稿——带有分层表达的主题权重和真情实感的草稿。在你做下面的练习时，记住你的 TRD 可以令人震惊或带来些许惊讶，可以引发兴趣或煽情，也可以使人惊慌或害怕。它们可能源于改变生活的事件或无聊的日常生活。记住，不管情绪起源于何，你都应该直面痛点。

与本书中介绍的所有工具和技术一样，ICE 模式与 TRD 开发检查表旨在指导你如何做决定，而不是给你一个适用于所有情况的标准答案。如果使用得当，这些工具将帮助定义你的故事，并让你以极具才华的方式讲述它。

TRD 开发检查表

接下来的这些问题将助你评估前面的工作。

1. 你在开发复杂的 TRD 时遇到过什么障碍吗？如果有，它们可能意味着陷阱，其后也许会发展成做作的情节转折。再看一眼，找出所有格格不入的东西。有效的 TRD 都是与角色和环境有机结合的。不能仅仅因为你认为时机成熟，就把一个 TRD 随意地嵌入故事情节中。

2. 你确定你的角色会像你描述的那样表现吗？如果不会，你有两个选择。你可以改变你的角色或者改变那个 TRD。诀窍是让角色与其行为举止保持一致。

表 7.6　练习：规划 TRD

用 ICE 模式与 TRD 开发检查表策划情节，能够确保故事以你设想的最好方式展开。对于你决定运用的每个 TRD，用以下问题来检查。这些问题将有助于你创作出富有创意和情感强烈的 TRD，然后确定它们是否与你的情节、角色和主题相协调。

第一部分：开发有效的 TRD	你的见解
我的读者期待接下来发生什么？（我的基准）	
还能合乎逻辑地发生什么？（一个转折）	
与我的基准期望相反的是什么？（一个逆转）	
会不会发生一些身体、情感或精神上令人恐惧或危险的事情？（一个高危时刻）	
这些选项中的哪一个最能以真情实感推动情节发展？	
第二部分：确保你已经达到了 ICE 模式的标准	**你的见解**
我的 TRD 能带给读者意外吗？	
它将增添紧张气氛或神秘性吗？	
它是可信的吗？	
整合的实证符合逻辑吗？	
我是否通过行动和对话（而不仅仅是通过阐述和描述）来展示事件？	

你可以回忆一下案例研究 2 是如何使用这些模型来分析 TRD 的。我给自己做了一个记录来调整开头时汤米与他的朋友玩闹的场景（见表 7.5）。我需要确定在莱拉被绑架之前就已经植入了汤米的智力和战略思维能力。这是一个改变角色属性以适应 TRD 的例子。这也是一个以情节为中心的小说的例子——故事是第一位的，人物的刻画可以根据需要进行调整以匹配情节。你也可以选择采取相反的方法——改变 TRD 以匹配角色，不过这种策略更适合纯文学小说。

从长远来看，花时间研究 TRD 可以节省时间。一旦知道每个 TRD 满足了 ICE 模式参数标准，你就可以继续了，因为你现在有了一个坚实的基础。在这一章中，我们讨论了两个工具，它们可以帮助你衡量每个 TRD 的价值。你已经学会了在开发和评估过程中使用 ICE 模式与 TRD 开发检查表这两个关键工具。现在是时候添加两个有意义的次要情节了，这就是第八章的主题。

第八章 两个次要情节的选择

次要情节必须有矛盾冲突。

——杰弗里·迪弗

- 利用次要情节增加复杂性
- 利用次要情节控制节奏

利用次要情节增加复杂性

现在，你的情节已经步入正轨，是时候介绍两条次要的故事线了，即次要情节。在简的《情节设计路线图》中，它们被称为次要情节 1（SR1）和次要情节 2（SR2），如表 5.2 所示。

在本章中，我们将研究如何优化次要情节的威力。我们还将讨论四种有效的技巧来构思丰富而有意义的次要情节：（1）给小角色安排一个意想不到的身份；（2）强化故事中看似无关的元素；（3）映射主人公的情感冲突；（4）关注故事中的非虚构元素。此外，我们还将研究次要情节是如何影响故事节奏的。

次要情节在故事叙述中的作用

次要情节可以增添故事的洞察力和深度。选择次要情节是件复杂的事，因为它们需要满足多种目的。次要情节必须在推动情节的同时帮助人物发展，并促成一个合适的结局。

最有效的次要情节看似与主要情节无关，但最终它们都要与故事大结局相关。做到这点并非易事。不要认为次要情节是事后诸葛亮——次要情节在故事叙述中扮演着重要的角色，必须仔细地设想和构建。更多讨论见表 8.1。

表 8.1　故事背景应该成为次要情节吗?
你的故事背景指定了时间和地点，帮助读者进入你的世界。它还可以为你的叙事问题（第四章中讨论过）注入气氛和戏剧性，用作突出主题的一个伏笔。此外，你的故事背景本身可以成为一个有意义的次要情节。 例如，在斯蒂芬·金 1977 年的恐怖小说《闪灵》（*The Shining*）中，偏僻鬼魅的眺望旅馆就突出了人物之间无法沟通的特点。当他们的关系破裂时，与世隔绝的背景设定就成了更加不祥的预兆。

同样地，在1968年出版的《大漠孤行：荒野一季》（*Desert Solitaire: A Season in the Wilderness*）一书中（一部分是回忆录，一部分是自然写作，夹杂着虚构的事件），作者爱德华·艾比对科罗拉多高原进行了生动的描述。这里的场景为艾比作为公园管理员的故事提供了结构背景。当艾比强调保护环境的重要性时，这个故事背景本身就成为次要情节。

在乔琳·夏普的传统推理小说《阁楼上的地图》（*The Map in the Attic*）中，位于缅因州石头角的背景设置告知了两个次要情节：在起伏海岸上的归属与生存。第一个次要情节发生在故事开头：万能的叙述者解释说，如果你的家族不是几代人都住在石头角，那么你就是来自“远方”。这支持了想要归属的主题（不仅仅是想要融入），从主人公自得克萨斯州搬到这里的经历就可以看出这一点。同样的憧憬得到了一个小角色梅根的呼应，她是一个害羞和孤独的女孩。第二个次要情节是在海岸上的生存，重点关注缅因州独有的活动。例如，多年来，航海活动包括了海盗活动、捕龙虾和走私。这两个次要情节既可以单独发挥作用，也可以共同发挥作用，还可以搭配主要情节发挥作用。

选择故事背景是你最重要的决定之一，它不应该毫无根据。这不仅仅是故事发生在哪里的问题；你还需要确定这个地方给故事角色带来的感受、对他们个性的影响，以及使他们面对什么样的挑战。客观地判断这三个因素，你就能选出适合用作次要情节的故事背景。

次要情节与现实生活

次要情节应该反映现实。没有人一次只处理一件事：我们有工作；我们有想与之共度时光的家庭成员；我们有关心的朋友；我们参加志愿者活动；我们投身于兴趣爱好；我们感到焦虑、沮丧、快乐、感激、愤怒和恼怒，这些感受有时会同时涌现。其他人也一样。在你的人生轨迹上的每个人，不管你是否认识他们，他们都有正在处理的问题。有时你能意识到这些问题，有时你不能。此外，你无法控制的因素正在向你盘旋而来，即将把你吸入它们的漩涡中。换句话说，你有大把的机会在任何一个地方找到丰富的次要情节。

四点检查清单

下面的检查清单将帮助你确定可行的次要情节备选方案。这些问题可以指导你开动脑筋，并助你确定其可行性。创建次要情节的四种方法如下：

1. 次要角色

● 是否有一个次要角色可以帮助你的主人公实现他的渴望？他能帮上什么忙？

● 是否有一个次要角色可能会阻碍主人公的脚步？为什么？她会做什么来阻止你的主人公成功？

2. 不相关因素

● 主人公的生活中是否发生了与主要情节无关但主人公必须处理的事情？

3. 情绪映射

● 主人公是否产生了一种强烈的情感，这种情感可以被复制、感知或反映在别人身上？

4. 非虚构元素

● 你的故事中是否有非虚构元素，可以展示主人公的技能、知识、性格或能力？

最好的次要情节以丰富的矛盾冲突推动故事向前发展，增加角色的维度，并支撑故事主题。

次要情节支撑主题

在 2009 年的回忆录《盗窃的艺术：一位艺术盗窃大师的忏悔录》（*The Art of the Heist: Confessions of a Master Thief*）中，臭名昭著的艺术窃贼迈尔斯·J. 康纳（与珍妮·赛勒一起）讲述了他无数的“功绩”，包括他有一次光天化日之下从波士顿美术馆偷走伦勃朗的作品，以此作为讨价还价的筹码，为之前的一次抢劫赢得减刑。他还写了自己对偷来的艺术品由衷的欣赏。

康纳是一名职业罪犯、一名艺术品专家，也是门萨俱乐部的一名会员——一个公认的天才。他聪明的头脑和不主张暴力的态度在某种程度上使他成为一个浪漫的人物。但他是个有缺陷的英雄，甚至可以说是一个失败（我说的是史无前例的失败）的英雄。他的父亲是一名被授予勋章的警官。他的哥哥是一位牧师。他却死不悔改。他写道："这是一种冲动，是感官的提升，是一种甜蜜的感觉、一种我永远不会厌倦的感觉，不管是在我的第二十次盗窃、第五十次盗窃中，还是在我的第一百次盗窃中。"这两个次要情节集中在康纳与家人的关系以及他对朋友的忠诚上。大胆犯罪的戏剧性故事与这些次要情节相结合，增加了主题的深度。整个主题围绕着主人公选择的生活方式展开。更多讨论见表 8.2。

表 8.2　多少个次要情节算太多?

问：之前，你建议只增加两个次要情节。是不是所有文学类型都是如此，还是有些文学类型可以设置更多的内容?

答：清晰性（你要记得，它是第二重要的!）要求我们在故事中增加情节、角色和主题分量，同时剔除"臃肿"。次要情节的主要工作之一就是支持以上这些任务，在不压倒主要故事的情况下增加复杂性。也就是说，有些结构可能会有两个以上的次要情节。注意：使用两个以上的次要情节应该根据你的结构来决定，而不是文学类型。

例如，假设你正在写一部关于刘易斯和克拉克探险的纪实文学作品，你就要考虑从哪个视角讲述这个故事更有趣，是以士兵理查德·温莎的视角来写这个故事，还是以萨卡加维亚的视角来讲述? 两位主要人物都可以述说他们自己的经历，但为了提供背景和表现出更大的布局，你可能想要写入关于两位领导者刘易斯和克拉克的次要情节，或许还包括涉及探险队其他成员的次要情节，或许你还想把一路上遇到的一两个人也包括进去。在这个例子中，你最后也许会得到六个甚至更多的次要情节。

把这么多的次要情节编织在一起需要高超的技巧，所以在开始之前，先问问自己每一个次要情节会给你的故事增加什么。如果一个次要情节的加入没有令人不可抗拒的理由，就应剔除它。

改编真实生活

如果我把康纳的故事作为一部文学小说的起点，我会把它改编成一个有礼貌的艺术小偷切特的故事，他想停止偷窃，并向妻子安妮保证：几年后，他们将退休，到夏威夷过上富足的休闲生活。切特的五十岁生日快到了，安妮不停地唠叨着他的诺言。私下里，切特认为，如果他能想出办法复制他从偷艺术品中得到的那种快感，他会立刻停止偷盗，但他做不到。最终，切特还是妥协于安妮的喋喋不休。他发出了几封试探函，几周之内，一家安保公司给了他一份工作：他的职责是帮助他们向客户提供防盗程序和策略方面的建议。安妮很激动。她认为他们终于可以过上正常的生活了，以他6位数的薪水，他们很快就能存点钱退休了。切特接受了这份工作，他肯定会想念之前偷盗的生活，就像他讨厌朝九晚五的苦差一样。开始新工作一个月后，切特知道自己无法坚持下去。他以自己的工作为掩护，计划着最后干一票大的——大到令后半生无忧。关于次要情节与叙事问题的讨论见表8.3。

表8.3　次要情节也有叙事问题

在卢·伯尼2015年的悬疑小说《迷案追踪》（第一章和第五章也有讨论）中，有两条主线情节平行展开：朱莉安娜失踪的姐姐和怀亚特痛苦的过去。另一个角色宾厄姆在小说一开始就出现了，他的故事只是一个次要情节。与这些情节线索相关的叙事问题（见第四章）是情境中固有的。

具体地说：

• 在第一页关于宾厄姆的序言中写道：“……除非像往常一样出现的危机还会出现。”

• 第1章中关于怀亚特的部分写道：“根据怀亚特的经验，人们总是想要他们没有的东西。”

• 在关于朱莉安娜的第一个独立章节——第3章中，我们可以看到：“吉纳维芙失踪后，朱莉安娜和母亲的关系发生了变化。怎么能不变呢？她们不仅失去了吉纳维芙，也失去了她们自身最重要的一部分。”

请注意，虽然《迷案追踪》属于犯罪小说的类型，但所有的叙事问题都聚焦于人，而不是事件。

切特渴望从策划和实施复杂的艺术盗窃中得到莫大的乐趣。为了让这种狂欢的感觉持续下去，他甚至愿意对他的妻子撒谎。他的驱动力是在取得一项重要的“成就”后，他从中所获得的刺激感。他把自己看作一名玩家。当然，他的动机是金钱，但更重要的是自我。主要动机包括自尊和自我实现（以及短暂而坚定的一时兴起）。

一旦完成对情节的描绘，我将使用四点清单来选择两个次要情节。

1. 次要角色

● 切特可能在新的安保工作中遇到温迪——一个聪明伶俐的同事。温迪因爸爸的家庭护工费用太高而破产了。她无意中听到切特说要退休去夏威夷，然后他们就开始讨论关于衰老的话题。很快，她就把他当成了决策咨询人。即使切特离开公司后，他们偶尔也会见面喝杯咖啡。切特邀请她加入他的团队。她可能会在行动的关键时刻失去理智，给切特使坏、把事情搞砸或是出卖切特，但切特对自己看人的眼光很有信心，认为她会做得很好。

2. 不相关因素

● 一名记者正在写一篇关于改造罪犯、给他们重生机会的文章，并希望采访切特。他同意和她谈谈。一边策划盗窃，一边以一个老实人的形象和记者谈论他的新生活，这让切特很感兴趣。

3. 情绪映射

● 警探布兰森多年来一直试图抓住切特，但都没有成功。切特知道这一点，嘲笑他，给他留下清楚明白却无法追踪的线索——在扑克游戏中，他们称这些线索为“告密”，是一种可以察觉到哪位玩家在虚张声势的狡猾方式。抓住切特对布兰森来说不仅仅是一种执着的回报，更是一件让他自豪的重要事情，是正义战胜邪恶的胜利。布兰森对当场抓获切特（并看到他的难堪）的狂热，也映射出切特实施一场盗窃所获得的高涨激情。

4. 非虚构元素

● 读者可能会发现切特的精心策划很吸引人。例如，许多博物馆都有所谓的“失能开关”，正式名称为“操作者在场控制器”（OPC）。这个系统的最初版本要求警卫定期按一个按钮，可能是每隔 15 分钟按一次，也可能是每隔半小时按一次，或者在特定时间、特定地点按一下。如果操作者在场控制器没有被激活，警察或安保公司会自动收到警报提醒。如今，操作者在场控制器要求安保人员刷卡或提供指纹或眼纹。切特智胜多个精妙系统的策略应该是很吸引人的。

这些次要情节选项中的每一个都是可行的。决定哪两个是最好的，是一项不精确的科学——许多组合都可能起作用。随着你对问题的思考，你可能会觉得一个或多个次要情节能更好地推动主要情节的发展。你可能会得出这样的结论：你的一些想法与你已经塑造的角色不一致。你可以选择改变角色或者抛弃次要情节。换句话说，这四点清单可以指导你的思考，但是你的决定还是需要结合上下文来考虑。在这种情况下，我想我会使用所有的四个选项。布兰森和切特的计划（3 号和 4 号情节）将融入主要情节。温迪和那篇文章（1 号和 2 号情节）将成为次要情节。

表 8.4 提供了其他作者使用过的次要情节策略的示例。

表 8.4　采用策略性方法推动次要情节发展

次要情节策略	作品名称、作者、出版年份、类型	次要情节与分析
次要角色	《傲慢与偏见》，简·奥斯汀，1813 年，爱情小说	• 莉迪亚·班纳特，主人公伊丽莎白的妹妹，做事喜欢顺从自己的内心，而不是头脑。 • 乔治·威克姆，一个无赖兼自恋狂。 • 莉迪亚和乔治私奔了，乔治无意和她结婚(这是一件败坏整个家族声誉和前途的丑闻事件)。被伊丽莎白拒绝了的达西先生劝说乔治娶了莉迪亚，从而使伊丽莎白相信了他的友好和真诚善良的本性。这两个次要情节满足了从展示重要社会要素到揭示人物性格缺陷的多重目的。它们还完成了一项重要的任务——给了达西先生一个向伊丽莎白证明自己价值的机会。

主角生活的一个元素	《非业余罪犯》，欧文·劳卡宁，2012 年，惊险小说	• 两位主角之一——婚姻美满的明尼苏达州警察局警探柯克·史蒂文斯，意外地被他的联邦调查局同事卡拉·温德米尔吸引了，她单身且年轻得多。这个次要情节围绕着他们的相遇和迅速发展的相互吸引展开。 • 史蒂文斯与妻子南希的关系和他与特工温德米尔的关系形成了反差。南希因为要工作、要抚养两个孩子，以及担心丈夫新工作带来的危险而倍感压力。 这些关系影响了两位主人公，唤醒了他们自己没有意识到的需求。史蒂文斯意识到他有多爱他的家人，以及他坐在桌子后面有多无聊。温德米尔意识到她并不在乎她的同居男友马克。最后，他们在彼此相互尊重的基础上结成了（柏拉图式的）关系。
映射	《我知道一个秘密》(*I Know a Secret*)，泰丝·格里森，2017 年，惊险小说	• 波士顿警探简·里佐利努力帮助母亲渡过了一场艰难的分手。简能帮助她应对。 • 法医莫拉·艾斯勒斯也有自己的困难——她的母亲快死了。莫拉帮不上忙。 两位主角努力与母亲平静相处，这与笼罩在她们身上的混乱形成了鲜明对比。每个女人都必须找到自己通往母亲心灵的道路，这凸显了映射在她们身上的共同痛苦。当她们得知莫拉的母亲似乎掌握了一个她们想要抓住的连环杀手的信息时，一个额外的麻烦发生了。
非虚构元素	《蓝调古董：第 12 部乔西·普雷斯科特古董谜团》(*Antique Blues, the 12th Josie Prescott Antiques Mystery*)，简·K. 克莱兰，2018 年，传统推理小说	• 主角乔西·普雷斯科特自该系列的第一本书起就与泰·阿尔瓦雷斯交往。在这本书中，他们策划着他们的婚礼，但他们似乎在所有事情上都有分歧。 • 乔西同意对一把 1930 年的马丁 OM-45 豪华吉他进行鉴定，据称这把吉他早年曾属于罗伯特·约翰逊——一位当时的蓝调歌手。 虽然这两个次要情节都可以让乔西了解其他人

		(包括她自己)，但它们都专注于非虚构元素——婚礼策划的冲突和乐器鉴定。到最后，这场婚礼并不是乔西或泰一开始想要的，但它是完全正确的。在鉴定那把吉他时，我们看到乔西帮助吉他的前任主人接受了她的过去。

在某种程度上，选择次要情节比策划全局更难。你了解你的主角和你想讲述的故事。次要情节却不同，它们为主线故事提供支撑，就像脚手架支撑着正在施工的建筑物一样。因此，要采用分析的方法开发次要情节，这样做有助于确保次要情节有足够的分量和相关性来履行它们的职责。

利用次要情节控制节奏

虽然次要情节和一般情节一样，需要转折、逆转和高危时刻（TRD）来突出憧憬和冲突、制造悬念和吸引读者，但次要情节通常与主要情节的节奏不同。如果回顾表 5.2（简的《情节设计路线图》），你会发现，每个次要情节以 80 页左右的间隔出现为稳定节奏。正如前文中所讨论的，你可以（也应该）根据故事类型和主要情节的步调来调整这个节奏。比如，插入与次要情节相关的场景越频繁，节奏就越快。同样，引用次要情节的次数越少，节奏就越舒缓。

有时次要情节应该融入主要情节

在艺术品盗窃的例子中，你会记得我选择了选项 1，用一个次要角色的故事作为我的第一个次要情节，在简的《情节设计路线图》上标记为 SR1（次要情节 1）。切特和温迪之间的互动关系，是主人公和成为他同谋的同事之间的关系，在表 8.5 中会详细说明。请注意，在某些场景中，主要情节与 SR1 直接相交。你还将注意到，在每个次要情节点之后，我都添加了一个对 TRD 的注解。

表 8.5 次要情节中的 TRD		
SR1 选项 1：次要角色	大致页数	场景描述
SR1 - 1	40	切特开始了他的新工作，行政助理温迪被指派帮助他适应环境。温迪无意中听到切特说要退休后去夏威夷，之后就引发了关于衰老的话题。她提到她手头拮据，因为她父亲需要全职的家庭保健人员。尽管温迪年轻到可以做切特的女儿，但切特还是被她的自律、忠诚和成熟所吸引。他发现自己已把她当作好朋友。（我们之前已经确定切特是个孤独的人。他是个善于社会交际的人，但他的友好关系只是表面上的。如果你在书的开头问切特，他会说他没有朋友，所以他和温迪的这种联系就是一个情节逆转。）
SR1 - 2	70	温迪把切特当作自己的决策咨询人。她正在想办法赚取一些外快，提出了一系列快速致富的方案，比如日内交易和贩卖家用水过滤系统，再比如在一家稳定的在线拍卖网站上创建一家商店，转售她在跳蚤市场上收集来的收藏品。切特建议温迪不要做这些事，并告诫她说，没有一种方法能产生足够的收入来改变现状。切特问起她的收藏品，温迪给他看了她手机里的照片。切特告诉温迪，她有一幅未署名的梵高的画和一把武士刀，并补充解释道，他对艺术和古董有些了解。切特和温迪约好周末在温迪家见面，好让切特看看那些东西。（温迪对艺术的兴趣是一个情节转折。）
SR1 - 3	100	切特见了温迪的父亲，看了温迪的艺术收藏品。他发现温迪对这些作品有惊人的了解。切特提出他可以找人鉴定这幅画和这把武士刀。（温迪信任切特，让他拿走她的宝贝，这是一个情节转折。）
SR1 - 4	130	切特辞职了，但他没有告诉妻子安妮。一周后，他打电话邀请温迪喝咖啡。他告诉温迪，那幅画不是梵高的，但那把刀却是一把神道刀，可以追溯到 19 世纪中叶。切特提出要帮助温迪卖了那把刀，并解释说他觉得能卖到 1.5 万美元左右。温迪很激动，接受了切特的提议。（切特对他妻子撒谎是一个情节转折。）

SR1－5	160	切特邀请温迪参加他和安妮的周年派对，但提出不能泄露他辞职的事情。温迪同意了，但安妮无意中听到温迪问切特他辞职后在做什么。切特没有告诉她辞职这事激怒了安妮。她指责温迪。切特解释说，他讨厌这份工作，正在寻找一份高价出售古董的新工作。他了解市场，是一个很好的谈判者。他向安妮保证一切都光明正大。安妮持怀疑态度，但又想相信他。（注意：这个场景是我的主要情节和次要情节结合的一个例子。还有，安妮责怪温迪是一个情节转折。）
SR1－6	190	切特让温迪和他一起去波士顿的美术馆。一场荷兰大师作品展刚刚开幕。他们在那里的时候，切特问温迪，她认为展出的维米尔作品可以卖多少钱。温迪回答说没人会买。切特会意地笑了笑。切特让温迪和警卫聊天，同时他偷偷地拍下摄像机和其他安全措施的照片。（切特让温迪参与博物馆的行动是一个情节转折和一个高危时刻。）
SR1－7	210	安妮穿着连帽衫，戴着墨镜，跟着切特来到一家咖啡馆——切特在那里和温迪见面。安妮坐得离他们很近，偷听着。听见他们在讨论一笔诚实的商业交易，她放心了。（注意：这个场景是一个将我的主要情节与一个次要情节合并的例子。安妮认为切特的生意是合法的，这是一个情节逆转。）
SR1－8	240	切特决定抢劫博物馆。他邀请温迪加入他的团队。温迪接受了。切特给了她一把手枪。（携带武器是高危时刻。）
SR1－9	270	切特、温迪和切特的其他同伙闯入博物馆，偷走了维米尔的画。温迪射中了一名警卫的腿。警察来之前，他们总算逃走了。（注意：这个场景是我主要情节和次要情节结合的一个例子。整个场景都是高危时刻。）
SR1－10	300	切特告诉温迪要像什么都没发生一样继续工作，警告她不要一下子把钱花光。他从自己的资金中支付同伙的费用，并将维米尔的画藏在一个温控储存设施中，等待风头过去。（他没有马上把画卖了，这是一个情节转折。）

SR1 - 11	330	切特在交涉中索要大笔现金作为归还维米尔作品的条件。他在温迪的午饭时间于一家咖啡馆和她见面。温迪感谢切特拉她入伙，还说如果切特有其他事情需要帮助，可以再打电话给她。切特答应了。当温迪离开时，她没有回头看。（他们将来可能成为合伙人是一个情节逆转。）

你会注意到，次要情节之所以有效，是因为它支撑了主要情节，展现了角色的转变，并增添了故事的复杂性。另外，次要情节模棱两可的结尾为一些最终真相的揭示提供了背景。更多讨论见表 8.6。

表 8.6 情节映射

问：我理解映射的概念，就是在次要情节中复制主要情节中的内容。那么，我该怎么做呢？

答：通过反映一种你认为是故事情节中心的情感，映射可以为故事增加主题权重。这里有两种具体的操作方法。

1. 从主角的情绪状态中提取一些元素放在一个次要角色中。例如，在苏珊·A. 谢伊 2017 年出版的小说《勃艮第的爱情与死亡》（*Love and Death in Burgundy*）中，我们了解到主角凯瑟琳与内心的恶魔进行斗争。“凯瑟琳一直生活在同样的恐惧中，被人无视，被人看成傻瓜，这是一个无爱的童年留下的后遗症。”后来，凯瑟琳想起了皮帕，那也是一个住在法国雷格尼村的外派人员。“凯瑟琳感到自己很孤独。”凯瑟琳注意到了皮帕身上可能会被人忽略或忽视的东西，因为她发现了孤独的迹象。

2. 构建次要情节，使其与主要情节经历相似的阶段。在案例研究 2 中，塔里亚女王的沮丧和愤怒映射了汤米的情绪。他们都在不顾一切地拯救他们的亲人，救人的努力也遵循着同样的步骤。

为了了解这个四步检查清单如何帮助你开发适当的次要情节，让我们使用两个案例来进行研究。表 8.7 中有详细的分步描述。

表 8.7　有效的次要情节检查清单

案例研究 1　政治惊险小说	
我的主人公想要：	阿莎想要一个公平的竞选环境。她也想要保护她的妹妹，尊敬她的母亲，维护她家族的名声。此外，她想要为国家服务，私下里也想要总统职位带来的权力和威望。
我的冲突围绕着：	这场冲突围绕着参议员格里芬试图让阿莎背叛她的价值观展开——他想控制阿莎以发号施令。
我的主人公的核心情感驱动力是：	阿莎的核心情感驱动力是争强好胜。
我的设定是：	在这部政治惊险小说中，参议员阿莎·巴塔是有史以来最年轻的美国总统候选人，是一位坐轮椅的印度裔妇女，为了保护她做应召女郎的妹妹帕里，卷入一项关于国际银行业务的阴谋中。
我的情节摘要是：	案例研究 1 开始于事件发展的中期，当时参议员格里芬的助手巴特和总统候选人兼参议员阿莎·巴塔见了面，阿莎反对格里芬提出的减少银行业规章制度的立法。巴特说，格里芬议员希望阿莎能重新考虑。阿莎拒绝了。但巴特没有直接离开办公室，而是问阿莎她做应召女郎的妹妹帕里现在如何。阿莎很震惊，她没想到有人知道她妹妹的情况。阿莎明白巴特没有明说的意思：支持格里芬的立法，就能维护家族名声，掩盖妹妹是性工作者的事实，否则全世界都会知道你是个彻头彻尾的伪君子。阿莎开始与参议员格里芬斗智斗勇，遭遇了一次比一次困难的障碍。最终，格里芬被赶下台，阿莎赢得选举。尽管阿莎提出了邀约，帕里却拒绝参加就职典礼，因为她不想让阿莎难堪。小说的结尾是阿莎在没有家人在场的情况下宣誓就职。

1. 有没有一个次要角色可以帮助你的主人公实现她的愿望？他能如何帮忙？有没有一个次要角色可能会阻碍你的主人公的行动进程？为什么？他会做什么来阻止你的主人公成功？	阿莎的舅舅和她的前夫都是这样的角色——舅舅给予帮助，前夫制造阻碍。不算帕里，阿莎的舅舅就成为她与家族的最后联系。她的前夫以自我为中心、控制欲强，这有力地衬托了阿莎的正直和心理健康。
2. 你的主人公的生活中是否发生了一些与主要情节无关但她必须处理的事情？	阿莎必须照顾她的舅舅。
3. 你的主人公是否产生一种强烈的情感，这种情感可以被复制、感知或反映在其他人身上？	因为阿莎的情感驱动是争强好胜，所以我可以让她舅舅同样争强好胜。
4. 你的故事中是否有非虚构元素可以展示你的主人公的技能、知识、性格或能力？	阿莎的前夫萨希尔是一名正在戒毒的瘾君子。他的毒瘾对阿莎个人及其政治生涯都有适时和相关的影响。

注意我是如何组合这些选项并最终选出两个最合适的次要情节的。

次要情节 1（SR1）：阿莎有一个年迈的舅舅，是她母亲的兄弟，名叫拉胡尔，他越来越需要照顾。阿莎的母亲和她的兄弟拉胡尔在他们各自的配偶去世后一起生活了五年。现在，她的母亲也去世了，拉胡尔舅舅是阿莎除了妹妹帕里之外最亲近的亲戚。拉胡尔舅舅没有孩子。他仍然住在他和阿莎的妈妈在弗吉尼亚州阿灵顿合住的房子里。他有一名家庭医疗助理，名叫埃丝特，但舅舅对埃丝特的不满似乎越来越强烈，他对一些小小的过失行为（比如因为公交车晚点而迟到了几分钟）反应很激烈，就好像它们是重大的问题一样。

次要情节 2（SR2）：阿莎的前夫萨希尔吸食毒品。他在吸食毒品后驾驶汽车撞到了一棵树上，他安然无恙，阿莎却自那以后要坐轮椅。那是十年前的事了。

虽然萨希尔向阿莎发誓自己是清白的，但事故发生两年后他却因持有毒品而被捕，之后阿莎和他离了婚。萨希尔现在（大部分时候）是正直的，充满了悔恨。阿莎不相信他，看不到他美好的一面，拒绝与他有任何关系。

以简的《情节设计路线图》（参见表 5.2）为指导，下面介绍次要情节序列的运行方式。你将注意到，在每个次要情节点之后，我添加了一个字母 T、R 或 D，以表示该引用是一个情节转折、逆转或高危时刻。

SR1－1：第 40 页。拉胡尔舅舅打电话给阿莎，说埃丝特偷了他的报纸。T

SR2－1：第 80 页。阿莎的前夫萨希尔打电话来，恳求阿莎再给他一次机会，发誓说他是清白的、清醒的。在过去，尽管阿莎觉得自己必须与萨希尔的自毁行为保持距离，但她总是记得他们彼此之间的爱，并试图表达同情和支持。而现在，她只记得萨希尔的操纵和背叛。她第一次挂断了他的电话。R

SR1－2：第 120 页。阿莎得知拉胡尔舅舅在她不知情的情况下解雇了埃丝特。阿莎想再找个人来代替埃丝特，但舅舅拒绝了，说他不需要任何帮助。T

SR2－2：第 160 页。萨希尔说着甜言蜜语走进阿莎的办公室。阿莎震惊于办公室安保措施的疏漏。在萨希尔被强行带走之前和之后，阿莎都在大发雷霆。阿莎申请并收到了保护令。D

SR1－3：第 200 页。阿莎去了拉胡尔舅舅家里。拉胡尔舅舅告诉她不要担心，说他在理发店遇到了一个不错的年轻人，会过来帮助他。R

SR2－3：第 240 页。阿莎感觉到有人在跟踪她，她让司机设法躲开后面的银色丰田。尽管司机一直尽力摆脱，丰田车还是像胶水一样黏着甩不掉。直到阿莎的车驶入地下停车场，她瞥了一眼，看见后车的司机是萨希尔。D

SR1－4：第 280 页。阿莎无法通过电话联系到拉胡尔舅舅。两天后，她又去了舅舅那里，害怕自己会发现什么。拉胡尔舅舅说他不需要专业的帮助，阿莎后悔被舅舅说服了，自责不已。拉胡尔舅舅之前没有接电话是因为他感冒卧床了。他向阿莎保证，不必为他担心，因为他的新看护一直在定期为他检查身体。阿莎放心了，因为冰箱里有伊德利（一种软软的海绵蛋糕，用蒸扁豆和大米做成），炉子上还煨着香辣汤（一种辛辣的罗望子汤）。看到舅舅能吃到这些传统的美食，阿莎松了一口气。拉胡尔舅舅说，他感觉好多了，预计一两天就能起床走动了。T 和 D

SR1－5：第 320 页。阿莎派她的司机去接拉胡尔舅舅，带他来她的公寓吃周日晚餐。这是几个月以来阿莎第一次花大量时间和舅舅在一起，她震惊地发现舅舅似乎神智不大清醒了。阿莎曾经的恐惧又涌上心头，但舅舅仍然拒绝去疗

养院生活。阿莎尊重舅舅想保持独立的意愿，但不知道这种情况还能持续多久。舅舅说如果阿莎再提起这事，他就会和她断绝关系。T

SR1－6 和 SR2－4：第 360 页。在阿莎不得不让蔡斯离开后，塞莱斯特取代蔡斯的位置成了竞选经理，他报告说，萨希尔打电话给她。萨希尔很担心拉胡尔舅舅，因为阿莎不见他，不接他的电话，也不看他发的短信或电子邮件，他就没有办法和她沟通。阿莎冲到拉胡尔舅舅的家里，发现萨希尔正在那儿——他就是舅舅在理发店里遇到的那个不错的年轻人。拉胡尔舅舅在楼上打盹。阿莎叫萨希尔离开，提醒他注意保护令。萨希尔说，他是应拉胡尔舅舅的邀请来到这儿的。他把阿莎从轮椅上拉起来，试图拥抱她，不断地亲吻她，甚至想要解开她的衬衫纽扣。阿莎设法找到了钱包里的防狼喷雾，给萨希尔喷了一下，然后打电话向司机求救。阿莎一安全离开，就给律师打电话。律师安排成人保护服务社和一名高级生命安全顾问进行公正审查。律师还争取到了一项紧急禁止令，禁止萨希尔住在拉胡尔舅舅的房子里，或者让阿莎见到他，直到评估完成并举行听证会。T、R 和 D

SR1－7 和 SR2－5：第 400 页。在成人保护服务社的社工和私人顾问都建议拉胡尔舅舅不再独自生活后，拉胡尔舅舅承认他没认出也不记得萨希尔是阿莎的前夫。他还给了萨希尔几千美元。拉胡尔舅舅给了阿莎一份委托书，让她帮忙管理自己的财务。阿莎和他进行了一次坦诚的谈话，谈话内容是关于去疗养院生活的事。舅舅的好胜心和阿莎的一样，他说："除非我死了。"阿莎反驳道："想想如果你不用花那么多时间和精力去应付，你能做多少事情。"阿莎看到舅舅眼中闪现出一丝兴趣。就在那一刻，他的态度从"绝不可能"转变为"我还要再看看这个地方"。T 和 R

SR1－8 和 SR2－6：第 440 页。（接近本书末尾）正在调查参议员格里芬胁迫他人案子的联邦调查局探员告诉阿莎，他们有参议员的助手巴特与萨希尔会面的监控记录。参议员格里芬希望利用萨希尔和拉胡尔舅舅说服阿莎按他的要求去做。虽然萨希尔同意试一试（为了金钱上的报酬），但他不够聪明，而且拉胡尔舅舅也没有足够的认知来让这一策略奏效——这个计划甚至在它开始之前就失败了。这个结局反映出阿莎的判断有多成熟，她知道不能信任萨希尔。T 和 R

这些次要情节突出了阿莎性格中重要的品质，特别是她的善良、能力和坚韧，因为这些品质交织在一起，并与主要情节相联系，所以它们给了读者一个令人满意的结果。

案例研究 2　少年奇幻小说	
我的主人公想要：	汤米想要他妹妹莱拉被放出来。他想要清楚地表明精灵们不能随便带走自己想要的人，人类也有权利。
我的冲突围绕着：	这场冲突涉及两个生死抉择——尽管塔里亚女王是被误导了，但她还是相信：没有莱拉的血，她的儿子齐就会死。汤米不知道他们为什么绑架他的妹妹；他只知道他必须打败精灵，救出莱拉。
我的主人公的核心情感驱动力是：	汤米的核心情感驱动力是愤怒。
我的设定是：	12 岁的汤米，这部少年奇幻小说的主人公，必须拯救他 10 岁的妹妹莱拉。这对孤儿兄妹和他们的表亲住在一起。精灵们绑架了莱拉。名叫苏的精灵告诉汤米，他们需要莱拉的血来拯救精灵女王的儿子齐王子——王子得了一种罕见的疾病，快要死了。
我的情节摘要是：	故事讲述的是汤米不顾不断增加的障碍和危险，拼命营救莱拉的故事。他还一直忍受着精灵们的轻视：他们觉得自己高人一等，低估了汤米的能力。最终，汤米救回了自己的妹妹莱拉，并协助治疗好了齐，赢得了精灵女王的感激，开创了一个精灵与人类合作的新时代。
1. 有没有一个次要角色可以帮助你的主人公实现他的愿望？她能如何帮忙？有没有一个次要角色可能会阻碍你的主人公的行动进程？为什么？她会做什么来阻止你的主人公成功？	汤米试图欺骗一个名叫苏的精灵，让她说出莱拉的下落。后来，苏透露说她很高兴汤米把他自己关了起来。我可以深入探究为什么苏对胜利不满意、为什么她也希望汤米输。

2. 你的主人公的生活中是否发生了一些与主要情节无关但他必须处理的事?	齐的医生比洛为自己知识不足而感到羞愧。因此，他变得有防御心且排外。汤米必须处理这个困难的局面，并与这个不合作、傲慢的人谈判。
3. 你的主人公是否产生一种强烈的情感，这种情感可以被复制、感知或反映到其他人身上?	塔里亚女王和汤米因为同样的原因感到同样愤怒、恐慌，也有着同样的信念和决心。她一心一意地想救齐，就像汤米一心一意地想救莱拉一样。
4. 你的故事中是否有非虚构元素可以展示你的主人公的技能、知识、性格或能力?	汤米的综合武术背景使他成为一名专家。看他如何不拿武器在精灵的领地希拉夫运用他的能力，将会是年轻读者的兴趣所在。

上面的选项 2 和 4 将会显示在主要情节中；选项 1 和 3 可以作为次要情节。

SR1（SR1）：汤米试图欺骗一个名叫苏的精灵，让她说出莱拉的下落。后来，苏透露说她很高兴汤米把他自己关了起来。我可以深入探究为什么苏对胜利不满意、为什么她也希望汤米输。

SR2（SR2）：塔里亚女王和汤米因为同样的原因感到同样愤怒、恐慌，也有着同样的信念和决心。她一心一意地想救齐，就像汤米一心一意地想救莱拉一样。

以简的《情节设计路线图》（参见表 5.2）为指导，下面介绍次要情节序列的运行方式。你将注意到，在每个次要情节点之后，我添加了一个字母 T、R 或 D，以表示该引用是一个情节转折、逆转或高危时刻。

SR1－1：第 20 页。汤米和一名模拟画像警察合作，画出突然袭击并绑走莱拉的精灵们的素描图。他清楚地记得其中的一张脸，因为那个女精灵似乎在微笑，就好像成功地在汤米面前绑走莱拉是件让她快乐的事。T

SR2－1：第 40 页。塔里亚女王在虚弱苍白的齐身边徘徊。她愤怒地发现，尽管已经给了比洛医生他所要求的钱和支持，但他还是没有治好齐。比洛医生开始嘀嘀咕咕，说女王不适合做统治者，因为她的全部注意力都集中在齐身上。R 和 D

SR1－2 和 SR2－2：第 95 页。苏被汤米戏弄后，她告诉女王的副手努农，要小心汤米，他可能会是个麻烦。后来，努农说，女王非常愤怒——区区一个人类还想阻碍她救自己的儿子。R 和 D

SR2－3：第 120 页。在比洛医生将莱拉的血液用于治疗后，齐并没有像女王希望的那样很快好起来。比洛咆哮说他已经为齐做了所有需要做的事情，只是康复的过程还需要时间。塔里亚女王对此很生气，打算换个医生。T

SR1－3：第 160 页。当汤米被关起来时，苏笑得很高兴。她向汤米保证他永远也跑不掉。D

SR2－4：第 180 页。塔里亚女王看到齐并没有好转。女王威胁比洛医生：如果齐在 48 小时内不能好起来，比洛将被流放到人类世界。

SR1－4：第 200 页。汤米无意中听到苏的吹嘘：她偷偷溜进了汤米和莱拉居住的镇上的每一个儿科医生的办公室。直到苏查看了医生的电脑，她才找到与齐不寻常的血型相匹配的类型。苏说自己是一个英雄，因为是她确定了莱拉这位捐献者。汤米坐在那里，感觉看到了一片血红——因为苏，莱拉的生命正处于危险之中。汤米对自己发誓，一定要让苏为此付出代价。R

SR2－5：第 240 页。比洛医生要逃跑，汤米用武术能力制服了他。女王很感激。T 和 D

SR1－5 和 SR2－6：第 320 页十。当塔里亚女王允许比洛医生和她一起去看看人类的治疗是否能帮助齐时，这两个次要情节就都与主要情节结合在了一起。汤米把女王和比洛医生介绍给一位肿瘤医生，这位医生曾经治疗过他朋友弟弟的白血病。肿瘤医生答应马上给齐做检查。齐开始接受治疗，有了明显好转的迹象。塔里亚女王宣布授予汤米精灵王国的荣誉骑士称号。

在回顾这两个案例研究时，要注意，在集成次要情节的时机和频率上有很大的灵活性。要确认这两个次要情节都有实质内容和情感深度，并且它们结合在一起有助于推动主要情节发展，这样它们就能很好地发挥作用了。

练习使用次要情节开发工具

本章中讨论了四个次要情节选项，它们将帮助你确定次要情节，使你的主要情节增加更有意义且相关的力量。表 8.8 中的练习可以帮你将它们用于你自己的项目。

表 8.8　练习：选择两个次要情节	
请回答以下与你的项目有关的问题。	
你的主人公想要：	
你的矛盾冲突围绕着：	
你的主人公的核心情感驱动力是：	
你的设定是：	
你的情节摘要是：	
1. 有没有一个次要角色可以帮助你的主人公实现他的愿望？他或她能如何帮忙？有没有一个次要角色可能会阻碍你的主人公的进程？为什么？他或她会做什么来阻止你的主人公成功？	
2. 在你的主人公的生活中是否发生了一些与主要情节无关但他必须处理的事？	
3. 你的主人公是否产生一种强烈的情感，这种情感可以被复制、感知或反映在其他人身上？	
4. 你的故事中是否有非虚构元素可以展示你的主人公的技能、知识、性格或能力？	

选择你的两个次要情节： 次要情节 1（SR1）： 次要情节 2（SR2）：
以简的《情节设计路线图》（参见表 5.2）为指导，尝试布局你的次要情节序列。请在每个次要情节点之后，添加一个字母 T、R 或 D，以表示该引用是一个情节转折、逆转或是高危时刻。

这项练习建立在我们到目前为止讨论的所有内容基础之上。我建议你关注故事的情感基础，并根据角色渴望和情感驱动因素来评估对次要情节的选择。在回答这个练习中的问题时，请慢慢来，思考得更全面一些，然后再回答。

表 8.8 中的问题旨在帮助你客观地探索当前的情节和故事线，并试图添加有意义且相关的次要情节。以下问题将帮助你评估自己的工作。

1. 有什么让你吃惊的吗？如果有，是什么？它们是否有助于发现错失的机会或者需要返工修正的巧合？

2. 你有没有重新且全面地审视主要情节？

3. 你找到了需要植入的新情节点吗？

4. 你更了解自己的角色了吗？如果答案是肯定的，他们的行为或思想是否需要调整？你回头做出那些调整了吗？

5. 你能选出两个重要的次要情节吗？

6. 你是否能够描述出每一个次要情节的全部情节点，让情节的节奏与你的体裁和风格一致？

7. 你是否平衡了情节转折、逆转和高危时刻（TRD），以形成一个有吸引力的组合？

一旦你确定了主要情节并增加了两个次要情节，你就准备好完成最后的任务了——创造一个既令人惊讶又感觉恰当的结局。我们将在第九章讨论实现这一目标的方法和途径。

第九章 重磅结尾

我通常从故事的结局开始构思，其中伴随着结局的余味、尘埃落定和尾声。

——约翰·欧文

- 形成恰当的结尾
- 铺垫信仰、价值观和行动
- 尝试最后的转折

形成恰当的结尾

在故事的最后，所有的主要、次要情节都必须结合在一起，形成一个令人满意的结尾：所有角色的问题都有了答案，所有的冲突都得到了解决，所有你提出的道德难题都得到了处理。有时，你想给出一个平常的结尾。也有些时候，你想用一个意想不到的最后转折来震撼读者。这一章会告诉你如何确定什么是最好的结尾，以及如何完成这项复杂且多层次的任务。

三种结束故事的方式

简的《情节设计路线图》（参见表 5.2）可以让你在开始之前就预想好故事将在何处结束以及如何结束。然而，最后的总结并不是一个理论上的停止点。结尾是你把所有的点连接起来，让读者读完之后还有一种长久且全面回味的地方。

有三种方法来结束你的故事：（1）在一个自然的停止点结束，将所有情节线编织成一块织物（无缝整合法）；（2）让你那个不可靠的叙述者从幕后走到前台（不可靠叙述者暴露法）；（3）提供一个更宽广的视野（广角镜头法）。下面，我们来看看这些方法。

1. 无缝整合法

大多数故事的结局都是次要情节缠绕着主要情节，我称之为“无缝整合法”。如果整合得好，效果将超出读者的预期。他们料不到次要情节与主要情节的衔接会如此流畅，感觉上像是一个情节转折，虽然并非如此。这种方法是最常见的选择，并且在大多数情况下都很奏效。一种无缝的整合给读者留下结束的舒适感。所有细枝末节都已了结，再加上一个结论性思考成果，通常是一项与主题一致的观察结论，这样，你的故事就会在他们的脑海中挥之不去。

2. 不可靠叙述者暴露法

从《一千零一夜》开始——也许更久——不可靠叙述者的设定就成了一种惯例。“不可靠叙述者”这个术语由韦恩·C. 布斯所创，他在1961年的《小说修辞学》（*The Rhetoric of Fiction*）中使用了它。

不可靠叙述者的设定给予作者很大的灵活性来决定如何传递信息、保留信息以及何时透露它们。这个设定让读者想知道到底发生了什么。但是，你需要谨慎使用。你不能让一个人突然大叫：“但他是双胞胎!”你也不能让你的主人公从梦中醒来，或者从药物导致的幻觉中醒来。不过，如果做得好，一个不可靠叙述者能引发人的思考。

不可靠叙述者有五种类型。了解这些类型中的叙述是如何发挥效用的，有助于你进行明智的选择。五种不可靠叙述者如下：

（1）天真、无知或被误导的人。

这一类人包括儿童、有发育障碍的成年人，或任何来自一种文化却又置身于另一种文化的人。

一个孩子，因为年龄问题，与世界的互动有限，可能缺乏必要的知识来理解他的所见、所闻。例如，他可能不知道其他人物使用的一些词语或文化典故。

我们人类是充满好奇心的生物，我们的一种无意识技巧就是跳过我们不理解的部分，根据我们的信仰、经验和愿望，用合乎逻辑的替代选项来填补空白部分。本书第二章和第三章讨论了记忆和认知的局限性，两者在这里都适用。

智商低于平均水平的人可能会错过回答中的微妙含义，例如：只会注意单词，而忽视语调；只描述自己所看到的，而不知道其后可能隐含的意思。为了不让你认为语调是一个次要因素，试试下面这个实验。大声朗读下列句子七遍，把黑体的字词重读。

- **我**没说他偷了我的钱。
- 我**没**说他偷了我的钱。

- 我没**说**他偷了我的钱。
- 我没说**他**偷了我的钱。
- 我没说他**偷了**我的钱。
- 我没说他偷了**我的**钱。
- 我没说他偷了我的**钱**。

我们会强调我们认为重要的事情。但也有人可能会睁眼说瞎话："你在说什么？我可没说他偷了我的钱。"你甚至可以在准确报告的同时迷惑别人。

在迈阿密海滩一个豪华公寓里舒适的床上，一个来自另一颗星球的外星人醒了过来，他感到非常困惑。他惊呆了：这里的一切都很奇怪，一切都很不同。他不知道自己在哪里，怎么到了这里，也不知道该怎么做。他的观察可能确实准确，但仍然混淆了客观事实。在第三章中，我们考察了在区分外延和内涵时交际的复杂性。理解内涵需要智慧、经验和共同的文化背景，而这些都是这位不可靠叙述者所缺乏的。

（2）有罪者。

在这一类中，有感到愧疚的人和犯罪的人。这类叙述者可能会撒谎来保全面子、婚姻或工作，或以其他方式维护他拥有的或他认为自己拥有的一切；或者叙述者可能是一名真正的罪犯，不想承认自己过去的罪行或试图掩盖当前的罪行。

（3）情感负担过重或有精神疾病者。

不是所有的精神疾病都是一样的。有些人症状轻微。有些人活在另一个世界里。你的叙述者可能是一个精神分裂症患者，相信自己的幻觉是真实存在的，比如一位患有产后抑郁症的新手妈妈、一名被确诊为有创伤后应激障碍的退伍军人，或者是一个正在经历激素引发崩溃情绪的青少年。

（4）丧失行动能力者。

一个酗酒的酒鬼或者一个神志不清的吸毒者会歪曲他所看到的和所做的事。根据俄克拉何马州一家官方认可的戒毒服务机构"那可拿箭头"

的说法，酗酒者和吸毒者最常见的有以下五种行为：撒谎、操纵他人、可能参与犯罪活动、将自己的失败归咎于他人，以及有可能成为虐待狂。把上面的第一点、第二点和第四点结合起来，你就得到了不可靠的三要素——你的叙述者是一个玩弄他人感情的熟练说谎者，只要事情出现差错，她都会把自己定位成一个受害者。然而，对读者来说，她呈现的观点似乎是正确的。

（5）超自然者。

你的叙述者可能看起来像人，却不是人。比如，他可能是一个幽灵、一个魔鬼，或者是一个外星生物，只是以人类的外表出现。他也可能是公开的非人类，就像案例研究 2 中的精灵一样。

在创造另一个世界的角色时，你需要设计他们的特征，包括他们的认知和价值观。这些属性会影响到他们对语言和非语言交流的理解。例如，如果一个角色来自另一个星球，在那里，智慧生物都被教育成十分讲求公平的人，但不能区分男性和女性，那他将成为一个糟糕的目击者，但他不知道这有什么问题——他的公平属性结合他无法从外观上识别性别，对他来说是正常且合理的。

3. 广角镜头法

广角镜头法指的是对故事的一种意想不到但符合逻辑的替代视角，也就是当你离开隧道回头看时所发生的那种感知上的戏剧性变化。当你身处隧道中时，你所能看到的只是你周围的东西——一条狭窄的管道、通向前方的一束光。然而，一旦走出隧道，如果回头看来时的路，你会发现：在更广阔的视野下，隧道只是一个狭窄的管道。重要的一点是，这两种感知都是正确的——当你身处其中时，隧道是黑暗且狭窄的；当你走出来再回头看时，世界的其他部分都光明广阔。

主要问题在于隧道内视野有限。这种认知上的最后转变会让人惊讶。表 9.1 讨论了视觉错觉的力量，描绘了揭露这种现象会多么让人震惊。将这种戏剧性的视觉化技巧运用到写作中，你就可以通过调整读者的视角来让他们大吃一惊。

表 9.1 视觉错觉告诉我们故事有两面

你可能对这幅图画很熟悉，这是一个精心制作的视觉错觉的例子。威廉·伊利·希尔的画作《我的妻子和我的岳母》(*My Wife and My Mother-in-Law*)，创作于 1915 年，不过它现在和 100 年前一样有意义。

你看到两个女人了吗？如果你看不清其中一个，这里有个提示：年轻女人的下巴变成了老女人的鼻子。你看到什么取决于你关注什么。

同样的原则也适用于你最后的情节转折。你希望读者自以为他们知道发生了什么，所以当你最后的转折被揭示时，他们会吓一跳，同时感到震惊和满足。正如玛格丽特·阿特伍德所说，“无论隐藏在幕布后面的是什么，最终都必须揭开，而且必须同时完全出乎意料且不可避免”。最后一个意料之外，无论你使用的是无缝整合法，还是不可靠叙述者暴露法或广角镜头法，都会带来巨大的回报。

为了帮助你确定哪一种结尾的技巧最适合你的故事，请查看表 9.2。你会看到一些例子和解释，供你思考这些选项是如何应用于各种文学类型的。在本章后面，我们将回顾一种决策模式，以帮助你确定哪个选择对你的项目最有意义。

表 9.2 结尾的技巧

技巧	示例	解释
无缝整合法		
无缝整合法例子 1	案例研究 1 政治惊险小说	最后我想说的是，我确信下一任美国总统将是一位品行端正、无可指摘的女性。我支持这样一种观点：偶尔好人也会获胜。
无缝整合法例子 2	案例研究 2 少年奇幻小说	故事的结局是齐的治疗反应良好，塔里亚女王有意愿进行精灵与人类的合作，这不是愚蠢的，也不是能让人大声笑出来的滑稽结局，而是符合主题且积极向上的。一个年轻的男孩能够为一个根深蒂固的问题找到一个人道主义的

		外交解决方案，这将使我所有的年轻读者都有信心和勇气去面对重大的挑战。
不可靠叙述者暴露法		
天真、无知或被误导的人，例子 1	马克·哈登，《深夜小狗神秘事件》（*The Curious Incident of the Dog in the Night-Time*），2003 年，中青年悬疑小说（同时出版两个独立版本，一个面向成人，另一个面向年轻人）	故事的叙述者是克里斯多夫·约翰·弗朗西斯·布恩——一个 15 岁的男孩，自称是“有行为障碍的数学家”。尽管书中从未提到过，但叙述者似乎属于自闭症人群。由于他的年龄和他自认的无法理解隐喻含义的障碍，他的观察虽然时常敏锐，但也常常犯错。他解决了一个谜团，而结局暗示：生活中充满了谜团，而他能够解决所有谜团。
天真、无知或被误导的人，例子 2	艾玛·多诺霍，《房间》（*Room*），2010 年，纯文学小说	五岁的杰克从未走出过那间囚禁他和母亲的房间。他认为没有外部世界，所谓的外部世界只存在于电视上。他逃跑后，必须适应一个他不了解但已经存在的世界。最后，他的记忆、感知和情绪都得到了调整。
有罪者，例子 1	福特·马多克斯·福特，《好兵》（*The Good Soldier*），1915 年，纯文学小说	通过一系列非线性的倒叙，这位不可靠叙述者逐渐揭示了一种事件版本，而它与读者被引导相信的版本并不同。最后，我们不知道该相信谁、该如何判断现实。
有罪者，例子 2	海伦·邓莫尔，《与死者交谈》（*Talking to the Dead*），1997 年，纯文学小说	作为这部复杂小说的叙述者尼娜，在童年回忆的基础上思考着性诱惑。因为她和她姐妹的丈夫有婚外情，所以她的内疚是真实且明显的，这使得她的观察变得不可靠。到最后，我们才知道她的叙述有多不靠谱。
情感负担过重或有精神疾病者，例子 1	丹尼斯·勒汉，《禁闭岛》（*Shutter Island*），2003 年，心理悬疑小说	故事的叙述者——美国元帅泰迪·丹尼尔斯，前往位于禁闭岛的疯人院寻找逃犯。在小说的结尾，我们发现泰迪的叙述不准确。他描述的当前活动实际上是过去的事件和幻觉的混合体——泰迪自己就是医院的病人。

情感负担过重或有精神疾病者，例子 2	肯·凯西，《飞越疯人院》（*One Flew Over the Cuckoo's Nest*），1962 年，纯文学小说	故事的叙述者——“酋长”布罗姆登，多年来一直是精神病院的病人。他假装是个聋哑人，这样他就能偷听别人私密的谈话。他被诊断患有精神分裂症，还会产生许多幻觉。当读者发现他的观察准确且完整时，他们不禁要怀疑他是否真的像院方所说那样是个疯子，还是有其他的盘算。
丧失行动能力者，例子 1	葆拉·霍金斯，《列车上的女孩》（*The Girl on the Train*），2015 年，女性悬疑小说	故事从瑞秋、安娜和梅根三人角度讲述，围绕着她们和一个叫汤姆的男人的经历展开。由于瑞秋是一个经常昏迷的酒鬼，而几个女人有理由欺骗自己或公开撒谎，所以三个叙述者都是可疑的。结尾表明，看似最不可靠的叙述者，实际上是最准确的。
丧失行动能力者，例子 2	石黑一雄，《别让我走》（*Never Let Me Go*），2005 年，反乌托邦小说	故事的叙述者凯西回忆了她在海尔舍姆的生活，这是一所英国特殊学生寄宿学校。她的世界观受限于她被提供的信息。通过回忆和目睹当前发生的事，我们了解到海尔舍姆学生之所以特别，是因为他们是克隆人，被繁殖出来就是为了给其他人捐赠器官。最后，只剩凯西独自一人。她的朋友已经完成了他的一系列器官捐赠，去世了。凯西也被告知，她将很快开始捐赠。
超自然者，例子 1	克莱夫·巴克，《消失的 B 先生》（*Mister B. Gone*），2007 年，纯文学小说	书中的叙述者雅卡贝克·博奇是一个小恶魔，他试图通过写一些可怕的虐待狂情节来驱散自己对虐待他的父亲的仇恨。他一再试图让读者烧掉这本书。最后，故事透露：如果读者这么做了，博奇会被释放出来杀死读者。在这部中篇小说的结尾，博奇建议读者把这本书交给他们鄙视的人。
超自然者，例子 2	格伦·邓肯，《撒旦外传》（*I, Lucifer*），2003 年，纯文学小说	上帝为叙述者路西法提供了一次救赎的试炼，路西法接受了，他认为这不是救赎，而是一次假期。他栖息在一个作家的身体里去了解人类。他看似谦卑，还能接受上帝，但你能相信魔鬼吗？

广角镜头法		
广角镜头法，例子 1	威廉·迪尔，《原始恐惧》（*Primal Fear*），1993 年，惊险小说	在书的最后，读者们了解到，亚伦因谋杀而受审，他在自己的记忆、信仰、心理状况和行为方面都撒了谎。
广角镜头法，例子 2	皮埃尔·布勒，《人猿星球》（*La Planète des Singes*），1963 年，科幻小说	来自地球的探险者造访了一个遥远的星球，发现在这里人猿掌管一切，而人类已经沦落到兽性状态。当这本书被改编成电影时，罗德·赛林（和其他人）让泰勒（在书中叫优力赛）看到一只手臂在沙滩上高高举起，从而使结局更加明确——那是自由女神像。泰勒意识到他并不是在一个遥远的星球上——他一直都在地球上，只是人猿接管了一切。

无论你选择哪种结局方式——无缝整合法、不可靠叙述者暴露法或广角镜头法，你都需要从故事的开始到结尾铺设一条清晰的道路，在这条道路上，你可以使用的一个重要工具是铺垫。

铺垫信仰、价值观和行动

在没有为你的结局奠定主题基础时，你的结局可能会有让读者感觉不合时宜、做作、巧合或不合适的风险。然而，如果你恰当地植入了线索、提示、暗示和例子，你最后的转折将会让读者感到佩服和兴奋——一个真正的“哇!”时刻。这种方法适用于不同的文学类型。

回忆录中的铺垫

比如说，你在写一本关于你祖母丽芙的回忆录，她出生于 1910 年。丽芙是一个有着超越时代的思想的女权主义者，成长在一个循规蹈矩的时代，被迫遵守那些令她恼火的规则。在为妇女的权利和尊严而战的同时，丽芙忍受着来自许多人的批评，其中包括她自己家庭中的某些成员。

她的表妹埃塞尔就是批评她最多的人之一。

丽芙告诉你关于她高中毕业后第一份工作的故事，你想用它来开始你的回忆录。她在一家时装公司当簿记员。所有已婚妇女在进办公室前都会摘下结婚戒指，因为只有单身者才被允许在这家公司工作。

由于故事来源于丽芙被困在非她选择的生活中，所以一个无缝整合的结局可能会适合庆祝她的独立。想想其中的逻辑：你从一个无法融入环境的主题问题开始，然后以忠于自己的解决方案结束。

如果你想要增加一个意想不到的转折，你可以以序言开始，以后记结束，用一个不可靠叙述者来伪装丽芙的故事，让我们想知道到底发生了什么。让我们选埃塞尔作为讲述者。埃塞尔是个善妒和有控制欲的人，是那种通过贬低别人让自己感觉更好的女人。埃塞尔虽然不撒谎，但她傲慢、自恋，缺乏同情心，确信任何不同意她的人都是错的。序言将向读者介绍埃塞尔的观点——丽芙反对制度的努力注定会失败。后记将通过埃塞尔来解释丽芙的成功——她想知道当丽芙选择献身于事业而不是男人时，她放弃了什么。一开始，我们会怀疑埃塞尔是否正确。到最后，我们就知道埃塞尔错了。埃塞尔指出的丽芙的所有缺点都适用于她自己，而不是丽芙。埃塞尔最终的评价突出了丽芙的本质——她超前、令人钦佩、诚实且勇敢。观念上的对比和转变形成了一个有效的转折。

为了确保最后的转折与情感真相产生共鸣，在回忆录中加入一些铺垫是很有意义的——这些事件提供了微妙的暗示，说明埃塞尔的观点是基于她自己的需要和局限而扭曲的。结尾处，通过埃塞尔最后的话，我们为丽芙的成功和她的重获清白而欢呼。这个结尾让读者不仅思考丽芙的成就，也思考她所面对和克服的复杂障碍。

广角镜头式结尾可以写一个场景，让其他女权运动参与者加入进来。她们的谈话，她们的个人困境，以及她们共同的挫折，都为最终的欢庆做了铺垫。

无论你选择哪种结局策略，记住：那些巧妙的铺垫会让读者更加满意。更多讨论见表 9.3。

表 9.3 犯罪小说：最后的转折

问：我在写一部悬疑小说。我认为，结局应该具有感染力。侦探把所有的犯罪嫌疑人都聚在一起，戏剧性地揭露了凶手。最后一幕是侦探返回了工作岗位。我的目标是在一天中解开这个复杂的谜题。我喜欢这个主意，但我担心它有点虎头蛇尾。有什么办法让它活跃起来吗?

答：由于不知道你的故事细节，所以很难给出具体的评论，但有时候，在确定正确凶手的同时，给他指定了错误的动机（或者确定了正确的动机，但是把它归咎于错误的人），可以导致最后一分钟的有效转折。假设一个叫贾斯汀的人拥有一只对冲基金。贾斯汀被毒死了，能够给他下毒的人有：

1. 贾斯汀的侄子莫顿。莫顿是一个爱玩高赌注的百家乐玩家。百家乐中财富的输赢都在纸牌的旋转之上，莫顿喜欢这种刺激。因为莫顿是贾斯汀深爱的、最近去世的弟弟唯一幸存的孩子，所以贾斯汀经常在莫顿出现资金短缺时给他支援。然而，上个月莫顿在一次通宵狂欢中损失了 1.8 万美元后，贾斯汀断绝了与他的关系。莫顿希望从贾斯汀那里继承数百万美元。

2. 贾斯汀的妻子黛布。黛布刚刚得知贾斯汀和莱克西有外遇，莱克西年轻到都可以做他们的女儿了。去年夏天，莫顿带莱克西去参加黛布组织的医院晚会，贾斯汀和黛布是在那时候认识莱克西的。

3. 贾斯汀的律师罗克。罗克输掉了一场重要的诉讼，使得贾斯汀的公司面临着严重的处罚。

4. 贾斯汀的情妇莱克西。莱克西认识莫顿时，是拉斯维加斯赌场的鸡尾酒服务员。他们俩勾搭上了，没过几天，莱克西就辞掉了工作，搬到莫顿家与莫顿同居。她喜欢莫顿，但她更喜欢贾斯汀，尤其是在贾斯汀把她安排在一间公寓里之后。一切都很好，直到黛布发现了他们的关系。贾斯汀告诉莱克西他们的婚外情结束了，给了她一个月的时间搬出去。

5. 贾斯汀的首席运营官伊莎多拉。伊莎多拉雄心勃勃。贾斯汀却告诉她，她最终不会被升职为首席执行官。

6. 贾斯汀的医生彼得。彼得真的很喜欢黛布，他不忍心眼睁睁看着贾斯汀那样对待她。

下面的图表通过观察他们的渴望、感知和驱动情感来总结他们可能的动机。

人物和情感	
总结	
人物	情感驱动
莫顿，侄子	贪婪（可能还有仇恨和/或欲望）
黛布，妻子	嫉妒（可能还有仇恨）
罗克，律师	恐惧（可能还有仇恨）
莱克西，情妇	复仇（可能还有欲望）
伊莎多拉，首席运营官	复仇（贪婪，可能还有仇恨）
彼得，医生	爱（仇恨，可能还有欲望）

例如，在这个例子中，我们假设莫顿是杀手，但不是因为他需要钱。他杀叔叔贾斯汀是因为他抢走了自己的女朋友莱克西。嫉妒导致了一股酝酿已久的愤怒，在贾斯汀中止财政支援时爆发了。最后一刻动机的转变，我想，会增加你正在寻找的活力。

尝试最后的转折

在这一章中，我们讨论了七种结束你的故事的可行方法。决定哪一种最适合你的作品并不容易，要花点时间慢慢来。有时，你的第一个想法会引向一个最直白的结局，而也许模糊一点的选项更有效。在你下笔之前，花点时间逐一尝试不同选项。例如，如果你在五个不可靠叙述者选项中选择一个，你就需要回顾简的《情节设计路线图》，把叙述者融入你的故事情节中，并添加一些事件来为他最终的揭露做铺垫。现在就完成修改，比写到最后才开始考虑如何修改更节省时间，也不会因为错误的开头而感到焦虑。

我鼓励你以开放的心态完成表 9.4 中的练习。说不定你会对自己想出的点子感到惊喜。

表 9.4 练习：选择你的结尾技巧		
你作品的名称：		
你的情节设定：		
结局技巧	你会在你的作品里如何运用这个技巧？	要点
无缝整合法		
不可靠叙述者暴露法：天真、无知或被误导的人		
不可靠叙述者暴露法：有罪者		
不可靠叙述者暴露法：情感负担过重或有精神疾病者		
不可靠叙述者暴露法：丧失行动能力者		
不可靠叙述者暴露法：超自然者		

广角镜头法		
能否在结尾添加主题链接或全局反思？试着确保它与你的角色的渴望、情感驱动以及叙事问题一致		

有这么多可行的选择，很难知道哪一个是最好的。好消息是，就像有无数种鼓舞人心且有效的方法来讲故事一样，也有无数种方法可以结束它。

1. 你能为每一个结局都想出合适的方案吗？如果能，你学到了什么？如果不能，障碍是什么？

2. 在完成练习的过程中，有什么让你感到惊讶的吗？你能利用它吗？

3. 你认为哪个选项是最好的？为什么？

4. 一旦选择了结尾，你能添加主题链接或全局反思吗？它是否符合你角色的憧憬和情感驱动？它和你的叙事问题一致吗？

祝贺你！你有了一部情节完整的小说了（或者，如果你在写纪实文学类的作品，你已经把故事情节安排好了）。你想好了关键人物。你想好了故事结构。

你已经准备好写作了。

写你所想。我知道，人们渴望真相，当你告诉他们真相时，他们会享受阅读你作品的时光。

这是一个作家对另一个作家的祝愿，祝你成功。

后　记

卓越从来不是偶然的。它总是强烈意愿、真诚努力和明智执行的结果；它代表了从众多选项中做出的明智选择——决定你命运的是选择，而不是偶然。

——亚里士多德

- 如何让你内心的批评家安静下来
- 推动自己的写作过程
- 庆祝小胜利

如何让你内心的批评家安静下来

太多数作家都与一个内心的批评家做斗争，那是一种说我们不够好的声音。如果简单地嘘一声就能使他安静下来，我们早就那样做了。不，批评家致力于通过削弱我们的力量、降低我们的自信、嘲笑我们的脆弱来破坏我们的事业。我们花了太多的精力来对付他的偷袭，以至于有时我们根本没有足够的剩余精力去工作。如果我们拖着沉重的脚步坐在办公桌前，我们就没有精力带着内心的激情来写作。你会注意到，我并不是说你需要赶走这个内心的批评家。我认为这不现实。他和你讲故事的能力一样，都是你的一部分。但他能留下来并不意味着他能主宰一切。

让内心的批评家饥肠辘辘

你内心的批评家来自自我怀疑、焦虑和恐惧。为了让他安静下来，你必须断绝他的营养。

值得注意的是，我们都需要并应该重视我们内心的编辑，这与贬低我们的努力、误导我们的精力的声音不同。内心的编辑是精明且聪慧的，能帮助我们改进作品。内心的批评家则关闭了创造力，还嘲笑我们编辑的眼光。

内心的批评家喜欢你的不知所措

我的一个学生透露说，他感到“不知所措”。他说：“简绘制的《情节设计路线图》确实帮助我构思了我想讲的故事，但要把文字写在纸上似乎是不可能的。我想，现在发生在我身上的事情叫作‘作家心理阻滞’。”

在第六章中，你会回想起一些人发现使用简的《情节设计路线图》能帮助他们克服心理阻滞，将写作过程分解成更易于管理的单元。举例来说，你所要做的，不是把写整本书当作你的任务，而是要写到下一个情节转折、逆转或高危时刻。这种策略对我这个学生毫无帮助。他呆住了。他只看到了大局，他觉得写完一整本书的前景令人生畏。这种反应确实是写作障碍的一种症状。因此，我要称赞他准确地判断出自己的思维障碍，还能够开口寻求帮助。

消除写作障碍

作家心理阻滞是一个宽泛的术语，要克服它，你需要理解为什么会有这种症状。

畅销书作家杰弗里·迪弗说，根本没有所谓的作家心理阻滞，只有“思维阻滞”。你会注意到一个共同的主题：无论你是使用简的《情节设计路线图》，还是把情节设计都记在脑子里，或者像迪弗那样花八个月的时间制定一个详细的大纲，知道你接下来要写什么，这些都能克服心理阻滞。

如果你缺乏灵感，问问自己什么是最意想不到的事情，然后把它写下来。你可能不会把它写进故事里，但是这个简单的行为有时可以重新激发你的创造力。

有些作家不认为他们有心理阻滞。相反，他们会说没有时间，或者总犯拖延症。我想你会发现这些借口只是症状，而不是原因。心理阻滞的产生是由于以下三个原因中的一个，或者其中一些原因的结合：害怕失败、害怕成功、完美主义。你内心的批评家是一个善于利用这三种心理的老手，当你感受到他的攻击所造成的痛苦时，你会变得虚弱。更复杂的是，当你是一名职业作家时，这三个问题都会是实际存在的：拒绝往往是过程的一部分；当你取得成功时，有些人会嫉妒；你可能觉得你的工作永远不够好。

表 A. 1 分析了心理阻滞的三种表现形式。通过理解内心批评家工作的来龙去脉，你就能重新掌握控制权。

表 A.1 让你内心的批评家安静下来

问题	剖析	解决方法
害怕失败	如果你不开始创作（或完成）你的书，你就会免于被拒绝——你暗自相信被拒绝是不可避免的。	如果你是一名产品设计师，而你的老板拒绝了你的一项设计，你可能不会觉得这是针对你个人的。你不喜欢这样，但你也不会觉得自己的灵魂被毁灭了。你能把这种理智带到你的写作中吗？如果有人对你的故事不感兴趣，那也不是针对你个人的，可能你的故事不是他们喜欢的风格。
害怕成功	如果你不开始创作（或完成）你的书，就会避免你害怕的嫉妒或潜在的回避。你可能会感受到“写作不再有趣了”。	成功会引起一些人的钦佩和另一些人的嫉妒，你可能会惊讶地发现什么是钦佩、什么是嫉妒。尖酸刻薄的话很伤人，但你可以安慰自己。当你做得好的时候，那些对你刻薄的人不是你的朋友。同病才相怜。不要仅仅为了让他人感觉良好而让自己痛苦。 还有人会把你的成就归功于运气。记住那句老话：越努力，越幸运。
完美主义	你确信你的作品永远不够好、你的作品平淡无奇、你永远无法写出有才华的作品。	我们都想以诗情画意来写作，想激励我们的读者，让他们兴奋。当你已经完成了思考、写作和修改，而你还在犹豫是否要把稿件寄出去时，你需要问问自己，你的作品是否真的需要改进。也许你不是在评价自己的作品，而是在评价自己。 有一个关于酒吧里的男人的老笑话——如果有三个人告诉你你喝醉了，那就坐下。如果你发现你一次又一次得到的都是同样的反馈，那也许是时候倾听了。 许多作家说他们想要反馈，但他们不是认真的——他们想要的是肯定。如果你听到的任何或所有的反馈都是批评的，哪怕是微不足道的，哪怕是建设性的，哪怕是鼓舞人心的，那么问题就不在于作品是否需要改进了（尽管它可能需要）——而是你内心的批评家正在尽情发挥他的威力。

		作家兼文学经纪人保拉·穆尼尔引用了一句古老的格言："不要管对不对，只管写下来。"她的观点是：不对的话，你以后还可以修改，但是如果你不写，你就没有什么可以修改的。

这些理由中有与你的理由相同的吗？如果有，你需要一个智胜你内心批评家的计划。第一步是决定你要以专业的方式来写作。我不是说你不应该为了消遣而写作。你当然应该！所有的文字都是有价值的。然而，这本书致力于帮助作家提高写作水平，学会以最佳的能力写作，写出能获得好的出版社青睐的作品，能让喜欢我们这一文学类型的粉丝阅读。为了实现这一点，我们不能再等待缪斯女神了，我们得开始工作了。

你是专业人士，不是业余爱好者

我问惊险小说作家李·柴尔德，他是否遭遇过心理阻滞。他说："在某些方面，写作是很奇怪的，编造那些不存在的人没有经历过的事情，我认为心理阻滞很可能是一种默认状态。"但无论如何，对我们来说，写作基本上是一种工作，而"工作障碍"是工作人员无法承受的。护士会有"工作障碍"吗？卡车司机呢？我相信有些时候卡车司机真的、真的不想去上班……但他不得不这么做。他爬进驾驶室，发动引擎，系上安全带……肌肉的记忆让他放松下来，然后卡车开动了。对于作家来说也是如此。有时候，我们不想写作，但我们坐下来，打开电脑，打开文件……肌肉记忆接管了一切。

当你被期望在最后期限前完成任务时，你可能会觉得自己在从事挖沟般的繁重劳动，而不是在从事一项愉快而有意义的活动。如果问任何热爱自己工作的人，他或她是否热爱这份工作的每一点，答案都是否定的。即使那些收入最高、最具魅力的职业人士，比如演员、运动员和对冲基金经理，也可能宁愿去度假而不是长时间工作。

南方作家凯茜·皮肯斯是这样说的："我坚持'屁股先坐在椅子上'

原则：要想写出来，你就得先坐在椅子上。”艺术家查克·克洛斯说：“灵感是给业余爱好者的，我们其余的人只是在做工作。”克洛斯接着谈到了创造的过程来自工作本身，最好的想法来自创造事物的过程。想想看，最好的作品来自过程。对于我们作家来说，这个过程就是思考、写作和修改。

写作是一个过程

相信这个过程。

写作不像打开电灯开关一样简单。克服作家心理阻滞的诀窍是承认你的感受，不管是什么，不管怎样，还是把笔放到纸上或把手指放在键盘上。不要想，去做。正如巴勃罗·毕加索曾经说过的：“行动是一切成功的关键。”

内心的批评家喜欢你拖延或懒惰。只有开始工作才能战胜他。如果一直盯着一张白纸，只会让事情变得更糟。去写或打一篇你最喜欢的作者的文章。复写你所知道并欣赏的词语，这种行为会让你的肌肉恢复到正常状态，而肌肉记忆将从此处接管你的动作。

推动自己的写作过程

一些策略是内在的反思，另一些则是来自外部的实用技巧。我很荣幸与大家分享以下五种工具和策略。当你回顾它们的时候，想想它们是否对你有用。用它们做实验，让它们适应你的情况，这样做会帮助你推动写作过程，使它变得可靠且完全属于自己，让你在成功的道路上突飞猛进。

1. 十分钟写作

一些作家说，为了写作，他们需要一段时间——几个小时或一整天。我明白这一点，但不是每个人都有这样的奢侈——我没有，所以我必须想出另一种方法，而我做到了。我自学了以十分钟为单位的写作。那是在2011年，那一年我是一名全日制文学硕士在读研究生，同时作为助理教授讲授6门课程（是的，6门），包括所有的备课和评分。我刚刚得知我的艺术硕士论文缺少关键部分，而我的“乔西·普雷斯科特古董谜团”系列的下一篇马上就要到交稿的截止日期了。说我很忙都是保守的说法。

当我告诉你我没有时间时，为了避免你认为我是在夸大其词，给你看一个例子。在这个噩梦般的学期里，我不再去离我曼哈顿市中心公寓四个街区的“真正的”杂货店，而是选择了距离只有一个街区、规模较小的特色店。我走一个街区需要1分半钟，这意味着去“真正的”商店要走一段12分钟的路程（单程4个街区＝往返8个街区×1.5分钟/街区＝12分钟），而不是要走3分钟的路程（单程1个街区＝往返2个街区×1.5分钟/街区＝3分钟），我根本没有多余的9分钟来浪费。

我只是在每节课之间有20分钟的休息时间，而我发现我可以用其中的10分钟来写作。10分钟的时间足够重读我写的最后一段了——让我的大脑重新回到写作游戏中，一边读、一边修改——还可以再写一段。如果你每天这样做三次，你猜怎么着？你刚好写了一页。这项策略是救命稻草，因为专业人士不会错过截稿日期。如果你错过了出版期限，你会把出版商的编辑和制作时间表搞得一团糟。在最后期限前完成任务不仅能履行你的义务，还能增强你的信心。

2. 简的“3个X”策略

每当我觉得我写的东西需要修改时，我就输入“XXX”。因为“XXX”在英语中没有出现在任何单词中，所以它是一种方便的速记符号，很容易搜索。我用“XXX”表示对选词的不满意或句子的艰涩难懂，我可以继续写作，不必为此烦恼，因为我知道它不会被遗忘或忽视。

3. 下一步做什么

在我知道下一步要做什么之前，我不会离开电脑。有时候，我会添加冗长而详细的笔记，以提醒自己下一步要做什么。其他时候，我把需要思考的东西速记下来。我发现，只要我知道可以快速地回到思路离开的地方重新开始，我就可以毫不焦虑地离开我当前的写作。

我还发现“想着问题入睡”能创造奇迹。如果我能提出一个问题，那就很好了。就在我快要入睡的时候，我不断地重复问自己这个问题。当我醒来时，我总能得到答案。

4. 后退一步

既然写作是一个过程，那么周期性地从创造视角转换到分析视角就极具意义。凯特·怀特是《大都会》杂志的前主编，她既写非虚构小说（关于领导力和职业指导），也写虚构小说［“贝利·威金斯”（Bailey Weggins）悬疑系列小说和独立的心理惊险小说］，她的每一章都以扣人心弦的情节结束。怀特解释说：“在我写了几章之后，我喜欢退后一步，评估一下故事的节奏，以确保我把读者牢牢吸引住了。”在这种情况下，她可能会决定删减或者增加场景，甚至把一章分成两个部分来调整节奏。

5. 一个朋友和一堆便笺

要收集关于故事节奏的可靠反馈，这里有一个万无一失的方法：请一个朋友来读你的手稿。这个人应该是喜欢你的写作类型的人，值得信任，会告诉你实话，而且之前没有读过你的手稿。给他一沓便笺，让他在他停止阅读的地方贴上一张。向他保证：你不在乎他为什么停下来，不管是要让孩子们准备上学，还是午休结束了，还是要去睡觉了。让他放心，他停下来不是问题，你只是想知道他在什么地方停下来。（不要透露你想知道的细节。）

当你收到手稿时，记下他停下来的每个地方，并修改这些部分，增添点紧张感，目标是让你的书不可能被放下。这项策略可以帮助你确定可能需要改动的地方。

庆祝小胜利

在你前进的过程中，记住要庆祝一路上的小成功。当你写了一个句子，明确了你想要表达的内容时；或者当你设计了一个情节转折、逆转或高危时刻，让故事更加精彩时；或者当你发现了一种多层面的憧憬，能为你的故事增添广度和意义时，花点时间给自己一些鼓励。写作的成功来自一系列的小成就。

我相信你能成功。你正走在通往成功的道路上。我知道这一点，因为你已经花时间阅读了这本书，思考了在每一章中讨论的策略，试验了所提到的工具从而找到那些适合你的，并开发了丰富而有力的情节或故事线。自律和勤奋是写作成功的基础。就是这样的投入程度，促使书稿被撰写、修改、润色，直到闪闪发光。这样的书才是畅销的书，才是读者喜欢的书，才是你要写的书。

我相信你。

创意写作课程平台

从入门到进阶多种选择，写作路上助你一臂之力

【品牌课程】叶伟民故事写作营

故事，从这里开始。

如果你有一个故事创意，想要把它写出来；

如果你有一个故事半成品，想要把它改得更好；

如果你在写作中遇到瓶颈，苦于无法向前一步；

如果你想找一群爱写作的小伙伴，写作路上报团取暖——

加入“叶伟民故事写作营”，让写作导师为你一路保驾护航。

资深写作导师、媒体人、非虚构写作者叶伟民，帮助你实现从零到一的跨越，将一个故事想法写成一个完整的故事，继而迈出从一到无限可能的重要一步。

【写作练习】“开始写吧！——21 天疯狂写作营”

每年招新，专治各种“写不出来”。

你有没有遇到过这样的情况：

拿起笔来，或是把手放到键盘上，这时大脑变得一片空白，一个字也写不出来？

或者，写着写着，突然就没有灵感了？

或者，你喜欢写作和阅读，但就是无法坚持每天写？

再或者，你感觉写作路上形单影只，找不到志同道合的小伙伴？

“开始写吧！——21 天疯狂写作营”为你提供一个可以每天打卡疯狂写作的地方。

依托“创意写作书系”里的海量资源，班主任每天发布一个写作练习，让你锻炼强大的写作肌。

★ ★ ★

写作营每年招新，课程滚动更新，可扫描右侧二维码了解最新写作营及课程信息，或关注“创意写作坊”公众号（见本书后折口），随时获取课程信息。

创意写作课程平台

精品写作课

作家的诞生——12位殿堂级作家的写作课

中国人民大学刁克利教授10余年研究成果倾力呈现，横跨2 800年人类文学史，走近12位殿堂级写作大师，向经典作家学写作，人人都能成为作家。

荷马：作家第一课，如何处理作品里的时间？
但丁：游历于地域、炼狱和天堂，如何构建文学的空间？
莎士比亚：如何从小镇少年成长为伟大的作家？
华兹华斯和弗罗斯特：自然与作家如何相互成就？
勃朗特姐妹：怎样利用有限的素材写作？
马克·吐温：作家如何守望故乡，如何珍藏童年，如何书写一个民族的性格和成长？
亨利·詹姆斯：写作与生活的距离，作家要在多大程度上妥协甚至牺牲个人生活？
菲兹杰拉德：作家与时代、与笔下人物之间的关系？
劳伦斯：享有身后名，又不断被诋毁、误解和利用，个人如何表达时代的伤痛？
毛姆：出版商的宠儿，却得不到批评家的肯定。选择经典还是畅销？

作家的诞生
——12位殿堂级作家的写作课

一个故事的诞生——22堂创意思维写作课

郝景芳和创意写作大师们的写作课，国内外知名作家、写作导师多年创意写作授课经验提炼而成，汇集各路写作大师的写作法宝。它将告诉你，如何从一个种子想法开始，完成一个真正的故事，并让读者沉浸其中，无法自拔。

郝景芳：故事是我们更好地去生活、去理解生活的必需。
故事诞生第一步：激发故事创意的头脑风暴练习。
故事诞生第二步：让你的故事立起来。
故事诞生第三步：用九个句子描述你的故事。
故事诞生第四步：屡试不爽的故事写作法宝。

创意写作书系

这是一套广受读者喜爱的写作丛书，系统引进国外创意写作成果，推动本土化发展。它为读者提供了一把通往作家之路的钥匙，帮助读者克服写作障碍，学习写作技巧，规划写作生涯。从开始写，到写得更好，都可以使用这套书。

综合写作		
书名	作者	出版日期
成为作家	多萝西娅·布兰德	2011 年 1 月
一年通往作家路——提高写作技巧的 12 堂课	苏珊·M. 蒂贝尔吉安	2013 年 5 月
创意写作大师课	于尔根·沃尔夫	2013 年 6 月
作家创意手册	杰克·赫弗伦	2015 年 1 月
与逝者协商——布克奖得主玛格丽特·阿特伍德谈写作	玛格丽特·阿特伍德	2019 年 10 月
心灵旷野——活出作家人生	纳塔莉·戈德堡	2018 年 2 月
文学的世界	刁克利	2022 年 12 月
写好前五十页	杰夫·格尔克	2015 年 1 月
从创意到畅销书——修改与自我编辑	詹姆斯·斯科特·贝尔	2016 年 1 月
来稿恕难录用——为什么你总是被退稿	杰西卡·佩奇·莫雷尔	2018 年 1 月
虚构写作		
小说写作教程——虚构文学速成全攻略	杰里·克里弗	2011 年 1 月
开始写吧！——虚构文学创作	雪莉·艾利斯	2011 年 1 月
冲突与悬念——小说创作的要素	詹姆斯·斯科特·贝尔	2014 年 6 月
情节与人物——找到伟大小说的平衡点	杰夫·格尔克	2014 年 6 月
人物与视角——小说创作的要素	奥森·斯科特·卡德	2019 年 3 月
情节线——通过悬念、故事策略与结构吸引你的读者	简·K. 克莱兰	2022 年 3 月
悬念——教你写出扣人心弦的故事	简·K. 克莱兰	2023 年 6 月
经典人物原型 45 种——创造独特角色的神话模型（第三版）	维多利亚·林恩·施密特	2014 年 6 月
经典情节 20 种（第二版）	罗纳德·B. 托比亚斯	2015 年 4 月
情节！情节！——通过人物、悬念与冲突赋予故事生命力	诺亚·卢克曼	2012 年 7 月
如何创作炫人耳目的对话	詹姆斯·斯科特·贝尔	2016 年 11 月
超级结构——解锁故事能量的钥匙	詹姆斯·斯科特·贝尔	2019 年 6 月
故事工程——掌握成功写作的六大核心技能	拉里·布鲁克斯	2014 年 6 月
故事力学——掌握故事创作的内在动力	拉里·布鲁克斯	2016 年 3 月
畅销书写作技巧	德怀特·V. 斯温	2013 年 1 月
30 天写小说	克里斯·巴蒂	2013 年 5 月
视角	莉萨·蔡德纳	2023 年 6 月
小说创作谈	大卫·姚斯	2016 年 11 月
写小说的艺术	安德鲁·考恩	2015 年 10 月
成为小说家	约翰·加德纳	2016 年 11 月

小说的艺术	约翰·加德纳	2021年7月
非虚构写作		
开始写吧！——非虚构文学创作	雪莉·艾利斯	2011年1月
写作法宝——非虚构写作指南	威廉·津瑟	2013年9月
故事技巧——叙事性非虚构写作（第二版）	杰克·哈特	2023年3月
光与热——新一代媒体人不可不知的新闻法则	迈克·华莱士	2017年3月
自我与面具——回忆录写作的艺术	玛丽·卡尔	2017年10月
写出心灵深处的故事——非虚构创作指南	李华	2014年1月
写我人生诗	塞琪·科恩	2014年10月
类型及影视写作		
金牌编剧——美剧编剧访谈录	克里斯蒂娜·卡拉斯	2022年3月
开始写吧！——影视剧本创作	雪莉·艾利斯	2012年7月
开始写吧！——科幻、奇幻、惊悚小说创作	劳丽·拉姆森	2016年1月
开始写吧！——推理小说创作	劳丽·拉姆森	2016年7月
弗雷的小说写作坊——悬疑小说创作指导	詹姆斯·N. 弗雷	2015年10月
好剧本如何讲故事	罗伯·托宾	2015年3月
经典电影如何讲故事	许道军	2021年5月
游戏故事写作	迈克尔·布劳特	2023年8月
童书写作指南	玛丽·科尔	2018年7月
网络文学创作原理	王祥	2015年4月
写作教学		
小说写作——叙事技巧指南（第十版）	珍妮特·伯罗薇	2021年6月
你的写作教练（第二版）	于尔根·沃尔夫	2014年1月
创意写作教学——实用方法50例	伊莱恩·沃尔克	2014年3月
故事工坊（修订版）	许道军	2022年1月
大学创意写作·文学写作篇	葛红兵 许道军	2017年4月
大学创意写作·应用写作篇	葛红兵 许道军	2017年10月
小说创作技能拓展	陈鸣	2016年4月
青少年写作		
会写作的大脑1——梵高和面包车（修订版）	邦妮·纽鲍尔	2018年7月
会写作的大脑2——怪物大碰撞（修订版）	邦妮·纽鲍尔	2018年7月
会写作的大脑3——33个我（修订版）	邦妮·纽鲍尔	2018年7月
会写作的大脑4——亲爱的日记（修订版）	邦妮·纽鲍尔	2018年7月
奇妙的创意写作——让你的故事和诗飞起来	卡伦·本基	2019年3月
成为小作家	李君	2020年12月
写作魔法书——让故事飞起来	加尔·卡尔森·莱文	2014年6月
写作魔法书——28个创意写作练习，让你玩转写作（修订版）	白铅笔	2019年6月
写作大冒险——惊喜不断的创作之旅	凯伦·本克	2018年10月
小作家手册——故事在身边	维多利亚·汉利	2019年2月
北大附中创意写作课	李韧	2020年1月
北大附中说理写作课	李亦辰	2019年12月

图书在版编目（CIP）数据

情节线：通过悬念、故事策略与结构吸引你的读者 /（美）简·K. 克莱兰（Jane K. Cleland）著；赵俊海译. -- 北京：中国人民大学出版社，2022.3
（创意写作书系）
书名原文：Mastering Plot Twists：How to Use Suspense，Targeted Storytelling Strategies，and Structure to Captivate Your Readers
ISBN 978-7-300-30134-1

Ⅰ. ①情… Ⅱ. ①简… ②赵… Ⅲ. ①故事一文学创作方法 Ⅳ. ①I054

中国版本图书馆 CIP 数据核字（2022）第 011543 号

创意写作书系
情节线
通过悬念、故事策略与结构吸引你的读者
[美] 简·K. 克莱兰　著
赵俊海　译
Qingjiexian

出版发行	中国人民大学出版社		
社　　址	北京中关村大街 31 号	**邮政编码**	100080
电　　话	010－62511242（总编室）		010－62511770（质管部）
	010－82501766（邮购部）		010－62514148（门市部）
	010－62515195（发行公司）		010－62515275（盗版举报）
网　　址	http://www.crup.com.cn		
经　　销	新华书店		
印　　刷	天津中印联印务有限公司		
开　　本	720 mm×1000 mm　1/16	**版　　次**	2022 年 3 月第 1 版
印　　张	16 插页 1	**印　　次**	2024 年 3 月第 3 次印刷
字　　数	194 000	**定　　价**	45.00 元

Mastering Plot Twists: How to Use Suspense, Targeted Storytelling Strategies, and Structure to Captivate Your Readers
By Jane K. Cleland

图书在版编目（CIP）数据

情节线：通过悬念、故事策略与结构吸引你的读者 /（美）简·K. 克莱兰（Jane K. Cleland）著；赵俊海译. -- 北京：中国人民大学出版社，2022.3
（创意写作书系）
书名原文：Mastering Plot Twists：How to Use Suspense，Targeted Storytelling Strategies，and Structure to Captivate Your Readers
ISBN 978-7-300-30134-1

Ⅰ.①情… Ⅱ.①简… ②赵… Ⅲ.①故事—文学创作方法 Ⅳ.①I054

中国版本图书馆 CIP 数据核字（2022）第 011543 号

创意写作书系
情节线
通过悬念、故事策略与结构吸引你的读者
[美] 简·K. 克莱兰 著
赵俊海 译
Qingjiexian

出版发行	中国人民大学出版社		
社　　址	北京中关村大街 31 号	**邮政编码**	100080
电　　话	010－62511242（总编室）		010－62511770（质管部）
	010－82501766（邮购部）		010－62514148（门市部）
	010－62515195（发行公司）		010－62515275（盗版举报）
网　　址	http://www.crup.com.cn		
经　　销	新华书店		
印　　刷	天津中印联印务有限公司		
开　　本	720 mm×1000 mm　1/16	**版　　次**	2022 年 3 月第 1 版
印　　张	16 插页 1	**印　　次**	2024 年 3 月第 3 次印刷
字　　数	194 000	**定　　价**	45.00 元

Mastering Plot Twists: How to Use Suspense, Targeted Storytelling Strategies, and Structure to Captivate Your Readers

By Jane K. Cleland

This edition published by arrangement with Writer's Digest Books, an imprint of Penguin Publishing Group, a division of Penguin Random House LLC.